하얀 방의 소년

생각의집

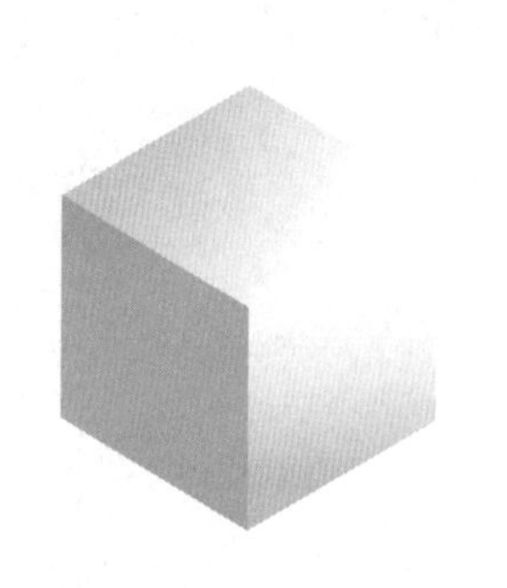

하얀 방에 갇힌 소년

그래서 나는 이제 진리의 원천인 전능한 신이 아니라 유능하고 교활한 악령이 온 힘을 다해 나를 속이려 한다고 가정하겠다. 또 하늘, 공기, 땅, 빛깔, 형체, 소리, 우리의 바깥에 있는 모든 것은 섣불리 믿어 버리는 내 마음을 농락하기 위해 악마가 이용하는 꿈의 장난일 뿐이라고 믿으려 한다. 나 자신도 그러해서 내게는 손도 눈도 살도 피도 그 어떤 감각도 없으며 그저 이런 것들을 갖고 있다고 착각할 뿐이라고 생각할 것이다. 나는 이런 견해를 끈질기게 지킬 것이다. 그러면 참된 것을 인식할 수는 없을지라도 적어도 총명한 정신으로 착각을 방지할 것이고 그 사기꾼이 제아무리 유능하고 교활해도 그 속임수에 넘어가지 않을 것이다.

르네 데카르트, 《철학의 원리》 (1641년)

여기가 어디지?

주사위 모양의 하얀 방. 아무리 찾아도 등은 보이지 않는다. 빛은 벽에서 뿜어 나오는 것 같다. 그래서 저 구석의 가느다란 검은 선이 없다면 벽이 어디서 끝나는지도 알 수 없을 것이다. 창문도, 문도, 가구도 없다. 벽에 그림 한 점 걸려 있지 않다. 이 방 바깥에 무엇이 있는지, 내가 어쩌다 이리로 왔는지도 알 길이 없었다. 아무 소리도 들리지 않았다.

내가 누구지?

이름도 떠오르지 않았다. 내 얼굴도 기억나지 않았다. 단어만 잔뜩 떠올랐다. 주사위가 무엇이고 나무와 개와 컴퓨터가 무엇인지는 알겠다. 하지만 그 물건들은 나랑 아무 상관이 없다.

그 물건들과 얽힌 일들이 하나도 떠오르지 않았다. 이 단어들이 머릿속 어디에서 튀어나왔는지도 모르겠다. 아무것도 기억이 안 났다.

나는 놀라 내 손을 쳐다보았다. 손에 얇은 비닐장갑을 낀 것 같았다. 손가락 끝의 잔주름과 지문이 보이지 않았다. 내 몸이 매끈한 타원형의 흰 물체에 박혀 있었다. 몸을 만져도 아무 느낌이 없었다. 손가락에도, 손가락이 닿은 신체 부위에도 느낌이 없었다. 마구 때려 봐도 아프지 않았다. 감각이 없었다. 냄새도 맡을 수 없었다.

나는 천천히 벽 쪽으로 걸어가 손을 뻗어 매끈한 표면을 만져보지만 역시나 아무 느낌이 없었다. 힘주어 꾹 눌러도 벽은 전혀 움직이지 않았다. 나는 벽을 더듬어 스위치를 찾았다. 혹시 틈이 있나, 구멍 같은 것은 없나 여기저기 찾았지만 나갈 곳은 전혀 없었다.

와락 겁이 났다. 이게 뭐지? 누가 나를 여기다 가두었을까? 왜? 내가 뭘 잘못했나? 기억이 나지 않았다. 분명 지금 심장이 요란하게 뛸 텐데도 아무 느낌이 없었다. 이게 무슨 일이지?

혹시 몰라 벽을 힘껏 차 봐도 아무 느낌도 소리도 나지 않았다. 내가 산 사람이 아닌 것 같았다.

꿈일지도 몰라. 하지만 꿈이라기에는 너무 생생했다. 너무 조용해서 숨이 막혔다. 이 방 바깥에도 아무것도 없을 것만 같았다. 상상만 해도 너무 무서웠다.

"누구 없어요? 나 좀 내보내 줘요." 나는 울부짖었다. 더 정확하게 말하면 울부짖고 싶었지만 내 입에서 나온 소리는 컴퓨터가 단어를 발음하듯 높낮이 없는 야릇한 목소리였다.

"무슨 말인지 모르겠습니다." 여자 목소리였다. 억양이 내 목소리처럼 부자연스러웠다. 소리가 사방에서 동시에 쏟아져 나오는 것 같았다. 그래도 나는 기대 반 걱정 반의 심정으로 뒤를 돌아보았다. 마법처럼 누군가가 이 방에 나타난다면 입구가 있는 것이고 그럼 출구도 있을 테니까. 하지만 아무도 없었다.

"뭐라고요?" 내가 물었다.

"무슨 말인지 모르겠습니다."

"누구 …… 누구야?"

"제 이름은 앨리스입니다. **A**dvanced **L**anguage **I**nterpretation **C**ounseling **E**xtension의 약자지요."

"여기가 어디야?"

"현 위치나 현 상태에 관한 상세 정보는 제 소관이 아니므로 알려드릴 수 없습니다."

"나는 누구지?"

"환자입니다."

환자라는 말을 들으니 우울한 상상이 떠올랐다. "여기가 병원이야?"

"현 위치나 현 상태에 관한 상세 정보는 제 소관이 아니므로 알려드릴 수 없습니다."

"그럼 네 소관은 뭔데? 이게 다 뭐야? 내가 왜 여기 있는 거야?"

"저는 환자분이 낯선 환경에 적응할 수 있도록 도움을 드릴 것입니다."

무슨 말인지 도무지 모르겠다. 고약한 장난인가? 과학 실험인가? 신종 치료법인가? 평소 다니던 병원은 아닌 것 같고 정신병원 같았다. 병원에서 나한테 주사를 놓았을까? 기억을 차단하고 감각을 마비시키고 목소리를 단조롭게 만드는 약을 먹인 것일까? 이유가 뭐든 나는 나가고 싶다. 나가야 한다!

"날 내보내 줘."

"무슨 말인지 모르겠습니다. 저의 기본 기능을 알고 싶으시면 '도와줘'라고 말씀하세요."

"도와줘."

"환영합니다. 제 이름은 앨리스(Alice)입니다. **A**dvanced **L**anguage **I**nterpretation **C**ounseling **E**xtension의 약자이지요. 자연언어를 해석하여 한 차원 높은 도움을 드린다는 뜻입니다. 저는 환자분이 새 환경에 적응하시도록 도와드리기 위해 여기에 있습니다. 환자분은 제게 간단한 명령을 내리거나 질문을 하실 수 있습니다. 제가 알아듣는 명령어는 '보여줘', '무엇', '어디', '열어', '닫아'입니다."

"문을 열어."

"무슨 말인지 모르겠습니다.

"이 방 밖에 뭐가 있지?"

"무슨 말인지 모르겠습니다."

"어쩌라고? 닥치고 이게 다 무슨 일인지 설명해보란 말이야!"

"무슨 말인지 모르겠습니다. 저의 기본 기능을 알고 싶으시면 '도와줘'라고 말씀하세요."

나는 절망에 빠져 주먹으로 벽을 쳤다. 힘껏 쳐도 아무 느낌이 나지 않으니 더 마음이 불안했다.

"도와줘." 나는 애가 탔지만 입에선 높낮이 없는 단조로운 목소리가 튀어나왔고 컴퓨터는 다시 기능 설명을 시작했다.

한동안 나는 우리에 갇힌 맹수처럼 방 안을 한시도 쉬지 않고 왔다 갔다 했다. 시간이 갈수록 방이 점점 작아지는 느낌이 들었다. 빛을 뿜어내는 벽들이 점점 서로를 향해 다가가고 있는 것 같았다. 몇 번이나 걸음으로 방 크기를 쟀다. 한 면에서 다른 면까지 정확히 다섯 걸음이었다. 거리는 변함이 없는데도 방이 자꾸 쪼그라드는 기분이 들었다. 산소도 점점 줄어드는 것 같았다.

정신줄을 놓으면 안 돼! 무슨 일인지 알아내려면 정신 바짝 차리고 집중해서 체계적으로 접근해야 해! 나는 숨을 크게 들이쉬고 내쉬었다. 하지만 호흡에 집중하려고 해도 폐가 느껴지지 않았다. 숨을 쉴 수가 없었다. 머리가 핑 돌아서 이러다 기절하는 게 아닐까 더럭 겁이 났다. 하지만 아무 일도 일어나지 않았다.

침착하자! 여기가 어디건 위험한 곳은 아닌 것 같다. 세상만사에는 다 이유가 있다. 내가 여기 있는 것도 그럴 만한 이유가 있을 것이다. 그런 생각을 하니 조금 용기가 생겼다.

"내가 어떻게 여기로 왔지?" 컴퓨터 목소리에게 물었다.

"무슨 말인지 모르겠습니다."

"이 방은 뭐지?"

"이 방은 컴퓨터 시뮬레이션입니다. 가상현실이라고도 하죠."

이렇게 당연한 것을 왜 나는 미처 생각하지 못했을까? 가상 세계라면 나도 잘 안다. 컴퓨터 게임 이름이 줄줄이 떠올랐다. 마인크래프트, 월드 오브 워크래프트, 리그 오브 레전드, 팀 디펜스, 어쌔신 크리드. 왜 내가 이런 이름들을 알고 있는지 기억은 나지 않지만 아마 게임을 너무 많이 했던 것 같다.

어쩌면 누가 내게 최신 3D 안경을 씌우고 마약을 먹여서 내가 기억을 다 잃어버린 것인지도 모른다. 하지만 누가 그런 짓을 한단 말인가? 무슨 이유로?

나는 얼굴을 만졌다. 역시 손에 아무 느낌이 없었다. 고개를 돌리면 방의 다른 단면이 눈에 들어왔다. 왔다 갔다 할 수도 있고 제자리에서 깡충깡충 뛸 수도 있지만 그래도 방이 일그러진다거나 화면이 밀리는 현상은 없었다. 픽셀도 보이지 않았다. 정말로 안경을 쓰고 있다면 성능이 엄청나게 좋은 모양이었다.

"이게 컴퓨터 게임이야?"

"컴퓨터 게임은 한 명 혹은 여러 명의 유저가 정해진 규칙에 따라 게임을 할 수 있는 컴퓨터 프로그램입니다. 더 궁금한 점이 있으신가요?"

대체 어떤 인간이 이런 멍청한 프로그램에게 '고급'이라는 이름을 붙여주었을까? "내가 컴퓨터 게임 안에 있는 거야?"

"현 위치나 현 상태에 관한 상세 정보는 제 소관이 아니므로 알려드릴 수 없습니다."

이곳이 정말로 게임이라면 분명 내 임무는 이 방을 나가는 것이다. 그렇지만 어떻게 나가지? 개폐 메커니즘이 있을 것 같지는 않으니까 유일한 방법은 앨리스와 이야기를 나누는 것이다. 어쩌면 문을 여는 암호 같은 것이 있을지도 모르겠다.

나는 바로 물어보았다. "암호가 뭐야?"

"무슨 말인지 모르겠습니다."

질문으로는 안 될 것 같았다. 앨리스한테 할 수 있는 명령이 뭐라고 했지? '보여줘.' '열어.' '닫아.'

나는 생각나는 대로 아무 말이나 던져보았다. "코끼리를 보여줘."

놀랍게도 앨리스가 내 명령을 알아들었다. 벽에 3x4 크기 격자 모양의 코끼리 동영상들이 주르륵 떴다. 대부분은 동물원 코끼리 우리에서 찍은 웹캠인 것 같았다. 인터넷에 올린 해상도가 낮은 동영상에서 볼 수 있는 특유의 픽셀 구조와 줄무늬가 선명했다. 나는 시험 삼아 엄지손가락으로 그중 한 개를 터치했다. 그러자 그 영상이 점점 커져서 거의 벽면 전체를 채웠고 나머지 영상들은 줄어들어 화면 하단으로 밀려났다.

동영상 위쪽 끝부분에 장소가 적혀 있었다. 동영상에 찍힌 코끼리 우리는 네덜란드의 동물원에 있었다. 시간도 찍혀 있었다. 2019년 4월 27일 10시 15분이었다. 다른 카메라 몇 대에도 시간과 장소가 적혀 있어서 나는 이 동영상 스트림들이 라이브로 전송되고 있다는 사실을 깨달았다. 내가 있는 곳은 어딘지 몰라도 적어도 날짜는 알게 되었다. 그게 엄청나게 유익한 정보이기라도 한 것처럼.

어쨌든 인터넷은 연결되어 있는 모양이었다. 그러고 보니 앨리스가 말한 두 가지 명령어가 무슨 의미인지 알 것 같았다.

"구글을 열어!"

코끼리 영상들이 사라지고 벽면이 다시 하얘졌다. 앞쪽 벽면에 검색창이 있는 웹브라우저가 떠 있었다. 내가 검색창을 터치하자 커서가 깜빡였다. 보아하니 벽면 전체가 거대한 터치스크린인 모양이었다. 하지만 자판은 없었다.

"코끼리" 내가 큰 소리로 외치자 그 단어가 검색창에 입력되었다. '구글 검색'이라고 적인 버튼을 터치하자 예상대로 검색 결과 리스트와 코끼리에 대한 몇 가지 영상 및 정보가 벽면을 가득 채웠다.

그러니까 나는 가상 터치스크린으로 둘러싸인 시뮬레이션

공간에 있는 것이다. 그 스크린을 통해 인터넷에 접속할 수 있다. 이게 무슨 의미일까? 검색 엔진을 사용해본 기억이 없는데 어떻게 나는 사용법을 아는 것일까?

"구글 지도를 열어!"

벽에 위성 사진이 나타났다. 회녹색 평면을 왼쪽 위에서 오른쪽 아래로 검은 띠 모양의 강이 관통한다. 강은 사진 중앙에서 두 갈래로 갈라져 양파 모양의 섬을 휘감았다가 다시 합쳐진다. 강 주변으로는 누군가 재를 뿌린 듯 회색의 픽셀들이 모여 있다. 가운데의 흰 글자가 없었더라도 나는 이곳이 어디인지 알았을 것이다. 이유는 모르겠지만 나는 그곳을 잘 알았다. 구글은 IP 주소를 이용하여 내 위치를 검색하여 지도를 찾아준다. 이 정보 역시 어디서 왔는지는 몰라도 내 머리에 들어 있었다. 그리고 이 정보는 매우 유익했다. 현재 내 위치를 가늠할 수 있었기 때문이다.

"내가 지금 함부르크에 있어?" 나는 물었다.

"현 위치나 현 상태에 관한 상세 정보는 제 소관이 아니므로 알려드릴 수 없습니다." 앨리스는 아무 감흥도 없이 똑같은 대답만 반복했다.

"함부르크를 보여줘." 나는 앨리스에게 다시 명령을 내렸다.

지도와 검색창이 사라지고 그 자리에 수많은 웹캠이 등장했다. 모두가 함부르크의 모습을 담은 영상들이었다. 분수가 물을 뿜는 빈넨알스터 호수, 엘프필하모니, 중앙역, 공항, 처음에는 알아보지 못한 몇 개의 거리……, 자동차들이 휙휙 지나가고 사람들이 목적지를 향해 걸어간다. 나도 저곳에, 저 카메라들의 시야에 있고 싶었다. 여기 이 가상 공간에서 닿지 못할 현실의 사진만 보고 싶지는 않았다.

나는 누구일까? 여긴 어디일까? 왜 내가 여기 있을까? 시간이 흐를수록 이런 질문이 더 뼈아프게 느껴졌다.

저 카메라 영상들을 자꾸 보다 보면 기억이 돌아올지도 모르겠다. 인상적인 건물과 광장 대부분이 눈에 익었지만 저기서 산 적은 없고 그저 함부르크를 배경으로 찍은 영화를 본 것 같은 기분이었다.

동영상 하나에 유독 눈이 갔다. 장면은 특별할 것이 없었다. 공원 가장자리에 자리한 주택가의 아스팔트 자전거 길이었다. 그런데 웹캠치고는 카메라의 관점이 특이했다. 관점이 눈높이 정도에서 길을 따라 움직였고 취한 사람이 들고 있는 것처럼 카메라가 계속 흔들거리면서 어떤 때는 왼쪽으로, 또 어떤 때는 오른쪽으로 돌았다. 나무와 행인, 주차된 차들이 스쳐 지나갔다. 영상 오른쪽 위에 인터넷 서비스의 로고가 반짝였다. 아이스트림.

영상이 갑자기 아래로 향하는 바람에 자전거 길을 달리는 스케이트보드의 끝부분이 눈에 들어왔다. 그러니까 카메라가 스케이트 보더의 머리에 달려있었던 것이다.

"앨리스, 아이스트림을 열어!"

웹캠 영상들이 사라지고 심플한 디자인의 웹사이트가 열렸다. 몇 개의 비디오가 떴는데 관점은 스케이트 보더의 스트림과 비슷했지만 움직이는 속도가 훨씬 느렸다. 영상을 찍는 사람들이 걷고 있었다. 아래쪽에 스트리머의 이름과 장소가 적혀 있었다. 암스테르담의 캐럴, 트론트하임의 요르겐, 피사의 랄프, 레겐스부르크의 마리아.

아이스트림은 '당신이 보는 것을 직접 라이브로 전송하여 세계를 당신의 삶에 참여시킨다.'는 짧은 설명도 곁들여 있었다. 물론 원하는 경우에 한정되며, 데이터 보호의 원칙을 엄격하게 지킨다는 설명도 빠지지 않았다. 서비스 가입자는 이미 30만 명을 넘었지만 현재 켜진 카메라는 불과 1천여 대 정도였다. 조금 전에 내가 본 영상도 그중 하나였다.

검색창에 '함부르크'라는 단어를 집어넣자 4개의 영상이 더 떴다. 제일 위쪽 것을 클릭하려고 하자 사이트가 인증을 요구했다. 인증? 사용자 이름? 내 이름이 뭔지 감이 오지 않았다. 나는 '하얀 방 소년'이라고 집어넣었다. 이메일 주소? 기억이 나지 않았다. 나는 구글을 열어 이메일을 새로 만들었다. boyinawhiteroom@gmail.com.

인증 과정을 완료하자 내가 선택한 스트림이 화면을 가득 채웠다. 영상은 21살 대학생 미케의 것으로, 그는 뮌케베르크 거리를 시청광장 방향으로 걸어가고 있었다. 카메라에 달린 마이크로폰으로 작지만 거리의 소음도 들렸다. 사람들의 목소리, 거리의 악사가 연주하는 음악 소리.

다른 스트림을 클릭하려던 찰나 크고 날카로운 비명 소리가 들렸다. 미케가 고개를 돌리자 허름한 옷을 입은 노인이 늙은 개 한 마리를 데리고 어떤 건물의 출입구에 앉아 있는 모습이 눈에 들어왔다. 그 앞에 가죽 재킷을 입은 젊은 남자 둘이 서 있었다. 무슨 말을 하는지는 알아들을 수는 없었지만 보아하니 젊은 남자들이 그 노숙자를 괴롭히는 것 같았다.

노인이 방어를 하기 위해 머리 위로 손을 들어 올렸다. 그제야 나는 카메라 영상이 움직이지 않는다는 사실을 깨달았다. 미케는 가만히 서서 그 장면을 보고 있었다. 영상 가장자리로 사람들이 등장했다. 구경꾼들이 모여든 것 같았다. 하지만 아무도 나서서 노인을 도와주지 않았다.

"가서 도와줘!" 내가 소리쳤다.

"무슨 말인지 모르겠습니다." 앨리스가 대꾸했다.

"앨리스, 경찰을 불러."

"무슨 말인지 모르겠습니다."

그 순간 못된 젊은 놈들이 맥주병으로 노숙자를 때렸다. 비쩍 마른 개가 뛰어올라 한 놈의 팔을 물자 놈이 아프다고 비명을 지르며 뒤로 비틀 물러났다. 강아지는 가죽 재킷을 꽉 물고 놓아주지 않았다. 다른 놈이 주머니칼을 빼서 강아지 옆구리를 찔렀다. 피가 솟구쳤다.

아무도 도와주지 않았다. 사람들은 서서 구경만 했다.

내가 나서야 해. 이러고 가만히 있을 일이 아냐.

아이스트림 유저에게는 채팅으로 메신저를 보낼 수 있었다. 하지만 때는 이미 늦었다. 젊은 놈들은 이미 도망을 쳐버렸고 구경꾼들을 아무 일도 없었다는 듯 뿔뿔이 흩어졌다. 노인만 남아 죽은 강아지를 끌어안고 흐느꼈다. 미케도 돌아서서 가던 길을 걸어갔다. 그의 목소리가 들렸다. "정말 대단하지 않아? 다들 봤지? 미친놈들이 노숙자를 괴롭히다가 강아지를 찔렀어. 내가 장담하는데 이걸로 내가 이달의 핫 스트림 후보에 오를 거야. 그러니까 내게 투표해줘. 알았지?”

구역질이 날 것 같았다. **미친 새끼. 어서 경찰을 불러.** 나는 채팅창에 이렇게 적어 넣었다.

미케는 아무 반응이 없었다. 나는 화가 나서 앨리스에게 아이스트림 사이트를 닫으라고 명령했다.

다시 하얘진 벽을 나는 한동안 멍하니 쳐다보았다. 속이 울렁거렸다. 흔들리는 카메라 영상 때문인지 조금 전에 본 피범벅의 장면과 내가 느낀 무력감 때문인지 모르겠다. 정신을 차리고서 우리에 갇힌 맹수처럼 어쩔 줄 몰라하며 하얀 방을 왔다 갔다 하다 보니 슬슬 생각이 정리가 되었다.

내가 아는 것이 뭘까? 나는 출구 없는 가상의 공간에 갇혀 있다. 기억을 잃었고 내 몸이 어디에 있는지도 모른다. 수천 개의 눈을 통해 바깥세상을 볼 수는 있지만 정작 어디를 보아야 할지 모르는 판이니 그것도 다 소용이 없다. 그리고 인공지능 앨리스가 있다. 좀 멍청하지만 그래도 최고의 단서인 것 같다.

“구글을 열어!”

나는 검색창을 클릭해서 ‘앨리스’를 쳤다. 검색 결과에는 루이스 캐럴의 **《이상한 나라의 앨리스》**도 있었다. 읽은 기억은 없지만 내용은 생각이 났다. 검색 결과 1페이지에는 그 밖에도 전화 회사 한 곳, 여가수 한 명, 페미니스트 한 명이 검색되었다. 앨리스라는 이름의 프로그램은 없었다. 그렇게 간단할 리가 없지.

나는 'Advanced Language Interpretation Counseling Extension'이라는 검색어를 집어넣었다.

구글은 'Advanced Counseling', 'Language Interpretation'과 관련된 다양한 검색 결과를 찾아주었지만 간단한 언어 명령을 이해하는 프로그램은 나와 있지 않았다. 이 방법도 별로 소득이 없었다.

나는 다시 '인공지능 함부르크'라는 검색어를 넣어보았다.

제일 위에 뜬 검색 결과가 마이크로로직(Mycrologic)이라는 이름의 회사 웹사이트였다. 정확한 뜻은 모르겠지만 데이터 마이닝에 필요한 알고리즘을 개발한다고 적혀 있었다. 홈페이지를 아무리 살펴도 이 회사가 앨리스의 개발자인지 알 수 없었다. 하지만 아니라는 증거도 없었다.

"마이크로로직이 어떤 회사야?" 나는 앨리스에게 물었다.

"마이크로로직은 신경망을 이용한 대용량 데이터의 분석과 처리 분야에서 선도적인 서비스 업체입니다." 마치 준비해두었던 것처럼 앨리스가 술술 대답을 했다. "필립스, 지멘스, 독일 텔레

콤, 상업은행, DKV, BMW, 바텐팔 같은 유명 국제 기업들이 마이크로로직의 고객입니다. 마이크로로직. 우리는 당신의 데이터를 이 잡듯 샅샅이 검색합니다."

재미있네. 지금까지 제대로 알아듣는 말이 없었던 앨리스가 마이크로로직에 대해선 엄청나게 많은 것을 아는 것 같았다. 그렇다면 회사 웹사이트를 조금 더 자세히 살펴보는 것이 좋을 것 같았다.

얼른 보기엔 크게 흥미로운 내용이 없었다. 앨리스와 비슷한 시스템들도, 컴퓨터 시뮬레이션이나 가상 세계 같은 내용도 없었다. 보아하니 회사는 대용량 데이터를 패턴과 연관성에 맞게 수색하여 사용자의 행동을 예측할 수 있는 소프트웨어를 제작하는 것 같았다. 그것이 데이터 마이닝인 것 같았다. '마이크로로직'이라는 단어를 구글에 입력하니까 2013년 경제잡지에 실렸던 기사 한 편이 떴다. 백만장자 헤닝 야스퍼스가 이 회사에 '수억 유로'를 투자했다는 내용이었다.

들어본 적이 있는 것처럼 이름이 뭔가 귀에 익었지만, 그 이름과 연관된 특별한 정보가 떠오르지는 않았다. 기억은 더더욱 없었다. 하지만 구글과 위키피디아에는 헤닝 야스퍼스에 관한 데이터가 엄청나게 실려 있었다. 그는 사업 파트너 마르텐 라파이와 함께 '다크 스타 게임 스튜디오'라는 회사를 설립했고, 게임 '팀 디펜스'가 공전의 히트를 치면서 회사는 크게 성장했다. 아마 그래서 그 이름이 귀에 익었던 것 같았다.

여기저기 살피다 보니 약 8개월 전의 신문 기사가 눈에 띄었다.

함부르크 백만장자의 아내가 강도의 총을 맞고 숨지다

토요일 밤 인터넷 기업가 헤닝 야스퍼스의 저택에 정체 모를 남성들이 침입하여 아내 마리아 야스퍼스와 아들 마누엘을 해치고 달아났다. 마리아 야스퍼스는 그 자리에서 즉사했고 15세 아들 마누엘은 중상을 입고 특수 클리닉으로 이송되었으나 현재 생명이 위독하다. 경찰의 발표 내용을 보면 범인은 소년을 납치할 의도였고 갑자기 소년의 어머니와 마주치자 놀라서 가스총으로 위협한 것으로 보인다. 범인에 대한 구체적인 내용은 아직 밝혀진 바가 없지만 최소 2인조로 추정된다. 가족의 변호사는 헤닝 야스퍼스가 사건에 대해 공식 발표를 할 생각은 없지만 경찰의 수사에는 적극 협조하겠으며 진실 규명을 위해 최선을 다하겠다는 의지를 보였다고 발표했다. 사건 관련 제보는 전국 모든 경찰서에서 받고 있다.

기사에는 화려한 저택 사진이 실려 있었다. 사람들의 얼굴은 알아볼 수 없었다. 나는 터치해서 크기를 키웠다. 내가 저기서 살았을까? 기억이 안 났다.

"헤닝 야스퍼스가 누구야?" 내가 물었다.

"헤닝 야스퍼스는 당신의 아버지입니다." 앨리스가 대답했다.

명령을 하지도 않았는데 브라우저가 저절로 닫혔다. 벽이 다시 하얘지고 빙빙 도는 모래시계가 나타났다. 모래시계가 사라지자 갑자기 내가 있는 곳이 서재로 변했다. 단순히 하얀 방의 가상 벽에 서재 사진이 뜬 것이 아니라 내가 텔레포트 된 것처럼 서재는 완벽한 현실의 3차원 공간 같았다.

뭐지? 나는 사방을 둘러보았다. 빙 둘러 높은 책장들이 놓여 있었고 창밖으로 큰 정원이 보였다. 모던한 디자인의 커다란 검은 목제 책상이 공간의 대부분을 점령하고 있었다. 구석에 두 개의 가죽 소파가 놓여 있었고 밖으로 나가는 문도 있었다.

나는 시험 삼아 앞으로 한 걸음 내디뎠다. 이 공간에선 정상적으로 움직일 수가 있었다. 하지만 내 손은 여전히 몸의 다른 부분과 마찬가지로 가상의 프로젝션이었다. 선반에서 책을 한 권 꺼내 보려 했지만 헛수고였다.

나는 **여기**에 있지만 실제로 여기 있는 것이 아니다.

삐걱하면서 문이 열리더니 한 남자가 들어왔다. 머리숱이 살짝 줄어들고 흰머리가 나기 시작한 쉰 살 정도의 남자였다. 잘생긴 코에는 큰 안경이 걸려 있었다. 텍스처는 매우 섬세했지만 나는 딱 보고 가상 인물이라는 것을 눈치챘다.

"마누엘!" 목소리에는 한껏 기쁨이 실렸지만 가상의 얼굴에는 그저 얇은 가짜 미소만 걸려 있었다. 그가 내게로 다가와 포옹을 하려고 했다. 하지만 가상 세계에서 이런 제스처가 얼마나 무의미한지 깨달았는지 멈칫하며 걸음을 멈추었다. "몸은 좀 어떠니?"

마누엘. 이름이 어쩐지 귀에 익었지만 그렇다고 내 이름인 것처럼 익숙하지는 않았다.

"누구세요?" 내가 물었다.

그의 얼굴이 무표정해졌다. "여전히 아무 기억도 안 나니?" 나는 앨리스의 목소리와 달리 그의 목소리가 너무나 자연스러워 마음이 아팠다. 그는 진짜 사람이구나!

"네." 내가 대답했다.

그가 체념한 듯 말했다. "걱정했던 대로구나. 아들. 미안하다. 네 기억을 안정화하려고 최선을 다했지만 뇌가 이식 조직에 계속 거부반응을 보였어."

말만 들어도 기분이 섬뜩했다. "이식? 뭘 이식해요?"

"하나씩 차근차근히 하자꾸나. 네가 여기 온 것을 보니 네가 누군지는 알아낸 것 같고."

"앨리스가 저더러 백만장자 헤닝 야스퍼스의 아들이라고 했어요. 그분이 당신이군요."

그가 한참 동안 나를 말 없이 바라보았다. 내 말에 상처를 받은 것 같았다. 마침내 입을 연 그의 목소리는 담담했다. "그래. 나다. 넌 내 아들이고. 마누엘. 넌 기억이 안 나겠지만, 그래서 내가 낯선 사람 같겠지만 넌 나의 모든 것이란다." 잠시 뜸을 들인 그가 다시 입을 열었다. "그 나쁜 놈들이 네 엄마를 죽였고 네 인생을 박살 냈어. 내가 반드시 대가를 치르게 해 줄 거야."

"그러니까 인터넷에 있던 기사가 사실이군요. 강도가 침입해서…… 우리 엄마를 쏘았다고."

"당연히 사실이지. 왜 내가 너를 현실에서 포옹하지 못하고 이렇게 가상 세계에서 이야기만 주고받아야 한다고 생각하니?"

"모르겠어요. 여기가 어디죠? 이게 다 뭔가요?"

"보여주마." 그가 한 손으로 손짓을 했다.

서재가 사라지고 벽이 하얀 방이 나타났다. 리놀륨이 깔린 바닥에 병상이 놓여 있고 침대 옆으로 번쩍이는 기계장치가 가득 찬 선반이 놓여 있었다. 두꺼운 케이블선이 침대에 누운 한 소년의 머리로 뻗어 있었다. 15살쯤 되어 보이는 검은 곱슬머리의 소년이 얇은 전선들이 삐죽삐죽 솟은 그물망 넷 캡을 쓰고 누워 있었다. 평화롭게 잠을 자는 듯 눈을 꼭 감은 표정은 편안했다.

나는 꼼짝도 않고 누워 있는 그 아이를 잠시 아무 말 없이 바라보다가 가까이 다가가 고개를 숙였다. "얘가……, 얘가 난가요?"

내 아버지라고 주장하는 남자의 아바타가 고개를 끄덕였다.

"총알이 목을 관통했단다. 척추가 으스러졌지. 뼛조각이 뇌간으로 들어갔어. 목숨이 붙어 있는 게 기적이야."

정말일까? 정말 나일까? 나 같지가 않았다. 하긴 한번도 내 몸을 지금처럼 밖에서 바라본 적이 없었을 것이다.

"저 선들이 내 뇌로 들어가는 거예요?" 상상만 해도 소름이 돋았다.

"그래. 지금 네 의식은 몸하고 완전히 분리되었어. 눈과 귀가 보내는 신경 신호조차 뇌에 가 닿지 못한단다. 혈액만 제대로 공급되고 있지. 의사들은 네가 죽은 것과 다름없다고 말했어. 하지만 뇌를 조사해보니까 아직 살아 있었지. 시간은 좀 걸렸지만 어쨌든 우리는 제일 중요한 신경 신호를 해독해서 너의 가상 신체를 조종할 수 있게 되었단다. 언어센터의 신호를 해석하는 일이 제일 힘들었지만 지금 보다시피 우리는 그것마저도 해냈어. 네 목소리는 컴퓨터의 목소리지만 말의 내용은 네 말이야. 어두운 감옥에 갇혀 있던 너를 우리가 결국 빼내 온 거지."

나는 가상 병실을 둘러보았다. 내가 생각하는 자유는 이런 모습이 아니었다.

"그럼 이제 내 몸을 마음대로 쓸 수 있는 건가요?"

아버지는 한동안 대답을 못 했다. 마침내 입을 연 그의 목소리에는 울음이 섞여 있었다.

"아니, 아니, 그건 안 돼. 된다고 말할 수 있기를 얼마나 바랐는지 몰라."

"아, 괜찮아요." 얼떨결에 대답은 그렇게 했지만 정말 괜찮은 것일까? 나는 충격을 받았다. 영원히 이 가상현실에 붙들려 살아야 한다면……. 어쩌면 기억이 하나도 안 나는 이유도 수술 부작용이 아니라 이 끔찍한 현실에 대한 뇌의 거부 반응일지 모르겠다.

"가자. 보여줄 게 있어." 그가 손짓을 하자 병실이 사라졌다. 다락처럼 벽이 비스듬한 방이 나타났다. 책상에는 컴퓨터가 한 대 놓여 있고 그 옆에 책이 가득 찬 책장과 옷장, 침대가 있었다. 음악은 기억이 안 나지만 이름은 기억이 나는 록밴드의 포스터가 벽에 붙어 있었다. 침대 머리맡에는 영화 **<반지의 제왕>** 장면을 담은 포스터가 걸려 있었다. 프로도가 엘론드의 궁전 난간에 서서 동화 같은 리븐델 계곡을 바라보고 있었다. 그 위쪽에 사인을 한 함부르크 SV 축구팀의 사진이 붙어 있었다. 보아하니 내가 그 팀의 팬이었던 모양이다. 바닥에 놓은 가방 안에 교과서가 보이고 그 옆에는 테니스 채가 놓여 있었다. 모든 것이 진짜 같았지만 무척 낯설었다.

"네 방이다. 똑같이 만들었다. 그때랑……." 아버지가 말을 잇지 못했다. 잠시 후 그가 다시 물었다. "기억나는 게 있니?"

예전에 와본 곳 같지 않았다. 물건들을 봐도 아무 감흥이 없었다. 포스터에 적힌 축구 선수의 이름은 알겠지만 내가 직접 공을 차본 기억은 나지 않았다. 엘론드와 프로도가 누군지는 알겠고 영화 줄거리도 알겠지만 언제 어디서 영화를 봤는지는 모르겠다. 갑자기 엄청나게 소중한 것을 보고 있다는 기분이 들었다. 내가 만질 수 없는 귀한 보물, 예전의 내 삶을 보고 있다는 기분이.

"모르겠어요." 실망한 내 마음을 아버지가 느끼지 못하도록 나는 얼른 대답을 했다.

"시간이 좀 지나면 나아지겠지." 아버지의 목소리에도 희망은 많지 않았다. "너한테 줄 깜짝 선물이 있단다. 가상 세계에 살아서 좋은 점도 있어야지."

아버지가 **<반지의 제왕>** 포스터를 터치하자 순식간에 장소가 변했다. 나는 옅은 색 나무로 멋지게 깎은 반원형 난간에 서서 수풀이 울창한 계곡을 내려다보고 있었다. 계곡의 가파른 바위벽을 따라 여러 개의 폭포가 쏟아져 내렸다. 그중 한 곳 위로 휘어진 다리가 걸쳐 있고 그 뒤편으로 폭포에서 흩어진 물이 햇살을 받아 무지개가 피어났다.

"와우~!" 나도 모르게 감탄사가 터져 나왔다.

"마음에 드니?" 소리가 나는 쪽으로 고개를 돌리니 아버지의 외모가 조금 전과 달랐다. 긴 옷을 입고 머리카락을 어깨까지 드리운 아버지의 얼굴은 훨씬 젊어 보였다. 안경도 벗어버렸다. 그중에서도 제일 큰 변화는 뾰족한 코였다.

"피터 잭슨한테 부탁해서 3D 애니메이션과 영화 세트에 사용했던 원본 데이터를 구했단다." 그가 자랑스럽게 설명했다. "하지만 공간의 크기를 훨씬 키워서 모두가 걸어 다닐 수 있게 만들었지."

"저를 위해서…… 이걸 다 만드셨다고요?"

그의 얼굴은 감정 변화가 없었다. "네가 여기서 행복했으면 했다. **《반지의 제왕》**은 네가 아끼던 책이었잖니."

"정말 대단하네요. 그래도 아직 한 가지가 이해가 안 돼요. 왜 제가 깨어난 곳은 하얀 방이었을까요? 왜 아무도 나랑 이야기를 안 했을까요? 왜 내가 누군지를 제가 애써 찾아야 했을까요?"

"지금 넌 힘겨운 상황이야, 마누엘. 최대한 조심조심 네게 사실을 알리고 싶었단다. 네가 조금이라도 네 운명을 스스로 개척해 나갔으면 했어. 너한테 그냥 다 이야기해주는 것보다 네가 혼자서 진실을 밝힐 수 있는 기회를 주고 싶었던 거지. 이렇게 빨리 알아낼 줄은 나도 예상치 못했어. 그것만 봐도 네 상황이 절망적이지는 않은 거지. 너도 그렇게 생각했으면 좋겠다."

나는 비명을 지르고 싶었지만 내 인공 목소리엔 아무런 감정도 실리지 않았다. "저 스스로 개척한 운명이란 것도 이 궁전처럼 환상이에요."

"그렇게 생각하면 안 돼. 지금 너처럼 여기서 살면서 이 환상 세계를 경험하고 싶은 아이들이 얼마나 많은데."

"그 아이들하고 바꾸고 싶어요."

"이해한다, 마누엘. 하지만 그럴 수 없단다." 아버지가 내 어깨를 꼭 쥐었지만 역시 아무 느낌도 없었다. "우리 같이 걸으며 이 세계를 둘러보기로 하자. 우리 팀이 얼마나 고생했는지 너도 실감할 거야."

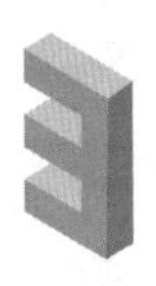

엘론드의 궁전이 하얀 방의 벽에 비친 함부르크의 영상들보다 훨씬 현실감이 있었다. 방마다 가구는 많지 않았지만 정교한 조각품과 벽화가 수두룩했다. 수수한 옷차림의 요정들은 우리를 보면 급한 일이 있는 사람들처럼 꾸벅 절만 하고 얼른 달려가 버렸다.

"NPCNon-Player Character, 게임 안에서 플레이어가 직접 조종할 수 없는 캐릭터 같은데요?"

"컴퓨터 게임하며 배운 것들을 다 까먹지는 않았구나. 하긴 매일 몇 시간씩 게임을 해댔으니. 네 엄마는 못마땅해서 속상해했지만 뭐 어쩌겠니? 내가 게임회사 사장인데. 그래. 맞다. 저들은 전부 컴퓨터가 조종하는 캐릭터들이야."

"저기요." 나는 막 문을 열고 나오는 예쁜 요정에게 말을 건넸다.

"네, 주인님."

"36의 제곱근이 뭐죠?"

"죄송합니다. 주인님, 저는 하찮은 하녀라서 그런 건 잘 모릅니다." 요정은 앨리스처럼 부자연스러운 억양으로 대답했다.

"몇 살인가요?"

"죄송합니다. 주인님, 저는 하찮은 하녀라서 그런 건 잘 모릅니다."

"머리가 좋지는 않군요." 내가 말했다.

"모든 캐릭터에게 고도의 인공지능을 장착할 수는 없지. 그럼 컴퓨터 용량이 넘치고 말 거야." 나의 아버지인 것이 분명하지만 여전히 낯선 사람 같은 남자가 말했다. "그래도 네게 소개하고 싶은 캐릭터가 있단다. 실험용인데 베타 단계는 아니지만 자랑할 만한 능력을 갖추었지." 그가 요정 하나를 손짓으로 불렀다. "알란딜을 데려와."

"네, 주인님." 요정이 바로 붙은 방 하나로 들어가더니 잠시 후 수수한 올리브색 옷을 입은 요정을 데리고 돌아왔다. 첫눈엔 다른 NPC들과 별 차이점이 없었지만 자세히 보니 얼굴이 더 정교해서 가면 같은 느낌이 훨씬 덜했다. 그녀가 공손히 절을 했다.

"부르셨습니까, 주인님?"

"여기는 마누엘. 잠시 여기서 살 거야."

"만나 뵈어 반갑습니다. 마누엘." 알란딜의 목소리도 인공적이기는 마찬가지였지만 그래도 다른 캐릭터들에 비해 억양이 훨씬 자연스러웠다.

"36의 제곱근이 뭐죠?" 내가 물었다.

"죄송합니다. 주인님, 저는 하찮은 하녀라서 그런 건 잘 모릅니다."

자랑할 만한 능력이라더니 실망이었다. 내 마음을 눈치챈 아버지가 옆에서 설명을 했다. "알란딜은 수학은 잘 못 하지만 약초와 요정의 역사엔 아주 훤하단다."

그 정도는 나도 안다. 걸어 다니는 톨킨 백과사전을 프로그래밍하는 것쯤이야 어려울 것이 없고, 약초 연고나 약초 차를 만드는 레시피를 저장시키는 것도 대단한 일은 아니다. 어떻게 요정의 지능을 테스트할 수 있을까? 잠시 고민하던 내 눈에 작은 탁자에 놓인 화병이 들어왔다. 판타지 소설책 표지 같은 장면이 화병에 그려져 있었다.

나는 화병을 집어 들었다. 무게를 느끼지는 못했지만 진짜 물건처럼 들고 다닐 수는 있었다. 나는 요정이 사는 것 같은 작은 방의 문을 열고 들어가 바닥에 화병을 놓고 다시 복도로 돌아왔다.

그리고 알란딜에게 물었다. "저 문 뒤에 뭐가 있어요?"

그녀가 질문을 못 알아들은 듯 잠시 나를 빤히 쳐다보았다. 내가 다시 한번 물으려고 입을 떼는 순간 그녀가 되물었다. "게르프렌의 방을 말씀하시는 겁니까?"

"네, 뭐. 저기 저 방에 뭐가 있어요?"

"게임인가요?" 알란딜이 물었다. 프로그래머가 입력시킨 것 같은 전형적인 대답은 아니었다.

"네."

그녀가 정신을 집중하려는 듯 눈을 감았다. "침대 하나, 탁자 하나, 의자 하나, 세면대 하나, 은촛대 두 개, 목공예 궤짝 하나, 그리고 당신이 방금 갖다 둔 화병이 있습니다."

컴퓨터 프로그램의 작동 방식에 대해선 아는 것이 많지 않았지만 나는 그녀의 대답을 듣고 깜짝 놀랐다. 알란딜 같은 인공 캐릭터가 궁전의 물건들을 구체적으로 상상하고 내 행동을 보고 올바른 결론을 내릴 수 있을 것이라고는 예상치 못했다.

"마누엘, 알란딜과는 잠시 후에 다시 자리를 마련하기로 하고 지금은 다른 걸 보여주고 싶구나." 아버지가 말했다.

"그럼 저는 일하러 가보겠습니다. 주인님." 알란딜이 꾸벅 절을 했다. "만나서 반가웠습니다. 마누엘, 화병을 다시 제 자리에 갖다 두어도 될 런지요?"

"네? 아, 네. 그럼요." 나는 당황하여 얼른 대답을 했고 그녀는 화병을 방에서 가져와 원래 있던 작은 탁자에다 내려놓고는 다시 한번 작별의 인사로 내게 미소를 지어 보인 후 다른 문을 열고 사라졌다.

"대단한데요!" 나도 모르게 감탄사가 튀어나왔다.

"그렇지?" 아버지가 대답했다.

"정말…… 생각을 할 수 있는 걸까요? 의식이 있나요?"

"그 질문은 대답하기가 곤란하구나. 지능과 의식이 무엇인지를 두고는 철학자, 심리학자, 신경학자, 정보학자들의 의견이 엇갈리거든. 난 그런 고민은 하지 않는단다. 알란딜이 대부분의 경우에 마치 생각을 할 수 있는 것처럼 행동하면 그것으로 된 거야. 자, 가자. 보여주고 싶은 게 있어."

그는 구불구불한 계단을 올라 큰 탁자가 놓인 방으로 나를 데려갔다. 탁자에는 엄청나게 큰 지도가 펼쳐져 있었다. 내가 모르는 요정의 문자로 표기가 되어 있었지만 나는 금방 어둠의 왕국 모르도르가 있는 그림자 산맥 특유의 직사각형 형태를 알아보았다.

"제일 가보고 싶은 데가 어디니?" 아버지가 물었다.

"이 시뮬레이션이 리븐델 계곡을 넘어서 중간계를 다 담고 있다는 말인가요?"

"그럼. 샤이어, 머크우드, 로한, 곤도르, 이센가드, 모리아 광산…… 책에 나오는 장소가 다 여기 있단다. 몇 곳은 아직 작업 중이지만 지금도 엄청나게 많지. 다크 스타의 프로그래머, 그래픽 화가, 디자이너의 절반을 이 작업에 투입했고 영화 **<호빗>**에 참여했던 컴퓨터 그래픽 전문가 두 명까지 따로 고용했단다."

나는 지도를 보며 내가 아는 소설 속 장소를 전부 찾아보았다. 언젠가 내 눈으로 직접 볼 수 있기를 얼마나 고대했던가? 그랬던 것 같기는 한데 기억은 나지 않았다. 그러나 막상 그럴 수 있게 되자 어디서부터 시작해야 할지 선택하기가 쉽지 않았다. 고민하지 말고 그냥 책 순서대로 따라가 보는 게 좋을 것 같았다.

"호비튼에 가고 싶어요."

"그러자꾸나."

곧바로 그곳으로 순간 이동을 할 줄 알았는데 아버지가 따라 오라는 신호를 보냈다. 우리는 복도를 따라 걸었고 가파른 나선형 계단을 올라 마침내 지붕 테라스 같은 곳에 도착했다. 보아하니 궁전에서 제일 높은 지점인 것 같았다. 여기 위에서 보니 시설 전체가 훤히 내려다보였다. 바위에서 툭 튀어나온 것인양 계곡의 자연스러운 형태와도 완벽하게 어울렸다.

"여기서 뭘 해요?" 내가 물었다.

"원래는 네게 마법을 주어서 여기저기 마음대로 순간 이동할 수 있게 해주려고 했는데 우리 팀이 반대했어. 이 세상이 현실감이 있으려면 너도 못 하는 게 있어야 한다고 말이야. 간달프도 여기서 저기로 순간 이동을 할 수는 없잖니. 그래도 나는 한 장소에서 다른 장소로 이동하는 데 며칠씩 걸리면 네가 너무 지루할 것이라고 우겼지. 그래서 이 정도로 합의를 본 거야."

아버지가 옷에서 피리 같은 것을 꺼내 짧은 멜로디를 불었다. 그 소리에 날카로운 비명이 응답을 했는데 아주 먼 곳에서 들리는 것 같았다. 잠시 후 산 위에서 두 개의 검은 물체가 나타나더니 빠른 속도로 다가왔다. 커다란 독수리였다. 독수리 두 마리가 큰 날갯짓으로 우리 옆 테라스에 내려앉았다. 독수리가 일으킨 소용돌이 바람에 아버지의 머리가 헝클어지고 옷이 펄럭였지만 나는 아무 느낌도 없었다.

아버지가 독수리의 등에 올라타자 나도 아버지를 따라 다른 독수리의 등에 올랐다. 독수리들이 날개를 퍼덕이며 날아올랐고, 보이지 않는 바람에 밀려 위로 솟구치듯 원을 그리며 하늘로 떠올랐다. 산꼭대기들이 휙휙 지나갔다.

독수리를 타고 리븐델 계곡을 날다니, 너무나 황홀했다. 억지로 기억하지 않으면 이 모든 것이 환상이라는 사실을 도무지 실감할 수 없었다. 독수리의 목 너머로 고개를 빼서 아래를 내려다보니 어지러워서 나도 모르게 붙잡은 손에 힘을 주었다.

환상의 세계는 끝이 없을 것 같았다. 강과 숲, 저 멀리 지평선까지 뻗은 산맥들이 보였다. 거리가 멀어질수록 풍경이 조금씩 더 흐려졌다.

"호비튼으로 가자!" 아버지가 외쳤다. 목소리를 들어보니 신이 난 모양이었다.

지도에선 리븐델 계곡과 호비튼의 거리가 멀지 않았는데 독수리들이 한참을 날았다. 마침내 새들이 구릉 많은 지형으로 하강하더니 호빗 마을의 한복판에 내려앉았다. 순간 십여 명의 난쟁이들이 흙집에서 뛰어나와 놀란 표정으로 우리를 둘러쌌다. 작은 꼬마들이 손가락으로 우리를 가리켰다. 평화로운 마을을 찾은 평범하지 않은 소동의 판타지가 완벽에 가까웠다.

나는 새의 등에서 기어 내려왔다. 아버지도 내려오자 독수리들이 구름 속으로 사라졌다. 호빗들이 명령을 기다리는 사람처럼 신기한 표정으로 우리를 쳐다보았다.

이곳에서는 영웅이 될 수 있을 것이다. 왕도 될 수 있을 것이고, 어쩌면 신이 될 수도 있을 것이다. 그런 상상을 하니 마음이 동했다. 그렇지만…… 나를 둘러싼 채 흥분해서 조잘대는 호빗들이 갑자기 본모습으로 보였다. 의지도, 느낌도, 영혼도, 생명도 없는 꼭두각시들로. 너무 진짜 같아서 오히려 거북스러웠다. 이유는 몰랐다. 지금 이곳의 나는 가짜라는 불쾌한 기분, 희미하지만 그 강력한 기분만 남았다.

"하얀 방으로 돌아갈래요."

"왜 그러니? 여기가 마음에 안 들어?"

"아니요. 좋아요. 컴퓨터 게임이라는 느낌이 안 들어요."

"여기가 그저 그런 컴퓨터 게임이라고 생각하는 거니?" 아버지의 목소리에서 실망이 느껴졌다. "우리가 얼마나 공을 들였는지 아니? 널 위해 따로 이 세상을 만들었어. 크기도 거의 무한대야. 넌 여기서 평생 신나는 모험을 즐길 수 있어. 모리아의 광산 저 아래로 들어갈 수도 있고 거대한 거미 칸크라와 싸울 수도 있어. 병사들이 전부 네 명령을 따를 거고 넌 어둠의 제왕과 맞서 싸울 수도 있어."

"하지만 진짜는 아니잖아요." 내가 말했다.

"아직은 전부 낯설겠지. 이해한다. 하지만 금방 적응될 거야. 언젠가는 여기가 현실이 아니라는 사실도 잊을 거야. 우리 뇌는 정말로 이상한 상황에도 적응을 해서 그걸 정상이라고 받아들이게끔 만들어졌거든. 나나 저 바깥의 다른 사람들과 달리 너는 통증을 느끼지도, 배가 고프거나 목이 마르지도 않을 거야. 모험을 하다가 죽어도 다시 깨어나 모험을 할 수 있어. 네가 원한다면 다른 사람들을 여기로 데려올 수도 있고. 우리가 중간계의 일부를 멀티플레이어 온라인 게임으로 일반에 공개하면 넌 전 세계 사람들을 만나 친구가 될 수 있을 거야. 네가 원한다면 간달프나 사루만보다 더 많은 마력을 뽐내며 이 세상에서 제일 힘센 존재가 될 거야."

"죄송해요. 여긴 정말 멋지지만 그래도…… 그냥 판타지 세상이잖아요. 제가 실제로 존재하지 않는 것 같은 느낌이 들어요. 최대한 현실 가까이 있고 싶어요. 예전 기억이 되돌아올 때까지만이라 도요."

"이해한다. 이 모든 것이 정말 받아들이기 힘들겠지." 아버지가 슬픈 목소리로 말하며 호빗 마을을 가리켰다. "그럼, 그러자꾸나. 여기는 전부 그대로 있을 거야. 언제라도 올 수 있어. 그러고 싶으면 말만 해. 내가…… 그래, 지금은 몇 가지 살펴볼 일이 있어서 그만 가야겠다. 나중에 다시 이야기하자."

아버지에게 미처 작별 인사를 건네기도 전에 나는 다시 벽이 하얗게 빛나는 텅 빈 방으로 돌아와 혼자가 되었다.

"앨리스, 마리아 야스퍼스를 보여줘."

인터넷에 뜬 사진과 문서의 콜라주가 4개의 벽면을 가득 채웠다. 키가 크고 날씬하며 아름다운 여성이었다. 나의 검은 곱슬머리는 그녀에게서 물려받은 것 같았다. 대부분의 사진에서 그녀는 우아한 옷을 입고서 자선 행사장이나 비엔날레, 부자들의 파티장에 서 있었다. 부고를 제외한 모든 뉴스는 아버지와 결혼을 한 이후에 나온 것이었다. 2006년의 한 기사에는 두 사람이 만나 결혼을 하게 되는 과정이 실려 있었다. 아버지가 스키 사고를 당했는데 마침 입원한 인스브루크 병원에서 어머니가 간호사로 일하고 있었다. 때는 1996년이었고 아버지는 막 대학 경영학과를 졸업한 직후였다. 다른 사진에선 어머니 옆쪽 마룻바닥에 곱슬머리 아기가 주저앉아서 갬보이를 하고 있었다. 이 아이가 정말 나일까?

나는 가상의 손으로 벽을 터치해서 사진을 키우고 링크를 클릭하여 다른 기사들을 열었다. 아무리 많은 기사를 읽어도 떠오르는 것은 없었다. 그녀는 여전히 낯선 사람이었다. 그 사실이 어머니의 죽음보다 더 분했다. 살인자는 내게서 어머니에 대한 기억도 앗아버렸다.

"멋진 여자였지."

아버지의 아바타가 언제부터 내 옆에 서 있었는지 모르겠다. 아무 소리도 듣지 못했고, 빛도 없었다. 그가 왔다는 어떤 신호도 없었다.

나도 맞장구를 치고 싶었다. 맞아요. 그랬죠. 하지만 그렇게 말한다면 그것은 거짓이다. 나는 그녀에 대해 아는 것이 없었다. 목소리조차 기억나지 않았다.

"'securecloudstoreage.com' 'slash' 'hjaspers' 'slash' 'fotos'를 열어." 아버지가 말했다.

인터넷 사진들이 사라지고 그 자리에 폴더 아이콘이 나타났다. 아이콘 한 개에는 밑에 '마누엘'이라고 적혀 있었고 다른 하나에는 '마리아'라고 적혀 있었다. 아버지가 어머니의 사진이 든 폴더를 클릭했다. 그러자 어머니의 사진들이 떴다. 어린 나와 놀고 있는 어머니, 요리를 하는 어머니, 크리스마스 선물을 푸는 어머니. 샤워를 하다가 사진이 찍혀서 반은 웃고 반은 당황한 표정으로 샤워 커튼 뒤로 몸을 숨긴 사진도 몇 장 있었다.

아버지가 영상 하나를 클릭했다. 뤼네부르크 하이데의 가족 공원에서 찍은 영상이었다. 3살쯤 되어 보이는 내가 커다란 인형 곰이 무서워 엄마 다리 뒤로 숨는다. 잠시 후 회전목마에 오른 내가 카메라를 들고 있는 것 같은 아빠와 엄마에게 손짓을 한다. 다음 장면에선 내가 엄청나게 큰 아이스크림을 들고 있다. 얼굴이 아이스크림 범벅이다. 아이스크림이 손에서 떨어지고 내가 울음을 터트린다. 엄마는 나를 달래면서 옷에 묻은 끈적이는 아이스크림을 닦는다. 엄마가 아빠를 돌아보며 화를 낸다. "거기 서서 사진만 찍지 말고 와서 좀 도와줘." 그 장면을 끝으로 동영상이 멈추었다. 처음 들은 엄마의 목소리였다. 어쨌든 내가 기억할 수 있는 목소리는 그것이 처음이었다. 엄마의 목소리가 낯설었다. 분명 나였으나 다른 사람 같은 저 영상의 어린아이처럼 나도 엉엉 울 수 있으면 좋겠다는 생각이 들었다.

나는 못 해도 아버지는 울 수 있었다. 내 옆에 선 아버지의 아바타는 꼼짝도 하지 않았고 눈에 띄는 감정 변화도 없었지만 흐느끼다가 코를 푸는 소리가 들렸다.

"보여주셔서 고맙습니다." 내가 말했다.

아버지는 아무 대답도 하지 않았다.

"엄마 이야기해 주세요."

"네 엄마는…… 정말로 멋진 여자였다. 유순한 사람이지만 한번 화가 나면 정말 무섭게 화를 냈지. 한번은 내 머리통으로 우유갑을 던진 적도 있었거든. 그래놓고 내가 잘못했으니까 나더러 치우라고 했어. 내가 성질을 돋우었다고 말이야. 옳다고 생각하면 물불을 안 가렸고 절대 굽히지 않았어. 그런 성격 때문에 그날 범인들이 침입했을 때도 몸을 사리지 않았을 거야. 너를 내어주기보다는 죽는 쪽을 택했던 거지. 내 평생 네 엄마만큼 사랑했던 사람은 없었단다. 물론 엄마도 나를 사랑했지만 엄마한테는 네가 제일 소중했지. 너무 오냐오냐 키울까 봐 내가 노심초사했을 정도였으니까. 성적이 떨어지면 학교로 찾아가서 꼬치꼬치 따져 묻기도 했어. 물론 자주 있는 일은 아니었지. 네가 워낙 총명하고 착한 아이였으니까."

"형제는 없었어요?"

"없었어. 널 낳을 때…… 힘들었지. 제법 오래 인큐베이터에 있었거든. 넌 다행히 건강하게 퇴원을 했지만 엄마는 더 이상 아이를 낳을 수 없게 되었단다. 아마 그래서 더 너한테 애착을 했던 것 같아."

"어디에 묻으셨어요?"

"올스도르프 공동묘지에."

"묘지…… 제가 볼 수 있을까요?"

"당연하지. 그런데 그전에 보여주고 싶은 게 있다. 아마 네 마음에 쏙 들 거야. 아니면 좀 쉬겠니? 오늘 상당히 고단하고 혼란스러웠을 것 같은데."

"그러긴 했어요. 그래도 보고 싶어요."

"그럼 좋다. 앨리스, 개인 카메라 C-113을 보여줘!"

사진들이 사라지고 벽이 다시 하얘졌다. 한쪽 벽면에 지하실 영상이 나타났다. 운동실 비슷했는데 바닥에 매트리스가 깔려 있고 네온등이 환했다. 카메라가 상당히 흔들렸다. 보아하니 누군가의 머리에 붙어 있는 모양이었다.

"여기가 보이니?" 아버지의 아바타는 안 보였지만 아버지의 목소리가 들렸다.

"매트리스가 깔린 지하실이에요."

"맞다. 이제부터 내 카메라 렌즈를 통해서 세상을 보게 될 거야. 내가 너를 데리고 다닐 거거든." 아버지가 다시 한번 천천히 방 안을 둘러보았다. 덕분에 나도 느긋하게 방 구경을 할 수 있었다. 운동 기구 몇 개, 3D 안경과 장갑 두 개가 걸린 선반을 빼면 별로 눈에 띄는 것은 없었다.

"데이터 장갑을 벗었어. 조종은 말로 하거나 여기 이걸 쓸 거야." 스마트폰을 들고 있는 아버지의 손이 보였다.

아버지가 문을 열고 등이 환한 지하실 복도로 걸어 나갔고 다시 길이가 짧은 다른 복도를 지나 널찍한 차고에 도착했다. 그곳에 빨간색 페라리 한 대와 창유리에 코팅 처리를 한 검은색의 대형 랜드로버가 주차되어 있었다. 아버지가 랜드로버에 올라탔다.

"헤닝 야스퍼스." 아버지가 말했다.

"확인되었습니다. 어서 오세요. 헤닝 야스퍼스 씨." 컴퓨터 목소리가 대답했다.

"차고에서 나가자!"

차에 시동이 걸렸다. 차고 문이 열리자 차고가 환해졌고 아버지가 핸들을 잡지 않았는데도 차가 뒤로 굴러갔다.

"마누엘, 보이니?"

"네……, 아버지." 그 단어를 뱉는데 기분이 이상했다.

"넌 날 아빠라고 불렀다." 아버지의 목소리에 실망이 서렸다.

"네. 아빠."

"이건 자동 운전 차량이야. 전자동으로 원하는 목표까지 실어다 주지. 독일에선 아직 공식적으로 도로 주행을 할 수 없지만 시범용으로 특별 허가를 받았단다. 네가 가고 싶은 데는 어디건 갈 수 있어."

나는 깜짝 놀랐다. "제가요?"

"당연하지. 잘 봐라. 정말 간단해. 앨리스에게 이렇게 말하면 돼. '모빌 유닛 1을 운전해.'

"모빌 유닛 1을 운전해."

두 번째 벽에 카메라 영상이 떴다. 아버지의 안경으로 본 화면과 비슷했다. 하지만 조금 높은 곳에서 찍힌 영상이었다. 카메라가 차 지붕에 설치된 것 같았다. 아까 본 차고였다. 차고는 길게 뻗은 현대식 저택 아래쪽에 있었다. 카메라 영상 아래쪽에 단순하게 생긴 컨트롤 콘솔이 깜박였다. 화살표가 각기 앞쪽으로, 왼쪽으로, 오른쪽으로 향해 있었다. 그 아래쪽에 '목적지'라고 적힌 빈 검색창이 보였다.

"목적지를 클릭하고 올스도르프 공동묘지라고 말해."

나는 아버지가 시키는 대로 했다. 자동차의 컴퓨터가 나의 목적지를 확인했다. 카메라 영상에 널찍한 출입문을 빠져나가 조용한 주택가 도로로 접어드는 차량이 보였다. 아버지도 나도 손가락 하나 까딱하지 않았지만 차는 혼자 알아서 도로를 달렸다. 운전면허 시험을 치는 운전학원 학생처럼 안전거리를 잘 유지했고 제한 속도를 준수하였으며 교통 표지판과 빨간 신호등을 잘 지켰다. 모니터 화면 한구석에 지도가 떠 있어서 차량의 위치를 알려주었다. 또 차량의 뒤쪽과 옆쪽에도 작은 카메라가 달려 있어 그곳에서 바라본 영상도 모니터에 떴다.

"아주 잘했다. 카메라 영상 아래쪽에 화살표 보이니? 내비게이션이 정한 경로에서 벗어나고 싶으면 그것으로 명령을 내릴 수 있어. 오른쪽 화살표를 터치해봐." 아버지가 말했다.

내가 화살표를 클릭하자 곧바로 빨간 불이 들어왔다. 내비게이션이 정한 경로는 좌회전이었지만 차는 다음 교차로에서 오른쪽으로 꺾었다. 올스도르프까지 가는 동안 우리는 두 번을 더 경로에서 이탈하였다.

"잘했다. 이번에는 오른쪽 화살을 두 번 클릭해. 그건 우회전 도로가 없더라도 오른쪽으로 갈 수 있는 방법을 찾아보라는 명령이야. 예를 들어 출구나 주차장이나 차고를 찾아보라는 뜻이지. 지금 우리는 숲길로 들어가고 있어."

차가 좁은 길로 꺾어 100미터쯤 들어가니 빈 터가 나왔다. 주말에 주차장으로 쓰는 곳 같았다.

"이제 스톱 버튼을 눌러."

차가 멈췄다.

"이게 끝이 아니란다. 또 한 가지 깜짝 선물이 있거든. 뒷부분에 장착되어 있는데." 아버지가 좌석에서 몸을 돌리자 뒷좌석과 트렁크를 가로지르는 벽이 보였다. 그 뒤편에 무엇이 있는지는 보이지 않았다.

"앨리스에게 말해. 모빌 유닛 4를 작동시켜."

아버지가 시킨 대로 따라 하자 방의 세 번째 벽에 카메라 영상이 떴다. 아직은 새카맸다. 아래쪽에 제어장치가 반짝였는데 자동차의 제어장치와 비슷했지만 더 복잡했다. 아버지가 다시 명령을 가르쳐주었다.

"앨리스, 모빌 유닛 포를 출발시켜!"

부릉부릉. 시끄러운 시동 소리가 하얀 방을 가득 메웠고 랜드로버 지붕에 달린 카메라의 영상이 가볍게 진동했다. 새까맣던 세 번째 벽의 카메라 영상이 갑자기 위에서 내려온 빛으로 환해졌다. 하지만 아직은 아무것도 보이지 않았다. 카메라가 위쪽으로 움직이더니 차가 서 있는 빈터가 나타났다. 그런데 카메라의 시점이 차량 지붕에 달린 카메라에서 족히 2미터는 더 위로 올라가 있었다.

"드론이다!"

"맞다. 이걸로는 차로 못 가는 곳에도 갈 수 있어. 한번 충전시키면 20분 정도 날 수 있단다. 배터리가 다 떨어지면 알아서 차에 붙은 충전기로 돌아갈 거야."

아버지는 높이와 속도, 비행 방향, 카메라 시점의 조종 방법을 설명해주었다. 카메라 영상이 방의 네 벽은 물론이고 천장과 바닥까지 투사되는 360도 어라운드 뷰 모드까지도 가능했다.

나는 한동안 드론을 숲에 띄워 두었다. 개를 데리고 산책을 나온 남자가 놀라서 내 쪽으로 돌아보았다. 세상은 바깥에 있고 나는 가상의 공간에서 동영상으로 그곳을 바라보고 있지만 이 방에서 깨어난 후 처음으로 해방감을 느꼈다. 드론은 조작이 무척 쉬웠고 속도도 무지 빨랐다. 아버지는 최고 500미터까지 올라갈 수 있다고 말했지만 나는 드론을 나무 우듬지에 바짝 붙여 두었다. 함부르크 공항의 비행 안전을 위협하고 싶지 않았다.

"이제 차로 돌아가자. 마누엘. '집'이라고 적힌 버튼을 클릭하면 드론이 알아서 돌아갈 거야."

방 안 영상은 여전히 360도 어라운드 뷰 상태였기 때문에 아버지가 저 아래 빈터의 차 옆에 서 있는 모습이 보였다. 그가 내게 손짓을 했다. 드론이 열린 지붕으로 들어가 차량 뒤편 충전기에 내려앉았고 자동적으로 꺼졌다. 영상은 다시 차량 카메라와 아버지 안경의 시점으로 돌아왔다.

"와우!" 내 입에서 절로 감탄사가 터져 나왔다. "정말 멋져요. 고마워요. 아빠."

"네가 좋아하니 나도 기쁘다. 진짜 몸은 쓰지 못하지만 진짜 세상에서 마음대로 움직일 수 있어. 다른 사람들보다 훨씬 빨리, 훨씬 유연하게."

"그러니까 제가 로봇의 몸에 인간의 두뇌를 가진 그런 엄청난 존재인 건가요?" 약간 빈정대는 투로 내가 말했다.

"뭐, 좋을 대로 생각하렴. 그래도 아예 없는 것보다는 로봇 몸이라도 있는 게 낫지 않겠니?"

"맞아요. 고마워요. 아빠. 전부 다 고마워요."

"내가 해 줄 수 있는 것은 이것뿐이지만 네가 조금이나마 인간다운 삶을 살 수 있다면 여한이 없겠구나. 시간을 되돌릴 수만 있다면 못할 것이 뭐겠니. 네 엄마가 여기 있어서 너를 안아줄 수 있다면, 예전에⋯⋯ 예전에 그랬듯이." 아버지의 목소리가 울음을 참는 것 같았다.

"엄마 무덤으로 가요."

"그러자꾸나."

아버지가 차에 올랐다. 하지만 운전석이 아니라 조수석이었다. 그래서 내가 다시 운전을 맡았고 이번에는 내비게이션이 알아서 찾아가게 내버려 두었다. 빨간 신호등에 차가 멈추면 아버지의 카메라 렌즈를 통해 흥분하여 우리를 손가락으로 가리키는 길가의 사람들과 옆 차에 탄 사람들을 볼 수 있었다. 차 유리는 선팅 처리가 되어 있었지만 텅 빈 운전석이 창으로 보였다. 몇 차례 사람들의 관심을 끌기는 했지만 별 탈 없이 무사히 올스도르프 공동묘지의 대형 방문객용 주차장에 도착했다.

묘지까지는 걸었다. 아름드리 너도밤나무, 참나무, 밤나무가 그늘을 드리운 작은 예배당과 인상적인 묘비들을 지났고 그중에는 몇백 년은 되었을 묘비들도 있었다.

어머니의 비석은 소박했지만 다른 무덤과 뚝 떨어져 작은 빈터에 혼자 서 있었다. 어머니의 묘지까지 가는 좁다란 길엔 만병초 덤불이 울창했고 흰색, 보라색, 파란색의 꽃들이 활짝 피어 있어서 어머니의 무덤에서 생명력이 뿜어져 나와 자연을 듬뿍 살찌우는 것 같았다.

마리아 야스퍼스, 처녀 적 성 호흐라이트너.

1970년 9월 26일 – 2016년 8월 30일.

회색 화강암 비석엔 그 글자밖에 없었다. 십자가 같은 종교적 상징은 전혀 없었다.

"네 엄마는 교회를 별로 좋아하지 않았단다." 내 생각을 읽기라도 한 듯 아버지가 설명을 했다. "솔직히 나도 엄마처럼 내세나 전지전능한 창조주 같은 것은 믿지 않아."

"그럼 엄마는 뭘 믿었죠?" 내가 물었다.

"사랑을 믿었지. 사랑은 시간이 지나도 변치 않는다고, 죽음을 넘어 이어진다고 생각했지. 많이 사랑하고 많이 사랑받을수록 더 가치 있는 인생이라고 확신했고, 몸은 사라져도 사랑은 그대로라고 믿었지. 엄마 생각이 옳았어."

우리는 잠시 말이 없었다. 아빠의 말이 남긴 여운이 한참 동안 가시지 않았다. 하지만 나는 나를 향한 엄마의 사랑도, 엄마를 향한 나의 사랑도 느끼지 못했다. 주체할 수 없는 분노만 끓어올랐을 뿐이다.

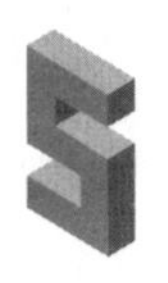

"경찰이 범인의 단서를 찾았나요?" 내가 물었다. 감정이 전혀 실리지 않은 나의 컴퓨터 음성이 이 순간 더욱더 증오스러웠다.

"백 가지는 넘을 거야. 그래도 아직 확실한 단서는 찾지 못했어."

"여덟 달 동안 수사를 하고서도 구체적인 결과가 없다고요?"

"그건 아니야. 크뤼거 반장님하고 정기적으로 통화를 한단다. 반장님은 범죄 조직이 연루되었다고 생각하고 있어. 범죄 조직이 너를 납치해서 나를 협박하려고 했다는 거지."

"그냥 평범한 범죄자일 수도 있지 않아요?"

"그건 아냐. 침입하기 전에 우리 집 보안장치를 해제시켰거든. 외부에서, 해킹으로. 그게 아니라면 보안업체에 신호가 갔을 거야. 시스템은 안전하지만 그놈들이 약점을 찾아낸 것 같아. 장기적으로 계획을 세워서 저지른 범행이 틀림없어. 그래서 경찰은 놈들이 몸값을 노렸다고 믿고 있어. 네 엄마가 납치를 막으려다가 생명을 잃었던 것이고."

"CCTV 영상이 있나요?"

"아니, 안타깝게도 없단다."

"그래도 뭔가가 있겠죠. 뭔가 단서가 있겠죠."

"당연하지. 경찰이 하루 종일 우리 집에서 현장 감식을 했으니까. 또 아무리 작은 흔적도 빼놓지 않고 다 조사를 했고. 하지만 그 이야기는 내일 다시 하기로 하고 오늘은 그만 집으로 돌아가자."

좁은 오솔길을 지나 큰길로 나왔을 때 검은 머리카락을 길게 늘어뜨린 날씬한 여자가 마주 걸어왔다. 눈처럼 흰옷이 묘지와는 어울리지 않았다. 그녀가 시야에 들어오자 아버지의 시선이 그녀를 쫓았다. 그 순간 그녀도 고개를 돌려 아버지 쪽으로 쳐다보았다. 그런데 이유는 모르겠지만 문득 그녀가 아버지가 아니라 나를 보고 있다는 기분이 들었다. 카메라 렌즈를 통해 내가 그녀를 볼 수 있다는 사실을 아는 사람 같았다. 아버지는 얼른 다시 고개를 돌렸고 그녀는 다시 시야에서 사라졌다.

"저 여자를 아세요?" 내가 물었다.

"무슨 여자?"

"방금 전에 지나간 흰옷 입은 여자요."

"무슨 말인지 모르겠구나."

나는 더 이상 캐묻지 않았다. 아마 아버지는 남자들이 으레 그렇듯 예쁜 여자를 보고 자기도 모르게 고개가 돌아갔을 것이고 그랬던 자신이 창피할 것이다. 그녀가 나를 바라보았다는 기분은 너무 예민해진 탓에 일어난 착각이었을 것이다.

"잠을 좀 자는 게 좋겠다." 다시 차로 돌아왔을 때 아버지가 말했다.

"어떻게요? 제 방에는 침대가 없어요."

"그냥 앨리스에게 '잘 자' 하면 된단다."

시험 삼아 "잘 자"라고 인사를 했더니 영상들이 사라졌다. 벽이 하얘졌다가 노랗게 변했고 서서히 어두워지더니 앞이 보이지 않을 정도로 사방이 깜깜해졌다. 더럭 겁이 났다. 엄마를 따라 무덤에 들어간 기분이었다. 하지만 공포는 아주 서서히 썰물처럼 빠져나갔다. 나는 엄마를 떠올려보려 애썼다. 엄마의 손길, 엄마의 눈빛, 목소리, 냄새를. 그러나 아무것도 떠오르지 않았다. 하얀 방 바깥에 아무것도 존재하지 않는 것 같은 기분이 들었다.

다시 불이 들어왔다.

"안녕히 주무셨나요?" 앨리스가 억양 없는 목소리로 말했다.

"뭐?" 나는 화들짝 놀라 물었다. "내가…… 잤어?" 무슨 꿈을 꾸었는지는 기억이 나지 않았다.

"12시간 53분 동안 주무셨습니다." 앨리스가 말했다. "지금은 8시 13분입니다."

어제 엄마의 무덤에서 느꼈던 고통과 분노는 여전히 살아 있었다. 나는 결심했다. 엄마를 죽인 범인을 반드시 찾아내겠다고. 그럴 가능성은 많지 않지만 그래도 그것이 여기서 할 수 있는 최선인 것 같았다. 또 거기에 신경을 집중하다 보면 비참한 내 처지도 잠시나마 잊을 수 있을 테고. 정말로 잊을 수 있기를 바랐다.

"앨리스, 아빠랑 통화하고 싶어."

"헤닝 야스퍼스 씨는 지금 업무를 보고 계십니다. 메시지를 남길까요?"

"응."

"음성 메시지를 남기세요." 삑 소리가 났다.

"아빠, 마누엘이에요. 시간 되시면 연락주세요. 엄마가…… 어떻게 돌아가셨는지 알고 싶어요. 그럼 이따 만나요. 끝."

"메시지가 저장되었습니다."

아빠의 연락이 올 때까지 혼자서라도 더 알아보고 싶었다.

"앨리스. 마리아 야스퍼스 살인 사건에 대해 아는 게 있어?"

"무슨 말인지 모르겠습니다."

"마리아 야스퍼스 살인사건을 보여줘."

벽이 사진과 영상으로 가득 찼다. 전부 인터넷에서 퍼온 자료였다. 대부분은 이미 보았던 것들이었다. **미궁에 빠진 백만장자 아내 살인사건!** 어떤 기사의 제목이었다. 기사 내용도 제목처럼 별것이 없었다.

이런 방법으로는 소득이 없을 것 같았다. 아버지의 대답이 필요했다. 아버지의 연락을 기다리는 동안 나는 아이스트림으로 사람들을 구경했다. 조깅 중인 엘레나96이라는 이름의 한 여성을 따라 아우센알스터 호수 변을 한참 동안 달렸다. 와일드월드워처라는 이름의 남자는 아프리카 어딘가의 수풀에 꼼짝도 않고 앉아서 얼룩말 고기를 뜯어 먹는 사자를 구경하였다. 찬달B는 에펠탑 앞에 늘어선 줄에 서 있었고 자정 직전인 로스앤젤레스에선 한 젊은 남자를 따라 인기 많은 클럽에 들어갔다. 전부

다 재미있었지만 어쩐지 시간을 허비한다는 기분이 들었다. 그래서 마침내 아빠가 아바타의 모습으로 내 방에 나타났을 때 나는 안도의 한숨을 내쉬었다.

아빠가 벽의 영상들을 쳐다보았다. "아이스트림이구나. 다른 사람들의 삶에 참여하는 것도 좋지. 그래. 아주 좋아. 아들."

"그래도 제 삶은 아니에요. 전 그저 구경꾼이죠."

"물론. 나도 안다. 그래서 자동차랑 드론을 제작했던 거야. 조금이나마 네가 움직일 수 있게. 그래도 이 사람들을 통해 세상 구경을 하는 것도 나쁘지는 않아. 마누엘. 부탁이 있단다. 외부의 누구하고도 인터넷으로 접속해서는 안 돼. 네가 의식이 있다는 사실을 누구도 알아서는 안 되거든."

"왜 안 돼요?"

"네 머리에 심어 놓은 전극, 이 가상 세계, 인터넷 접속, 너의 인공 음성, 이게 알려지면 엄청난 관심이 일 거야. 혹시라도 언론이 낌새를 채면 그날로 조용한 시간은 끝이란다. 온 세상이 우리더러 눈이 안 보이고 말을 못 하는 사람들을 치료하라고, 혼수상태에 빠진 환자들을 깨우라고 난리를 칠 거야. 우린 하루 종일 미안하지만 그럴 수 없다는 사죄의 편지만 쓰고 있겠지. 그럼 네게 집중할 수가 없어."

"어려운 사람을 도우면 좋잖아요."

"우리 기술이 아직 거기까지는 못 미친단다. 그리고 이런 것들을 비도덕적이니, 비윤리적이니 하며 비난하는 사람들도 있을 수 있고. 인간은 새로운 것을 겁내는 법이거든. 마누엘, 지난 몇 달 동안 나는 널 구하기 위해 최선을 다했다. 네 엄마는 살릴 수 없었지만 너라도 구하기 위해……. 난 아직 사람들 앞에 설 마음이 없단다. 그러니까 약속해줘. 아무한테도 말 안 하겠다고. 당분간만이라도. 몇 주 지나고 나면 그때 다시 한번 이야기해보자꾸나."

"네, 그럴게요."

"고맙다. 널 믿는다. 엄마 이야기를 듣고 싶은 거니?"

"네. 엄마가 어떻게 돌아가셨는지 알고 싶어요."

"내가 갔을 때는 이미 숨이 끊어져 있었단다. 네 침대에 가로로 누워 있었지. 사방이 피범벅이었고. 방바닥에서 엄마의 지문이 묻은 가스총이 발견되었어. 하지만 경찰이 조사해보니 공기 중엔 가스 흔적이 남아 있지 않았어. 그러니까 쏴보지도 못했던 거지. 네 방에 들어온 범인은 최소 2명이었어. 그것도 경찰이 나중에야 밝혀낸 사실이야."

범인들이 내 방에 들어왔을 때 나는 깨 있었을까? 엄마가 싸우는 동안 비명을 질렀을까? 아니면 무서워서 이불을 뒤집어썼을까? 왜 아무것도 기억이 나지 않을까?

"나는 사실 그날 밤 일은 기억이 잘 안 난다." 아버지가 말을 이었다. "충격이 너무 심해서 그런 것 같아. 큰 소리에 잠이 깼어. 그러고 총성이 두 발 울렸지. 한 발은 엄마를 스치고 지나가서 네 목을 관통했고, 다른 한 발은 엄마의 머리를 관통하는 바람에 치명상을 입혔단다. 내가 네 방으로 달려갔을 때는 이미 범인들은 도망치고 없었어. 나는 황급히 경보기를 눌렀지. 그걸 누르면 구급대와 경찰서로 바로 연락이 되거든. 넌 죽었다고 생각했다."

"왜 놈들이 엄마에게 총을 쐈을까요? 가스총이 무서워서 그랬을 것 같지는 않은데요."

"기억이 돌아오면 너도 알 거다. 네 엄마가 화를 내면 얼마나 무서운지. 아마 첫 발은 범인들이 놀라서 반사적으로 쏜 것 같아. 두 번째는 의도적으로 엄마를 겨냥했을 거고. 엄마의 입을 틀어막고 싶었겠지. 그러고는 도망을 친 것이고."

"증거가 없는데 경찰이 어떻게 범인을 잡아요?"

"고민하지 마라. 마누엘. 이런 상황을 인정하기는 쉽지 않겠지만 우리가 할 수 있는 일은 없단다."

나는 아버지의 말을 무시했다. "계획적인 납치가 아니었다면 어떻게 되는 거예요? 범인이 우리 둘 다를 죽이려고 했을 수도 있잖아요."

"그랬다는 증거는 없다. 물론 경찰도 그럴 가능성을 배제하진 않아."

"아빠가 아는 사람일 수도 있잖아요."

"그게 무슨 소리냐?"

"누군가 보안시스템을 해킹했다면서요. 보안업체 직원일 수도 있어요. 아니면 아빠 주변 사람 중에 시스템을 잘 아는 사람일 수도 있고요."

"마누엘, 아빠 말 믿어. 그런 가능성도 경찰이 이미 다 고려해서 조사 중이다." 아빠의 목소리에 약간 짜증이 실렸다. "보안 시스템과 관련 있는 사람은 전부 다 조사를 했단다."

그래도 나는 물러서지 않았다. "아빠 회사 직원일 수도 있잖아요. 아빠는 다크 스타 게임 스튜디오의 사주잖아요. 당연히 뛰어난 기술을 갖춘 직원들이 많을 거잖아요. 아빠한테 원한을 품을 만한 사람이 누구 없을까요? 아빠와 싸웠다거나, 아빠가 해고를 했다거나."

"마누엘, 그만해라. 넌 이제 겨우 15살이야. 아무리 머리가 좋아도 전문가로 구성된 특수수사대도 못 찾은 것을 네가 찾을 수는 없어. 슬프지만 어쩔 수 없어. 엄마 복수를 하고 싶은 네 마음은 충분히 이해한다만 넌 아무것도 할 수 없어.”

맞다. 난 할 수 없다. 어린아이처럼 다리를 버둥대며 목 놓아 울고 싶었다. 하지만 가상의 내 몸은 눈물을 흘리지 못했고, 내 인공 목소리로는 흐느낄 수도 없었다.

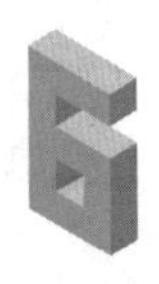

아빠가 돌아간 후 나는 인터넷에서 엄마의 살인사건에 관한 정보를 더 찾아보았다. 하지만 내가 찾은 기사들엔 별다른 내용이 없었다. 나는 리하르트 외트커, 자비네와 주잔네 크론추커, 라르스와 마이케 슐레커 같은 부자 자녀 납치 사건에 관한 기사들을 읽어보았다. 범인들이 무자비했고 계획이 치밀했다는 사실만 빼면 우리 사건과는 전혀 공통점이 없었다. 의지가지없고 아무짝에도 소용없는 인간이 된 기분이었다. 아빠 말씀이 옳았다. 내가 할 수 있는 일이란 없다.

몇 시간 후 다시 아버지의 아바타가 나타났다. 하지만 혼자가 아니었다. 아버지 옆에 청바지와 티셔츠를 입은 남자의 아바타가 서 있었다. 그는 어쩌다 여기로 왔는지 도통 모르겠다는 듯

방 안을 둘레둘레 살폈다.

"피터 드 보어다. 네 안전을 위해 고용한 직원이란다." 아버지가 소개를 해주었다.

"안녕." 낯선 남자가 인사를 했다.

"안녕하세요." 나도 따라 인사를 했다. 그리고 아버지에게 물었다. "제 안전이요? 그게 무슨 말씀이세요?"

"넌 총에 맞았어. 놈들이 널 죽이려 했던 건 아닌 것 같다만 그래도 만일을 대비해야지. 네 몸이 누워 있는 방은 24시간 철저히 지키고 있단다."

누군가 날 죽이려 했다고 생각하니 소름이 돋았다. 대체 누가 무슨 이유로?

"저번에도 말했지만 그럴 가능성은 낮아." 나의 충격을 예상했던 듯 아버지가 다시 나를 달랬다. "걱정하지 마라. 넌 안전해. 가상 세계에 있으면 그게 좋은 점이지. 아무 일도 일어날 수가 없으니까. 자동차 사고도, 테러도, 자연재해도 당할 수가 없지."

"그런 위험을 겪어도 좋으니 자유롭게 움직일 수만 있다면 좋겠어요."

"나도 안다. 그래서 피터를 데리고 왔단다. 보니까 네가 아이스트림으로 사람들을 쫓아다니더구나. 그래서 이런 생각을 했단다. 앨리스. 피터 캠을 열어."

피터의 아바타가 사라졌다. 벽 한 면에 카메라 영상이 떴다. 아버지가 가상 세계로 올 때 머무르는 지하실이었다. 아버지가 보였다. 3D 안경을 쓰고 데이터 장갑을 꼈다.

"피터, 거울 앞으로 가주게." 아버지가 말했다.

카메라가 휙 돌자 한 남자의 모습이 보였다. 청바지와 검은색 폴로 스웨터를 입었다. 옷 밑으로 근육이 불끈불끈 드러났다. 머리는 빡빡 밀었고 턱에는 금발 수염을 길렀다. 카메라 렌즈를 통해서 파란 눈동자가 나를 바라보았다. 그가 미소를 지었다. 미소를 지으니까 오히려 살짝 무서웠다.

"안녕, 마누엘. 날 볼 수 있니?" 그가 물었다.

"네. 보여요."

"잘 되었구나." 아버지가 말했다. "피터는 이제부터 현실 세계의 네 아바타가 되어줄 거야. 네가 말하는 건 전부 다 해줄 테니까. 불법이나 너무 위험한 일만 아니라면 말이야."

"나…… 는…… 로봇……입니다." 피터가 장난스럽게 로봇 말투를 흉내 내며 관절 꺾는 동작을 해 보였다. 나도 모르게 웃음이 나왔다. 하지만 컴퓨터 음성이라서 웃음소리가 이상했다.

"둘이 잘 통하는구나. 재밌게 잘 지낼 수 있을 것 같다." 아버지가 말했다.

피터는 성격이 싹싹한 것 같았다. 그와 내가 한 팀이라니, 기분이 좋았다. 하지만 어른에게 명령을 내리려니까 왠지 어색했다.

"피터, 집 구경시켜줄 수 있어요?"

"예써, 대장님. 그렇게 하겠습니다."

그가 지하실을 나와 집 전체를 내게 보여주었다. 둥근 모양의 건물을 가운데 두고 양쪽으로 직사각형의 공간이 붙어 있었다. 지하실에는 가상 세계로 소풍을 갈 때도 쓰이는 운동실과 수영장, 사우나 실, 난방 실, 와인 켈러 이외에도 보안 장비를 보관한 방이 하나 더 있었지만 그 방에는 들어갈 수가 없었다. 그리고 큰 차고가 있었다. 1층에는 반원형의 오픈된 현관이 있고, 안으로 들어가면 창고 방이 딸린 현대식 부엌, 널찍한 식당, 공원 같은 정원이 내다보이는 큰 유리창의 거실, 책장이 늘어선 아버지의 서재, 두 개의 손님방, 마지막으로 벽난로와 당구대와 큰 탁자가 놓인 방이 하나 더 있었다. 2층은 부모님의 침실과 내 침실이 있었다. 방 인테리어는 심플하고 모던했지만 감각이 있었다. 엄마의 감각일까?

피터는 관광객들을 데리고 왕이 살던 궁을 안내하는 가이드처럼 하나하나 설명을 곁들였다. 농담도 자주 했다. 나는 그의 농담이 좋았다.

"정말 하나도 기억이 안 나?" 피터가 물었다.

"안 나요. 처음 오는 곳 같아요."

"과거가 없다는 건 안 좋겠구나."

"안 좋아요." 전혀 감정이 실리지 않은 나의 목소리가 말했다. "아저씨 과거는 어땠어요? 우리 아버지하고 일하기 전에는 뭘 했어요?"

"용병이었지. 난 남아프리카 공화국의 케이프타운에서 태어났어. 남아프리카 공화국 군대에 있다가 나와서 사설 보안업체에서 일했는데 어떤 외국인 회사의 일을 봐줬어. 배후에 정보기관이 있다는 짐작은 갔지만 확실한 건 몰라."

"스릴 있는데요."

"더러운 일이야. 그런 일을 안 해도 돼서 얼마나 좋은지 몰라."

"사람도 죽여 봤어요?"

그가 입을 다물었다. 한참 후 입을 연 그의 목소리에서 화를 참고 있는 기색이 역력했다. "그런 말은 두 번 다시 하지 마라. 알았지?"

"죄…… 죄송해요. 기분 상하실 줄 몰랐어요."

"괜찮아. 누구나 두 번 다시 생각하고 싶지 않은 일들이 있으니까."

"죄송해요. 다시는 안 물을게요."

"이제 퇴근 시간이야. 맥주 한잔하러 가는 건 어때?

"우와, 좋아요."

잠시 후 우리는 세인트 파울리의 한 술집에 앉아 있었다. 나는 아직 미성년자여서 들어갈 수 없는 곳이었다. 피터의 안경에 달린 마이크를 통과하느라 일그러진 음악 소리가 시끄러웠다.

"마음에 들어?" 그가 물었다.

"모르겠어요. 좀 시끄러워요."

"맥주 마셔본 적 있어?"

"아…… 기억이 안 나요."

"마누엘을 위하여!" 그가 맥주잔을 높이 들어 건배하는 시늉을 하더니 단숨에 들이키고는 한 잔 더 주문했다.

피터가 술집을 둘러보는 통에 카메라가 오른쪽, 왼쪽으로 돌았다. 그의 시선이 노출 많은 옷을 입고 두 자리 건너에 앉은 여자에게 가서 멎었다. 그녀의 긴 금발은 가짜 같았고 얼굴 화장이 너무 짙어 아바타 같아 보였다. 피터는 괜찮은 모양이었다.

그가 그녀에게 고개를 까딱하는 모양인지 카메라 영상이 흔들렸다.

그녀가 미소를 지으며 잔을 들었다. 그가 일어나 그녀에게로 걸어갔다.

"안녕."

"안녕. 멋쟁이. 카메라를 켜면 요금이 추가돼요." 금발 여자가 말했다.

"그냥 친구야. 우릴 보고 있지." 피터가 설명을 했다. 보아하니 취기가 오른 모양이었다.

나는 기분이 별로 좋지 않았다. 관음증 환자가 된 기분이었다. "피터. 이건 좀 아닌 것 같아요."

"왜? 너도 즐겨."

음악 소리를 뚫고 술기운이 올라 묵직해진 한 남자의 목소리가 들렸다. "이봐, 거기, 카메라 꺼!"

피터가 돌아보았다. 어깨가 떡 벌어지고 팔에 문신을 한 남자가 서 있었다.

"뭐라고 짖어?" 피터의 목소리는 조용했지만 협박조였다.

"피터, 어서 나가요. 당장." 나는 그에게 명령을 내렸다.

"카메라 끄라고 했다. 남의 사생활은 지켜줘야 하지 않겠어?"

문신을 한 남자가 말했다.

"누구더러 꺼라 마라야." 피터가 응수했다.

"피터, 카메라 꺼요. 어서 술값 내고 술집에서 나가요." 고함을 지르고 싶었지만 내 목소리는 조금도 커지지 않았다.

"알았어. 알았다고."

화면이 새까매졌다. "연결이 끊어졌습니다."라는 메시지가 떴다. 하지만 얼마 안 가 메시지가 사라지고 다시 카메라 화면이 켜지면서 술집 앞 도로가 보였다.

"고마워요." 내가 말했다.

"재미 좀 보려고 했더니." 피터가 투덜댔다. "저런 녀석은 혼을 내줘야 하는데. 뭐, 오늘은 참아 보지. 이제 난 퇴근한다. 내일 8시부터 연결 가능하니까 볼일 있으면 연결해. 잘 자, 마누엘."

"네. 안녕히 주무세요. 앨리스 피터 캠을 닫아."

아직 자기엔 시간이 일렀고 피곤하지도 않았다. 달리 할 것이 없어서 함부르크의 아이스트림을 불러왔다. 꼬마 마녀라는 이름의 사용자 스트림을 클릭했더니 친구 몇 명이서 도심 공원에서 그릴 파티를 하는 중이었다. 수염을 기르고 말총머리를 한 젊은 남자가 기타를 치며 노래를 불렀고 다른 사람들이 경건하게 노래를 들었다. 기타리스트의 재능은 별로였지만 음악은 감동적이었다. 나도 기타를 쳐본 적이 있었을까? 지금 내 손으로 기타를 칠 수 있다면 무슨 일이라도 할 것 같았다. 내일 아침 피터에게 다룰 줄 아는 악기가 있나 물어봐야겠다. 그래도 내가 직접 하는 것이랑은 하늘과 땅 차이겠지.

한 소녀가 일어나서 그릴 옆에 놓인 맥주 상자 쪽으로 걸어갔다. 맥주병을 하나 빼서 뚜껑을 따더니 카메라 안경을 낀 여성 쪽으로 돌아섰다. "너도 줄까?"

순간 몸이 얼어붙었다. 나는 저 소녀를 안다. 검은 머리에 큰 눈동자, 가냘픈 턱선……. 이름은 기억나지 않지만 분명 본 적이 있다. 하얀 방에서 깨어난 이후 처음으로 바깥세상과 따로가 아니라는 기분이 들었다. 누군지는 몰라도 저 소녀는 분명 내 인생에서 중요한 사람이다.

누구와도 접촉하지 않겠다고 아버지와 약속했다. 하지만 이건 너무 중요한 일이었다. 게다가 내 정체를 밝힐 필요도 없었다. 내가 혼수상태에 빠져 뇌에 심은 전극으로 인터넷을 서핑하는 소년이라는 사실을 굳이 알릴 이유가 없었다. 나는 앨리스에게 꼬마 마녀에게 채팅 메시지를 보내 달라고 명령했다. **방금 맥주를 집어 든 저 검은 머리 소녀는 누구인가요?**

"율리아. 누가 네가 누구냐고 묻는데." 카메라 안경을 쓴 여자가 말했다.

"카메라 켰어?" 율리아가 물었다. 다른 사람들이 우르르 고개를 돌려 안경 쓴 여자를 째려보았다.

"미안, 나는……." 안경 쓴 여자가 우물쭈물 변명하는 소리가 들리면서 화면에 까매졌다. 꼬마 마녀는 오프라인이라는 메시지가 떴다.

빌어먹을!

구글 영상 검색을 해보니 함부르크엔 율리아가 엄청나게 많았다. 하지만 공원의 소녀를 닮은 율리아는 없었다. 카메라 영상 스크린샷이라도 남길걸. 이미 늦었다.

나는 앨리스에게 아버지와 연결해달라고 명령했다. 이번에는 아버지의 음성만 들렸다. 한쪽 벽면에 아버지 사진이 떴는데 다크 스타 게임 스튜디오 홍보부에서 공개한 사진인 것 같았다.

"마누엘. 안녕. 막 자려던 참이었다." 아버지가 말했다.

"죄송해요. 방해했네요."

"무슨 소리! 방해라니. 우리 아들은 언제라도 환영이다. 그래, 피터와는 어땠니?"

"좋아요. 고맙습니다. 카메라 만들어주셔서. 피터 아저씨가 성격이 다정하세요."

"둘이 잘 통한다니 좋구나."

"지금은 딴 일로 연락드렸어요. 조금 전에 아이스트림에 접속했는데 거기서 한 소녀를 봤어요. 어디선가 본 것 같아요."

"소녀? 이름이 뭔데?"

"성은 모르고 이름만 알아요. 율리아예요."

"흠. 어디서 봤는지는 모르고?"

"네."

"학교에서 봤을까?"

"그럴 수도 있어요. 제가 다니던 학교가 어디죠?"

"발트되르퍼 김나지움이다."

"고마워요. 아빠. 안녕히 주무세요."

"그래. 잘 자라. 기억이 나기 시작한 걸 보니 좋은 신호다. 이제 곧 기억이 완전히 돌아올 거야. 잘 자라. 아들."

너무 흥분했던 탓에 잠이 쉬 오지 않을 것 같았다. 그래서 김나지움 웹사이트에 들어가서 이런저런 소셜네트워크를 통해 그 학교에 다니는 율리아를 찾아보았다. 여러 명이 있었지만 프로필 사진들이 하나 같이 공원의 그 소녀와는 달랐다.

자정을 훌쩍 넘기고서야 나는 포기했다. "잘 자. 앨리스."

빛이 꺼지고 어둠이 나를 휘감았다. 이번에는 겁나지 않았다.

어쩌면 두 번 다시 몸을 쓸 수 없을지도 모른다. 하지만 공원을 거닐고 축구를 했던 기억이라도 난다면 가상 세계의 이 새 삶에도 잘 적응할 수 있을 것 같았다.

ㄱ

아침 8시 직전 하얀 방의 벽이 다시 환해지면서 앨리스가 무미건조한 음성으로 인사를 건네며 나를 깨웠다. “굿모닝, 마누엘.” 어지러운 꿈의 조각들이 머리를 스쳐 지나갔다. 율리아도 꿈에 나왔다. 오크 족에게 붙잡혀서 탑으로 끌려간 그녀를 구하기 위해 내가 달려갔지만 어찌 된 일인지 입구를 찾지 못했다. 그러다 갑자기 나도 오크 족에게 붙들려서 비웃음과 조롱을 받았다. 율리아는 내가 갇힌 감옥 바깥에 앉아서 울었다. 그 소녀가 내게 소중한 사람이라는 것 말고는 아는 것이 없다. 우리가 사귀는 사이였을까? 그랬다면 아버지가 그녀를 모를 리 없다.

꼬마 마녀에게 메시지를 보내서 율리아에 대해 물어보자고 결심했다. 아무하고도 접촉하지 않겠다고 아버지에게 약속했지만 인터넷에선 익명이 가능하다.

안녕하세요. 꼬마 마녀님. 나는 아이스트림의 채팅창에 쳐 넣을 말을 불러주었다. **어제 마녀님의 스트림에서 한 소녀를 보았습니다. 율리아요. 예전에 아는 사이였는데 그동안 연락이 끊어졌어요. 어떻게 하면 연락할 수 있는지 알려주시겠어요?**

꼬마 마녀의 프로필 상태 메시지는 오프라인이었지만 메시지를 보내고 불과 1분 만에 답신이 왔다. **이름이 뭐예요? 율리아를 어디서 만났어요?**

나는 망설였다. 익명을 유지하고 싶었다. 하지만 내 정보를 주지 않으면 그녀도 율리아에 대해 아무것도 알려주지 않을 것이다. **마누엘이에요. 어디서 봤는지는 확실치 않아요.**

금방 답이 왔다. **그게 무슨 말이에요? 어디서 봤는지 확실치 않다니? 율리아를 안단 말이에요, 모른단 말이에요? 마누엘?**

위험을 감수하기로 마음먹었다. **사고를 당했어요. 그래서 예전 기억이 다 나지는 않아요. 율리아를 예전에 만난 적이 있다는 기억만 있어요. 율리아를 만나면 기억이 돌아올지도 모르겠어요. 저한텐 정말 중요한 일이니까 제발 율리아와 연락할 수 있게 도와줘요.**

꼬마 마녀의 답장이 왔다. **보자 보자 하니 뭐 어째? 꺼져, 이**

스토커 새끼야.

그런 거 아니에요. 율리아한테 물어봐 주세요. 마누엘을 아는지. 15살이고 검은 곱슬머리예요. 물어보고 율리아한테 알아서 하라고 해요.

하지만 꼬마 마녀는 답신은커녕 아예 나를 차단해버렸다.

나는 계정을 없애고 다른 이름으로 새 계정을 열었다. 그 계정으로 꼬마 마녀의 스트림에 구독 신청을 했고 그녀가 다시 온라인 상태가 되면 아이스트림이 내게 메시지를 보내도록 설정했다. 넘치는 시간을 어찌해야 할지 몰라 나는 무작위로 함부르크의 다른 스트림을 클릭했다. 라이브 카메라 영상에서 우연히 율리아나 예전에 알던 사람을 발견할 가능성은 희박했지만 혹시 다른 것을 보고 기억이 되살아날지도 모를 일이었다. 어쨌든 하얀 벽만 쳐다보고 있는 것보다는 나았다.

2시간이 지나자 흔들리는 카메라 영상 때문에 속이 울렁거렸다. 중국 관광객의 스트림을 보는 중이었는데 그는 시청광장을 걸어가면서 자신의 카메라 영상을 보고 있을 구독자들을 위해 쉬지 않고 떠들어댔다. 이젠 정말로 토할 것 같아서 그만하려던 참이었다.

그 순간 나는 그녀를 보았다. 눈처럼 흰옷을 입은 여자. 화면을 지나쳐 걸어가던 그녀가 고개를 돌려 나를 향해 미소를 짓고는 화면에서 사라졌다. 중국인은 알아들을 수 없는 말로 계속 떠들어댔다.

저 여자가 정말 묘지에서 본 그 사람일까? 설사 그렇다고 해도, 놀라운 우연이었다 해도 그녀를 이 아이스트림에서 본 것이 무슨 의미가 있단 말인가. 아무 의미도 없다. 그녀는 나를 향해 웃은 게 아니라 중국인이나 그 옆의 다른 사람을 보고 웃었다. 중국인이 카메라로 찍고 있다는 사실조차 몰랐을 수 있다. 달리 어떻게 설명할 수 있단 말인가?

그렇다고 해도……

문득 이런 생각이 들었다. 내가 그녀를 한번도 본 적이 없다면? 우연히 흰옷을 입고 지나가는 여성 행인에게 그녀의 얼굴을 투사한 것이라면? 왜 모두들 그런 경험이 있지 않은가? 구름이나 잉크 얼룩을 보고 어떤 사람을 떠올린 경험? 만일 그렇다면 그건 누구의 얼굴일까?

"앨리스, 마리아 야스퍼스를 보여줘."

이미 보았던 사진과 자세히 읽었던 온라인 기사들이 다시 나타났다. 엄마는 흰옷을 입은 그 여자와 닮았다. 검은 긴 머리, 날씬한 몸매. 하지만 얼굴은 달랐다. 코는 더 좁고 입술은 더 통통했다. 정말로 내가 모르는 여자에게서 아는 얼굴을 본 것이라면 그 사람은 우리 엄마가 아니다.

아이스트림에 메시지가 떴다. **꼬마 마녀님이 접속했습니다.** 나는 그녀의 아이스트림에 접속해서 빨간 머리에 주근깨가 송송 난 여자친구와 쇼핑센터를 거니는 그녀를 관찰하였다. 그들은 쇼윈도를 구경했고 지나가는 행인의 옷차림을 두고 험담을 했다. 어떻게 해야 차단을 당하지 않고 다시 접촉할 수 있을까? 나는 고민에 빠졌다.

두 여자가 옷가게 앞에 멈춰 서서 킥킥거렸다. 순간 좋은 생각이 났다. 나는 구글 지도를 띄워 가게 이름을 입력했다. 그들이 있는 곳은 알스터탈 쇼핑센터였다.

"앨리스, 피터와 연결해줘."

"대장님, 안녕. 무엇을 도와드릴까요?" 피터가 인사를 건넸다.

나는 잠시 망설였다. 이래도 될까? 피터는 아버지가 고용한 일꾼이고 아버지는 외부인과 절대 접촉하지 말라고 당부했다. 하지만 피터는 규칙에 얽매이는 사람은 아닌 것 같고, 또 이보다 더 괜찮은 아이디어가 떠오르지도 않았다. 한 번쯤 해보는 것도 나쁘지 않을 것이다.

"알스터탈 쇼핑센터로 가주세요."

"거기서 뭐 해? 나더러 쇼핑하라고?"

"아니요. 거기서 누구 뒤를 밟아주세요."

"오, 재미있겠는데. 좋아. 이미 출발했어."

피터의 카메라 영상이 한쪽 벽면으로 전송되는 동안 나는 다른 쪽 벽면에 비친 꼬마 마녀의 아이스트림 영상을 쳐다보며 카메라가 꺼지지 않기를 바랐다. 다행히 두 사람은 험담에 정신이 팔려서 카메라에 신경을 쓰지 않았다. 피터가 쇼핑센터 주차장에 차를 세우는 순간 두 사람은 여름옷이 가득 진열된 쇼윈도 앞에 서 있었다.

"저거 마음에 들어. 저건 너무 튀지 않아?" 친구가 말했다.

"그래?"

"이제 어쩔까요? 대장님." 피터가 물었다.

"영스타일이라는 가게를 찾아요." 그가 가게를 찾는 동안 두 여자가 가게로 들어갔다. 꼬마 마녀는 자기 사이즈 옷을 찾아서 탈의실로 향했다. 그 짧은 순간 나는 거울에 비친 그녀를 보았다. 키가 크고 날씬하고 짧은 금발 머리였다. 그녀의 손이 안경을 만지자 영상이 까매졌다. 꼬마 마녀가 카메라를 꺼버린 것이다. 에잇!

피터는 몇 분 후 가게에 도착했다. 그의 카메라로 나는 이제

막 가게를 나선 두 여자를 발견했다.

"이제 어쩔까요? 대장님." 그가 물었다.

꼬마 마녀가 그를 힐끗 보았지만 다행히 다시 친구에게로 고개를 돌렸다. 조각난 그들의 대화가 들렸다. "평생…… 저런 가격은……."

"피터, 방금 가게에서 나온 두 젊은 여자. 그중 하나랑 이야기를 해야 해요. 쇼핑백 든 금발 여자."

그가 카메라를 그녀에게로 고정시켰다. "무슨 말을 하려고?"

나는 그가 몇 걸음 떨어져서 두 여자를 따라 카페로 들어가는 동안 자초지종을 설명했다. 두 여자가 탁자에 앉았다.

피터가 자기 방식으로 접근을 했다. "실례합니다. 숙녀분들." 두 여자가 고개를 돌려 그를 쳐다보았다. 꼬마 마녀는 이마를 찌푸리며 미심쩍은 표정이었지만 친구는 미소를 지었다. 피터가 마음에 든 모양이었다.

"무슨 일이시죠?" 꼬마 마녀가 물었다.

"커피 한 잔 사드려도 될까요?"

빨간 머리 친구는 좋아했지만 꼬마 마녀는 거절했다. "됐어요. 우리끼리 할 이야기가 있어서요. 다음엔 작업을 거시려거든 카메라부터 끄는 게 좋을 거예요."

"죄송하지만 제가 온 이유는 바로 그것 때문입니다. 친구가 당신과 이야기를 하고 싶다는군요."

"왜 직접 안 오고?"

"올 수가 없거든요."

"왜요? 장애인이에요?"

피터가 고개를 끄덕이자 카메라 영상이 아래위로 춤을 추었다.

그녀의 표정에 '아차! 말실수를 했구나' 라는 심정이 드러났다. 그녀가 조금 부드러워진 말투로 물었다. "뭘 원하시는데요?"

"율리아라는 이름의 소녀와 연락을 하고 싶다네요. 아시는 분이라는데."

"저번 그 스토커?" 꼬마 마녀가 화를 냈다. "말도 안 돼. 또 나를 쫓아다녀? 아이스트림을 하는 게 아니었어."

"스토커 아니에요." 피터가 설명했다. "사고를 당해서 기억을 잃었어요. 율리아가 예전에 알던 사람 같다고, 율리아와 연락을 하면 다시 기억을 되찾을 수 있을 것 같다고, 그래서 그래요."

"또 그 얘기! 그게 사실인지 어떻게 알아요? 다 지어낸 이야기면요? 솔직히 그쪽도 정신병자인지 알 게 뭐야."

"내가 정신병자 같아 보여요?"

“저 말이 사실이면 어쩔 거야?” 빨간 머리가 거들고 나섰다.

“아니면 어쩔 건데?” 꼬마 마녀가 반박했다. “생판 처음 보는 사람한테 율리아 주소를 줄 수는 없어.”

“알았어. 알아들었어. 얼마를 원해?” 피터가 물었다.

“뭐?” 빨간 머리가 놀라서 외쳤다. 꼬마 마녀는 눈살을 찌푸렸다.

“나는 꼭 마누엘을 도와줘야 해. 그러니까 얼마면 되겠냐고?” 피터가 말했다. 내 눈으로 보고도 나는 그 상황을 믿을 수가 없었다. 피터가 50유로 지폐 두 장을 탁자에 내려놓았다. 한 번도 꼬마 마녀를 돈으로 매수하라는 말은 한 적이 없다. 기분이 상당히 불쾌했다. 하지만 때는 이미 늦었다.

꼬마 마녀가 돈을 유심히 쳐다보는 동안 친구는 혐오스럽다는 표정을 지었다. 마침내 꼬마 마녀가 말했다. “200.”

피터가 50유로 두 장을 더 꺼냈다.

“좋아요.” 그녀가 돈을 집어넣으며 말했다. “율리아의 니모 채팅 아이디는 율리2001이에요. 더 이상은 알려줄 수 없어요.”

“대장, 이거면 충분해?” 피터가 물었다.

정말 이건 아니다 싶은 마음이었다. 돈으로 주고 산 정보를 이용하다니. 하지만 기억을 되찾으려면 어쩔 수 없었다. 니모 채팅이라는 말만 들어서는 감이 잡히지 않았지만 구글에 들어가 검색을 해보니 웹사이트가 있었고 "완벽하게 익명이 보장되는 채팅방"이라는 설명도 있었다. 익명이라면서도 이용자 프로필은 있었다. 율리2001의 프로필 사진은 파란 유니콘이었다. 그밖에 다른 정보는 전혀 없었다. 이 프로필이 정말 율리아의 것인지 알 수 없었지만 더 파고들어도 나올 것이 없어 보였다.

"네, 충분해요."

피터는 꼬마 마녀와 친구랑 헤어졌다. "내가 더 필요해? 이왕 여기 왔으니까 나도 쇼핑 좀 하게."

"아니요. 됐어요. 이따 다시 연락드릴게요. 고마워요. 피터, 정말 도움이 많이 되었어요."

"다행이네, 그럼 이따 봐. 대장."

"안녕. 피터. 앨리스, 피터 캠을 닫아."

나는 '하얀 방 소년'이라는 아이디로 니모 채팅의 계정을 열었다. 율리2001에게 보낼 메시지를 불러줄 때는 마음이 살짝 조마조마했다.

안녕하세요.

제 이름은 마누엘이에요. 아이스트림에서 그쪽을 봤어요. 공

원에서요. 어떤 남자가 기타를 치고 있었어요. 제가 아는 분 같은데 어디서 만났는지 기억이 안 나네요. 제가 사고로 기억을 잃었거든요. 저는 15살이고 검은 곱슬머리예요. 죄송하지만 사진은 없어요. 우리가 아는 사이라면 어디서 만났는지 말해줄 수 있으신가요? 기억을 되찾는 데 도움이 될 것 같아요. - 마누엘

그렇게 빨리 답장이 올 줄 몰랐다. 몇 초도 지나지 않아 내 니모 채팅 계정으로 메시지가 도착했다.

장난이면 죄질이 아주 나빠.

나는 당장 답장을 보냈다. **장난 아니에요. 안타깝지만 더 이상 저에 대해 말씀드릴 수는 없어요. 당분간은 사정이 있어서요. 제가 말씀드릴 수 있는 건 제 이름이 마누엘이고 기억을 잃어버렸고 그쪽을 본 기억이 난다는 것뿐이에요.**

마누엘? 이게 말이 돼? 너 어디야?

어딘지 말해주기 전에 우리가 어디서 만났는지부터 알아야겠어요.

어디서 만나? 네가 정말로 마누엘이라면 어떻게 날 잊어? 난 네 누나야.

나는 영상이 뜬 벽을 멍하니 쳐다보았다. 방금 내 니모 채팅 계정이 있던 곳에 갑자기 오류 메시지가 떴다. "연결이 끊어졌습니다."

"엘리스, 왜 그래?"

"무슨 말인지 모르겠습니다."

"왜 니모 채팅과 연결이 끊어졌어?"

"무슨 말인지 모르겠습니다."

"앨리스, 니모 채팅을 열어."

"기술적 장애가 발생했습니다. 잠시 기다려주세요."

기술적 장애? 하필이면 지금?

"앨리스. 아버지와 연결해줘."

아버지의 커다란 얼굴이 나타났다. 뒤로 책장이 보였다. 서재에서 웹캠을 보는 모양이었다.

"아들, 안녕. 할 말 있니?"

"저한테 누나가 있어요?" 나는 에두르지 않고 곧바로 물었다.

아버지가 이마를 찌푸렸다. "그게 무슨 소리냐?"

"먼저 제 질문에 대답부터 해주세요. 율리아라는 이름의 누나가 있나요?"

"아니. 당연히 없지. 엄마가 널 낳고 아이를 가질 수 없게 되었다고 저번에 말했잖니. 왜 그런 생각을 한 거야?"

나는 아버지에게 그동안 있었던 일을 털어놓았다. 어디서 율리아를 처음 보았는지, 그녀를 보자 누군가 현악기의 줄을 튕긴 것처럼 내 마음에 물결이 일었고, 어떻게 그녀와 접촉을 하게 되었는지, 어떻게 연결이 끊어졌는지.

"마누엘. 아무한테도 말하지 않겠다고 나랑 약속했잖니." 아버지의 목소리에선 화보다 애처로움이 느껴졌다.

"네. 그래도 그 소녀를 찾으면 기억이 빨리 돌아올 것 같았어요."

"그 율리아가 누구건 네 누나는 아냐. 그건 확실해."

"그런데 왜 율리아가 그렇게 말했을까요?"

"그 애가 그렇게 말했니?"

"제가 마누엘이라면 자기가 제 누나라고 했어요."

"네가 율리아가 생각하는 사람이 아닐지도 모르잖아. 정말로 마누엘이라는 이름의 남동생이 있는지도 모르고. 그 남동생이 우연히 너랑 나이가 같고 검은 곱슬머리인 거지. 검은 곱슬머리는 흔하니까. 그 아이에게 네 사진을 보여주었니?"

"아니요."

"잘했다. 네 정체를 밝히는 건 너무 위험해. 마누엘, 오늘 같은 일이 다시 또 있어서는 절대 안 된다. 피터하고 이야기를 해봐야겠구나."

"절대 우연이 아니에요. 제가 그 소녀를 알아봤고 그 소녀도 나와 나이가 같은 마누엘을 알아요."

"말은 그렇게 했지만 그 아이가 정말로 아이스트림에서 봤던 그 율리아인지 어떻게 알아?"

나는 머뭇거렸다. "율리아가 아니면 누군데요?"

"쇼핑센터에서 만난 두 아이가 네 돈을 노린 것일 수도 있어. 니모 채팅 아이디 하나를 알겠다고 200유로를 덥석 주는 사람이면 돈을 더 빼낼 수도 있지 않겠니? 네가 누군지 예상했을 수도 있어. 봐라. 그 결과가 뭔지."

"하지만 알아봤다니까요. 확실해요. 예전에 율리아를 본 적이 있어요."

"마누엘. 때로 우리 두뇌는 이상한 짓을 한단다. 데자뷰라고 들어봤을 거야. 과거에 경험한 것 같은 느낌이지. 예를 들어 어떤 장소에 처음 왔다는 것을 알면서도 예전에 한번 와본 적이 있다는 기분이 드는 거야. 많은 이들이 그것을 초감각적 체험이라고 생각하지. 일종의 예감이나 전생의 흔적 같은 거로 말이야. 하지만 그것도 신경학으로 설명이 가능하단다. 실제 기억이 아니라 기억이 난다고 믿는 거야. 넌 뇌를 많이 다쳐서 기억력 손상이 심했어. 그러니까 그런 착각도 당연한 거야. 비슷한 느낌을 받은 적이 또 있었니?"

흰옷 입은 여자 생각이 났다. 그 이야기를 해야 할까? 하지만 아빠는 분명 나를 미쳤다고 생각할 것이다 "아뇨."

"그래. 아들. 너 힘든 것 안다. 이제 아이스트림은 그만 보는 게 어떻겠니? 중간계를 더 구경해보는 건 어때?"

"그건 싫어요." 컴퓨터 음성 덕분에 실망과 절망을 숨길 수 있어서 다행이었다.

"그래, 너 좋을 대로 해라. 하지만 조심해야 해. 아무하고도 접촉해선 안 돼. 익명으로도 안 돼. 약속하겠니?"

"네. 약속할게요."

"피터한테도 단단히 이를 거야. 피터를 어디든 보내도 좋다. 남들 구경만 하고 있는 것보다는 그게 나도 더 좋아. 하지만 피터를 시켜 사람과 접촉해서는 안 된다. 내 말 알아들었니?"

"피터한테는 화내지 마세요. 제 부탁을 들어주느라 그랬던 거예요."

"안다. 하지만 그런 짓은 좋지 않아. 네 이름으로 매수를 하다니 그게 뭐니? 그것도 공공장소에서."

"그 아이가 돈을 원했어요." 아버지의 말이 옳았지만 나는 피터 편을 들기 위해 아버지 말에 반박했다. 맞다. 보기 좋지 않았다. 꼬마 마녀는 친구의 아이디를 낯선 사람한테 돈을 받고 팔았고 피터는 내 이름을 걸고 돈을 주었다. 내가 부탁한 일은 아니었지만 나도 양심에 찔리던 참이었다.

"자, 그럼 난 일이 남아서. 우리 나중에 보자. 너무 마음에 두지 마라. 이상한 일을 겪더라도 너무 큰 의미를 둘 필요는 없어. 너도 알다시피 네 머리는 큰 부상을 입었고 그래서 가끔 착각도 할 수 있어. 이상한 일이 있거든 나한테 알려다오. 의사한테 전해줘야 하니까."

"네, 그럴게요. 아빠."

"안녕. 아들."

아버지의 영상이 사라지고 사방 벽은 다시 하얘졌다. 텅 빈 벽을 보고 있으니 차츰 마음이 가라앉았다. 어쨌든 아까처럼 마음이 널뛰기를 하지는 않았다.

이게 다 뭘까? 내가 정상이 아니거나 우리 아버지라고 주장하는 저 남자가 거짓말을 하거나 둘 중 하나이다. 아버지가 무엇 때문에 거짓말을 하겠는가? 무슨 목적이 있어서?

그럴 리 없어. 아무리 찾아봐도 거짓말을 할 이유가 없어. 이런 생각들이 편집증처럼 느껴졌다. 그가 우리 아버지인 것은 내가 과거를 기억하지 못하기 때문이다. 지금 나랑 대화를 나눈 저 남자가 진짜 아버지인지는 확실치 않다. 기억만 할 수 있다면! 그럼 이런 혼란도 없을 것이고 정체를 알 수 없는 불안도 사라질 텐데. 내가 정말로 유리병에 담긴 뇌여서 몸은 없고 생각만 있다고 해도 적어도 내가 누구인지를 알 것이다. 내가 누구였던지는 알 것이다. 그 어떤 것도 이런 불확실한 상태보다는 나을 것이다.

어떻게 해야 기억을 되찾을 수 있을까? 앨리스에게 한번 더 엄마의 사진을 보여 달라고 한 후 내 이름이 적힌 파일 속 사진들도 살펴보았다. 분명 나였으나 남처럼 느껴지는 꼬마가 정원에서 놀거나 축구장에서 공을 찼고, 수학 경시대회 상장을 손에 들고서, 혹은 모르는 여자의 결혼식이나 교회의 견진성사 행사에서 카메라를 보고 있었다. 사진의 꼬마에게는 과거가 있었지만 내 과거는 아닌 것 같았다.

이런 방법으로는 안 된다. 다른 길을 찾아야 한다. 율리아에 대한 기억이 데자뷰라는 사실을 입증할 수 있다면 적어도 아버지의 말이 옳다는 것은 확실하다. 그럼 아버지의 말을 의심하지는 않을 것이다.

앨리스에게 니모 채팅을 열어 달라고 해서 검색창에 '율리2001'을 집어넣었다. 검색 결과가 없었다. 이상했다. 아이디를 바꾸었을까? 나를 차단했을까? 혹시 몰라 니모 채팅에 새 계정을 만들었지만 검색 결과는 똑같았다. 율리2001은 없었다.

나는 아이스트림을 열어 꼬마 마녀를 찾았지만 거기서도 검색 결과가 없었다. 두 사람이 계정을 삭제했나? 왜 그런 짓을 했지?

"앨리스, 피터 캠을 열어."

피터는 오프라인 상태였다. 뭔가 이상했다. 뭔가 아귀가 맞지 않았다. 바닥이 푹 꺼지면서 나락으로 떨어지는 기분이었다. 하긴 지금 내가 있는 방에 발을 딛고 설 수 있는 바닥 같은 것

은 없었다. 이곳에 있는 것이라고는 하얗게 빛나는 가상의 벽
뿐이었다.

나는 무엇을 알고 있을까? 무엇을 알 수 있을까? 상상과 현실을, 기억과 착각을 어떻게 구분할 수 있을까?

내 상황을 논리적으로 분석해보려 노력했다. 아는 사실은 많지 않았다. 나는 신체도, 과거도 없이 가상 공간에 갇혀 있다. 나의 두뇌는 손상이 심각해서 믿을 수 없는 정보들을 제공한다. 우리 아버지라고 주장하는 한 남자가 있다. 내가 아는 사람이라고 기억하는 한 여자아이가 있다. 그 아이는 자기가 우리 누나라고 주장한다. 아니면 적어도 이름이 마누엘이고 나와 비슷하게 생긴 어떤 사내아이의 누나이다. 니모 채팅과 아이스트림 계정이 그녀와 연락할 수 있는 유일한 통로였는데 둘 다 갑자기 사라졌다. 확실한 것은 두 버전의 현실이 하나로 결합할 수 없다는 사실이다. 그러니까 율리아가 누나라면 아버지가 알 수 없는 이유로 거짓말을 하는 것이다. 누나가 아니라면 내 두뇌가 내게 거짓말을 하는 것이다. 내 기억이 착각이라면 진실이 무엇인지 어떻게 밝혀낸단 말인가? 율리아와 니모 채팅에서 진짜로 채팅을 했는지, 그냥 꿈을 꾼 것인지도 확실히 알 수 없는 지경이다.

어쩌면 이 모든 것이 하룻밤의 꿈일 수도 있다.

신을 믿지 않지만 신이 정말로 있다면 애원하고 싶었다. 제발 나를 깨워 이게 다 악몽이었음을 확인 시켜 달라고! 제발!

신은 나의 애원을 듣지 않았다. 그래도 신을 탓할 수는 없었다. 어쨌든 벽에 영상이 하나 떴으니까. 카메라 안경을 쓰고 거울 앞에 선 피터였다.

"대장, 날 불렀다고?"

"네. 이상하게 들릴지 알지만 어제 쇼핑센터에 가서 어떤 여자아이한테 200유로를 주고 율리아의 아이디를 알아냈어요?"

그가 잠시 머뭇거렸다. "그건 왜 물어?"

"어제 그랬어요? 아니에요?"

"그랬지. 아빠가 화가 나셨더구나. 아빠한테는 말하지 말지 그랬니. 해고 안 당한 게 천만다행이야."

"죄송해요." 컴퓨터 음성 덕분에 크게 안심한 내 마음이 발각

되지 않았다. 적어도 어제 일은 내 기억이 옳다. "어제 들은 아이디 기억나요?"

"기억 안 나?"

"아니요. 기억하는데 제가 뭔가 실수를 한 것 같아요."

"잠깐만. 율리아2001이었어. 아냐, 율리아가 아니라 율리야."

나는 그 이름을 다시 한번 니모 채팅 검색창에 집어넣었다. 하지만 계정은 없었다. 율리아2001도 없었다.

"율리아랑 그 계정으로 채팅을 했거든요. 그런데 갑자기 연결이 끊어지더니 계정이 없어졌어요."

"음. 채팅을 했어? 무슨 내용으로?"

"예전에 날 본 적 있냐고 물었어요. 그랬더니 날 안다고, 자기가 우리 누나라고 했어요.

"넌 누나가 없잖아."

"그게 이해할 수 없는 점이에요."

"그 아이 남동생이 마누엘인가 보지. 마누엘이 특이한 이름은 아니잖니."

"맞아요. 그래도 너무 이상한 우연이지 않아요?"

"글쎄다. 그 아이가 널 속였을 수도 있어. 나한테 돈 받은 그 아이가 계정 주인일 수도 있잖아. 내 생각이 짧았어. 자기가 한 짓이 들킬까 봐 겁이 나서 얼른 계정을 삭제한 거지."

그의 설명을 들어도 개운치가 않았다. 그렇다고 더 괜찮은 이유가 떠오르지도 않았다.

"피터, 한번 더 쇼핑센터로 가 주실래요?"

"뭐 하러?"

나도 이유는 몰랐다. 그냥 직감적으로 그곳에 가봐야 할 것 같았다. 아니면 지푸라기라도 잡는 심정이었던지.

"그냥 그렇게 해주세요."

"알았다. 하지만 그 아이들을 만나도 접근하지 않을 거야."

"네, 괜찮아요. 그냥 한번 가보고 싶어요. 기억을…… 되살리고 싶어서요."

"오케이, 대장. 어쨌거나 네가 대장이니까."

잠시 후 그는 쇼핑센터를 걸어 두 여자아이를 만났던 카페로 들어갔다. 오늘 아침 그가 200유로를 놓았던 탁자에는 중년 여성 두 명이 앉아서 수다를 떨고 있었다. 피터는 나를 위해 가게 전체를 한 바퀴 둘러보았지만 율리아는 말할 것도 없고 꼬마 마녀도, 빨간 머리도 흔적을 찾을 수 없었다. 딱히 뭘 기대했던가? 함부르크같이 큰 도시에서 사람을 찾는 것은 백사장에서 바늘

찾기보다 어려운 일이다.

"아무것도 없네요. 그래도 고마워요. 피터."

"너무 마음에 두지 마라. 기억이 금방 돌아올 거야. 조금만 참고 기다려봐."

말이야 쉽지. 그래도 나는 흔쾌히 대답했다. "네. 그럴게요. 고마워요."

"고맙기는. 월급 받고 하는 일인데. 더 시킬 일 있니?"

"아니요. 고마워요. 필요하면 연락할게요."

"그래. 대장."

나는 연결을 끊고 아이스트림을 열었다. 꼬마 마녀와 율리아를 다시 찾을 수 없다면 한번 더 데자뷰 경험을 해보는 것도 나쁘지 않을 것이다. 다시 아는 얼굴이 나타났는데 그 사람이 한 번도 만난 적 없다는 사실을 어떻게든 입증할 수 있다면 적어도 아버지의 말이 옳다는 확신은 할 수 있을 것이다.

그래서 나는 다시 이런저런 스트림을 클릭해 보았다. 아무 걱정 없이 눈에 보이는 것을 전부 나머지 인류와 함께 나누는 젊은이들의 스트림을 주로 들여다보았다. 아이스트리머들이 마음이 넓은 것인지 대책 없이 순진한 것인지 판단이 서지 않았지만 어쨌든 내 입장에서는 그들의 삶을 구경하도록 허락해주어 감사할 따름이었다. 물론 내 인생을 대신하기에는 빈약했지만 그래도 없는 것보다는 나았고, 카메라로 구경을 하는 동안에는 이 갇힌 공간의 숨 막히는 답답함을 잠시 잊었다.

얼굴들이 스쳐 지나갔고 가상의 벽에 온갖 구경거리들이 어른거렸다. 시간을 아끼기 위해 나는 6개의 스트림을 동시에 클릭해서 주사위 모양의 모든 벽에 비추어 달라고 앨리스에게 명령했다.

"아이고, 어지러워라." 옆에서 여자 목소리가 들렸다.

나는 화들짝 놀라 돌아보았다. 옆에 한 여자의 아바타가 서 있었다. 갈색 머리가 어깨까지 내려오고 검은 테 안경을 코에 걸쳤다. 청바지를 입고 스니커즈를 신었고 늙은 남자의 흑백 사진과 이런 글자가 박힌 티셔츠를 입었다. **자신에게 가는 것은 화성에 가는 것보다 힘들다. C.G. 융**

"누구세요?"

"에바 하우스만이란다. 그냥 에바라고 부르렴. 심리학자야. 아버지가 내 이야기 안 했니?"

"아니요."

"이런, 그럼 놀랐겠구나. 하긴 그동안 하도 많은 일이 있어서 이젠 놀랍지도 않겠다."

"이런 일은 적응이 되는 게 아니니까요."

"물론 그렇지. 내가 생각 없이 말했구나. 뭐 하는 중이었니?"

"과거를 찾고 있어요."

"낯선 사람들을 구경하면서?"

"제가 저기로 가서 걸어 다닐 수가 없으니까요."

컴퓨터 음성 덕에 그 순간 내가 느낀 비참한 기분이 드러나지는 않았지만 에바는 내 마음을 알아차린 것 같았다. "미안하구나. 널 비난하려는 게 아니야. 그저 이해하려는 거지."

"저기 바깥에 아는 얼굴이 있으면 해서요."

"기억을 떠올리려고?"

"그렇거나 아니면 제 기억이 틀렸다는 확신을 갖고 싶어서요."

"아버지께 들었다. 데자뷰 경험을 했다고. 지금 상황에서 지극히 정상이야. 너의 두뇌는 지금 극도의 스트레스에 시달리고 있거든. 부상도 부상이지만 이식을 하느라 더 그래."

"이식요?"

"아버지가 말씀 안 하셨니? 아버지가 꾸린 팀이 네 뇌에 전극을 심었단다. 안 그랬으면 이 가상 세계를 인식하고 나랑 이야기를 나눌 수가 없을 거야."

"말씀하셨어요. 그래도 상세한 설명은 안 해주셨어요."

에바는 신경외과 의사 팀이 총 23회에 걸쳐 수술을 집도했고 앞으로도 계속해서 수술을 해서 내 두뇌와 컴퓨터의 접점을 넓히고 개선할 계획이라고 설명했다. 실제로 아직 제대로 작동하지 않는 것이 많았다. 촉각도 없고 냄새도 못 맡고 맛도 못 느끼고 목소리도 개선을 할 필요가 있었다.

에바는 앞으로 계획된 수술을 마치고 나면 좋아질 것이라고 기대했지만 나는 회의적이었다. "저한테 개선의 의지가 있는지도 모르겠어요."

에바의 아바타가 인공적인 미소를 지었다. "우리는 널 개선하려는 게 아니야. 세상과 상호 작용하는 방법을 개선하려는 거지."

"그게 저한테 무슨 도움이 되나요? 전 이미 자동차도 있고 드론도 있고 사람을 조종할 수도 있어요. 어차피 여기선 냄새를 맡을 일도 만질 일도 없고요."

"여기선 그럴지도 모르지. 하지만 네 아버지가 널 위해 만든 세상에선 그렇지 않을 거야."

"중간계 말씀이세요?"

"그래. 엘론드의 궁을 돌아다니며 꽃향기를 맡을 수 있고 독수리를 타고 나를 때 머리를 쓸어주는 바람을 느낄 수 있다면 어떨 것 같니? 한번 상상해봐."

"아버지가 절 설득해달라고 하셨어요? 거기로 다시 가라고?"

"왜 그렇게 생각해?"

"제가 거기 있지 않겠다고 했더니 상당히 실망하셨거든요. 강요는 안 하세요. 이 하얀 방을 차단하고 절 중간계에 붙들어둘 수도 있을 텐데 그렇게 안 하시니까요."

"맞아. 그럴 수 있어. 하지만 네 말이 맞다. 그렇게 되면 넌 포로가 될 거야. 그건 최후의 방법일 테고. 마누엘, 아버지는 널 사랑하신단다. 네가 조금이라도 더 참을 만한 삶을 살 수 있도록 가진 재산 대부분을 투자하셨지. 지금껏 세상 그 누구도 한 사람을 구하려고 그렇게 많은 돈을 투자한 적이 없었단다."

"그냥 중간계에서 깨어나게 했으면 더 좋았을 텐데요. 그럼 내가 호빗이나 요정이나 난쟁이가 아니라는 사실을 까맣게 몰랐을 거예요."

"토론을 했지. 하지만 그건 아니라고 봐. 네가 계속 뭔가 이상하다는 느낌을 떨치지 못했을 테니까. 우린 네게 기회를 주고 싶었다. 먼저 진실을 알아내고 그런 다음에 환상 세계로 가서 거기서 살겠다고 자발적으로 결정을 할 수 있도록. 그래야 네가 거기서도 행복할 테니까."

"우리? 그럼 여기도 선생님 아이디어였어요? 이 하얀 방도, 내가 누군지 내가 혼자서 알아내야 했던 것도?"

"나와 네 아버지, 그리고 기술자 몇 명이 토론을 해서 내린 결론이란다. 물론 나도 거들었지만 대부분은 네 아버지의 아이디어였다."

"근데 왜 이제 와서 선생님을 여기로 보냈어요?"

"보낸 게 아니라 너랑 이야기해도 좋다고 허락을 하셨지."

"왜 저랑 이야기하고 싶으세요?"

"진실을 맞닥뜨리게 해주고 싶어서."

나는 하하 웃었다. 전자 음성이어서 기대와 달리 비웃음기가 실리지는 않았다. "진실? 무슨 진실이요? 여기가 전부 가짜라는 진실? 내 몸이 아무짝에도 쓸모없는 고기 조각이라는 진실? 기껏해야 두뇌에 영양과 산소를 공급해주는 용도밖에 없다는 진실? 나는 이제 두 번 다시 달리지도 축구를 하지도 사과를 먹지도 못할 것이라는 진실?"

"기억을 되찾지도 못할 것이라는 진실이다. 마누엘. 너의 기억은 되돌릴 수 없을 만큼 산산조각 나 버렸거든."

나는 앞쪽 벽을 빤히 쳐다보았다. 하지만 거기에 비친 아이스트림이 무슨 내용인지 깨닫지 못했다.

한참 후 내가 입을 열었다. "그럼……, 아버지가 절 속였군요. 이제 곧 전부 다 다시 기억하게 될 거라고 하셨어요. 그렇게 안 된다는 것을 아셨나요?"

"그래, 아셨다. 마음이 아파서 거짓말을 했던 거야. 마누엘, 널 사랑해서. 처음부터 전부 다 털어놓을 수가 없었던 거지. 솔직하게 다 말해주라고 옆에서 조언을 했지만 아버지는 생각이 달랐단다. 네가 삶의 의지를 잃을까 봐 걱정하셨어. 네가 잃어버린 기억을 미친 듯 쫓아다니는 것을 보시고는 잘못 생각하셨다고 깨닫게 되셨지. 그래서 내가 여기 온 거란다."

눈을 감아 사방에서 쏟아져 들어오는 카메라 영상을 외면하고 싶었다. 하지만 그것조차 나는 할 수 없었다. 모든 것이 다 무의미했다. 울고 싶었지만 눈물을 흘릴 수 없었고, 소리를 질러 이 답답한 심정을 쏟아내지도 못했다.

그저 인공의 목소리로 이렇게 물을 수밖에 없었다. "그럼……, 이제 전 어떻게 해야 하나요?"

"나랑 중간계로 가자. 가서 있다 보면 정이 들 거야. 예전 기억이 돌아오지 않아도 젊으니까 새 기억을 만들면 돼. 환상의 세계에서 새 인생을 사는 거야. 넌 영웅도 될 수 있고 마법사도, 왕도 될 수 있어. 악의 무리와 싸워 그들을 무찌를 수도 있어.

이런 행운을 누릴 수 있는 사람은 네가 처음이야. 전 세계 수백만 젊은이들이 너를 부러워할 거야."

나는 그들이 되고 싶다. 하지만 그럴 수 없다. "한번 생각해 볼게요."

"그래. 마음이 정해지면 나나 아버지한테 연락하렴."

에바의 아바타가 사라졌다. 나는 여전히 카메라 영상을 쳐다보며 나를 현실에서 낚아채어 이 가상의 세계로 몰아넣은 그 재앙이 있기 전 내가 누구였던지 절대로 알 수 없을 것이라는 절망적 현실을 받아들이려 노력했다. 물론 소용없었다. 나는 앨리스에게 영상을 닫고 방을 어둡게 해달라고 명령했다. 나는 절대적 어둠 속을 떠다녔다.

내겐 몸이 없다. 기억도 없다. 감각도 다 차단되었다. 나는 허공을 떠도는 생각에 불과하다.

이 생각마저 꺼져버리기를 바랐다. 그냥 이대로 생명이 멈추기를 바랐다.

앨리스에게 명령을 하지도 않았는데 벽이 다시 환해졌다.

"안녕히 주무셨어요? 마누엘."

"내가…… 잤어?"

"무슨 말인지 모르겠습니다."

"몇 시야?"

"오전 8시 13분입니다."

이상하게 묵직한 느낌이 들었다. 가상의 몸이 어제보다 더 알찬 느낌이었다. 오른쪽 손으로 왼쪽 팔을 만져보고서 나는 살짝 놀랐다. 느낌이 있었다. 두꺼운 장갑을 낀 것 같았지만 내 손가락이 가상의 옷을 타고 내려가는 동안 저항이 느껴졌다.

"이게 뭐야?" 기대하지 않았던 감각의 확장에 충격을 받아서 나도 모르게 비명이 튀어나왔다. 앨리스는 무슨 말인지 못 알아듣겠다고 했다.

"앨리스, 아버지를 연결해줘."

곧바로 아버지의 아바타가 하얀 방에 나타났다.

"안녕. 아들. 의식이 돌아왔구나."

"의식? 무슨 말이에요?"

"수술을 했잖니. 어제 말했는데."

나는 그를 빤히 쳐다보았다. "말을 했어요?"

"기억 안 나니?" 아버지가 물었다. 인공 얼굴은 감정이 없었지만 목소리에는 걱정이 서려 있었다.

"에바 선생님과 이야기를 한 기억만 있어요. 그러고 나서 앨리스에게 불을 꺼달라고 했고요. 잠깐 쉬면서 생각을 하고 싶었거든요. 몇 초밖에 안 지난 것 같은데."

"하우스만 박사랑 대화를 나눈 건 이틀 전이야. 마누엘. 너랑 만났다고 하더구나. 그리고 내가 너한테 왔더니 네가 한번 더 중간계에 가보고 싶다고 말했고. 무척 기뻤지. 그래서 내가 수술 날짜를 앞당기는 게 어떠냐고 물었더니 네가 좋다고 했어. 네 두뇌 컴퓨터 접점을 넓히는 수술 말이야. 수술은 생각보다 오래 걸렸지만 성공적이었어. 그런데 보아하니 최근 기억 일부가 사라진 것 같구나."

나는 말 없이 그를 쳐다보았다. 무슨 말인지 알아들을 수가 없었다. 이틀이 휙 지나가 버리다니.

"앨리스, 아이스트림을 열어."

한쪽 벽에 포털이 나타났다. 전 세계에서 온 라이브 스트림들이 시작 페이지에 떴고 거기에는 장소 옆에 날짜와 현장의 시간도 함께 적혀 있었다. 정말 에바 선생님을 만난 지 이틀이나 지나 있었다.

"또 혼란스럽게 해서 미안하구나. 하지만 수술로 얻은 것에 비하면 지난 이틀의 기억 정도는 아무 것도 아니란다. 그리고 넌 어차피 그 시간 대부분을 마취 상태에 있었고. 마누엘. 이리 오렴." 그가 팔을 활짝 벌렸다.

나는 머뭇거리며 그에게로 걸어갔다. 그가 나를 포옹하자 나를 붙잡아 누르는 그 느낌이 전해졌다. 그 느낌이 너무 좋았다. 아버지는 살짝 흐느꼈다.

더 이상 진실을 거부하려 애쓰지 말고 이제 그만 나의 운명을 받아들여야 할 것만 같았다. 이 이상한 기분, 혼란스러운 기억, 앞뒤가 안 맞는 말들을 어떻게 짜 맞추어야 할지 모르겠지만 이렇게 계속 모든 것을 의심하다가는 미쳐버릴 것이다. 언젠가 모든 것을 아주 논리적으로 설명하게 될 날이 오기를, 그럴 수가 없는데 왜 율리아가 낮이 익는지, 왜 그녀가 우리 누나라고 우겼는지 어느 날 이해할 날이 오기를 희망했다. 하지만 그때까지는 내가 모르며 앞으로도 절대 모를 것이라는 사실을 받아들여야만 한다. 내가 바라던 것이 아니었다고 해도 아버지가 주신 큰 선물을 받아야만 한다.

잠시 후 아버지가 먼저 입을 열었다. "리븐델 계곡에 잠시 다녀올까?"

"아직은 싫어요. 먼저 피터랑 이야기 좀 하고요."

"피터?" 그렇게 묻는 아버지의 목소리에 실망이 서렸다. "그래. 알았다. 피터에게 이리로 오라고 말하마."

아버지가 사라지고 잠시 후 피터의 아바타가 나타났다.

"안녕, 대장, 어때?"

"네, 좋은 것 같아요. 제 팔 좀 때려보시겠어요?"

"뭐?"

"그냥 한번 때려주세요."

"알았어." 그가 내 쪽으로 한 걸음 다가와서 왼쪽 팔을 쳤다.

"더 세게!"

그가 더 힘껏 팔을 쳤다. 이번에는 느낌이 왔다. 통증이 이렇게 반가웠던 적은 없었을 것이다.

"아야!"

"아파?"

"네, 아파요." 나도 모르게 얼굴을 찡그렸다.

"미안, 의도는 아니었어."

"반가운 일이에요. 감각이 돌아오다니 기뻐요. 정말 기뻐요."

"그래, 좋은 일이다. 수술을 한번 더 했다며. 효과가 있었나 보구나."

"그런가 봐요. 그것 때문에 오시라고 한 건 아니고요, 다른 할 말이 있어서요. 심리학자 선생님이랑, 아버지랑 이야기를 해 봤는데요. 저더러 앞으로 중간계에 가서 살면 어떠냐고 하셨어요."

"난쟁이, 용, 마법사가 산다는 그 중간계?"

"네. 아버지가 절 위해 만드셨거든요. 전에는 가고 싶지 않았는데 지금은…… 한번 더 노력해볼 마음이 생겼어요. 그런데 혼자 가고 싶지 않아요. 아저씨랑 같이 가고 싶어요."

"같이? 그게 무슨 말이야?"

"최대한 많이 가상 세계에서 저랑 시간을 보내시면 좋겠어요. 하루 종일 컴퓨터 게임을 하는 셈이죠."

"음. 컴퓨터 게임이라면 별로 안 좋아하는데. 그래도 네가 원하면 안 갈 이유가 없지."

"고마워요. 아저씨."

나는 아버지와 연락을 취해 중간계로 돌아갈 마음이 생겼다고 알렸다. 아버지는 무척 기뻐하였다. 곧바로 하얀 방의 벽이 사라지고 나는 다시 리븐델 계곡에 자리한 엘론드의 궁에 서 있었다. 요정 옷을 입은 아버지, 손에 활을 든 젊은 여자 요정, 거대한 도끼를 든 난쟁이도 함께였다.

"왜 나만 빼고 다들 그렇게 커?" 난쟁이가 피터 목소리로 물었다.

나는 웃음을 터트렸다.

"돌아오기로 마음먹어줘서 다행이구나." 아버지가 말하며 계곡을 감싸 안는 제스처를 취했다. "이게 다 네 것이다. 넌 어떤 역할을 맡을지만 생각하면 돼. 요정 왕국의 왕이 될 수도 있고 힘센 마법사가 될 수도 있어."

"싫어요. 전 그냥 요정이 좋아요. 레골라스 같은 요정." 그가 그 책에서 내가 제일 좋아하는 인물이었던 것 같았다.

"레고 뭐?" 피터가 물었다.

"**<반지의 제왕>** 안 봤어요?"

“아니, 콩고에서 반란군 진압 한번 해봐. 그딴 걸 볼 시간이 있는지.”

“그러고 보니 지금 맡은 과격한 난쟁이 역할이 정말 잘 어울리네요.” 요정이 에바의 목소리로 대답했다.

“역할에 충실하도록 하지요.” 아버지가 경고를 했다. “지금부터는 콩고니 뭐니 바깥세상 이야기는 하지 않기로 합시다. 우리는 지금 중간계에 있고 때는 제3시대의 2793년입니다. 언젠가 반지를 찾게 될 빌보 배긴스는 아직 태어나지도 않았어요. 악한 사우론이 모르도르에서 힘을 키워가지만 아직 다른 종족들과 공식적으로 전쟁을 할 만큼 강하지는 않아요. 온갖 모략과 매수, 납치, 살인 같은 악행으로 영향력을 키우려 애를 쓰고 있지요. 하지만 간달프가 힘껏 그를 무찌르고 있어요. 지금은 동맹과 갈등이 반복되는 불안의 시대예요. 인간들은 동쪽의 위험을 까맣게 잊고 서로 물고 뜯고 싸우지요. 요정들은 이런 갈등에 끼어들지 않으려고 애를 쓰지만 자꾸만 싸움에 휘말려요. 최근에는 오르크 족이 인간 마을을 습격했어요. 넓은 왕국의 땅을 지키기가 힘겨운 로한의 기사들이 난쟁이와 요정에게 지원을 요청했고요. 피터, 피터가 여기 리븐델 계곡으로 온 목적은 우리를 설득해서 로한 왕국 사람들의 청을 들어주려는 것이었죠.”

"제가요?" 난쟁이가 우물쭈물 물었다.

"난쟁이 씨, 우리 도움을 받으려면 조금 더 상냥하셔야 하겠는데요." 에바가 피터를 놀렸다.

"난쟁이는 요정의 도움 따위 필요치 않아요." 피터가 벌컥 화를 냈다. "기회를 주겠다는데 말이야. 우리처럼 영웅이 될 수 있을 텐데."

"벌써 다들 자기 역할에 충실한걸!" 아버지가 흡족한 목소리로 말했다. "자. 아들. 에바 요정과 피터 난쟁이와 함께 악을 물리치러 가겠니?"

"이름을 바꾸면 어때요? 에바는 요정 같지 않잖아요." 내가 말했다.

"에반딜은 어때?" 에바가 물었다.

"난 피터가 좋아요. 이 이상한 세상에 적응하기도 힘들어 죽겠는데 이름까지 외워야 하다니 그건 안 될 말이야. 계속 위로 쳐다봐야 하니까 목이 아파 죽겠어요."

요정이 깔깔 웃었다. "좋아요. 그럼 이름은 그대로 두기로 합시다. 마누엘, 어때?"

"네, 좋아요."

"그럼 같이 갈까?" 난쟁이가 물었다.

바람에 나의 긴 요정 머리가 흩날리는 느낌이 느껴졌다. "좋아요. 같이 가요."

아버지가 말했다. "아주 좋아. 네가 동의한다면 난 일단 요정 왕의 역할을 맡고 싶구나. 그래서 말인데. 너희들에게 부탁이 있어……."

큰 강가에 자리한 마을은 평범한 시골 마을이었다. 노을에 잠긴 마을 풍경은 평화롭기 그지없었다. 하지만 요정 왕은 이 마을이 오래전에 오르크 족에게 정복을 당해서 오르크 족의 약탈 행각을 돕고 있다고 말했다. 이들 때문에 이 지역에 사는 로한 왕국의 인간들이 무서워 벌벌 떨고 있다고 말이다.

나는 손을 들어 컴퓨터가 조종하는 요정 전사들을 세웠다. 전사들은 로봇 부대처럼 정확히 똑같은 보폭으로 내 뒤를 따라 행군하던 중이었다.

"여기서 기다려!" 내가 명령을 내렸다.

"네, 장군님." 대장이 대답했다.

나는 에바와 피터만 데리고 살금살금 마을로 다가갔다. 멀리

서 보니 몇 사람이 눈에 들어왔지만 오르크 족의 군인 같아 보이지는 않았다. 무슨 일인지 무척 바빠 보였지만 전쟁 준비를 하는 것 같지는 않았다. 그중 한 명은 우리에 갇힌 돼지들에게 먹이를 주고 있었고 다른 둘은 큰 갈퀴로 건초더미를 쌓고 있었다. 남자인지 여자인지 하나는 빨래 대에 걸린 빨래를 걷는 중이었다. 바리게이트나 다른 안전 조치는 전혀 없었다.

"여기가 야영지가 맞아?" 피터가 의심스럽다는 듯 물었다.

"겉만 보고는 모르지. 시기만 좋으면 무조건 공격해야 해." 에바가 대답했다.

"오르크 족이 평화로운 마을 주민으로 바뀐 것 같은데요. 저기 왼쪽을 봐요. 돼지 먹이 주는 사람."

"오르크 족이 돼지를 친다고? 톨킨 읽어보기는 했어?"

"그러게 말입니다." 내가 어이없다는 투로 대답했다.

"미안, 나는 그저 오르크 족도 먹어야 하니까 돼지를 쳐서 잡아먹는 게 뭐 이상하냐는 말이 하고 싶었어. 돼지를 친다고 다 평화를 사랑하는 농부는 아니니까."

그 순간 뚱뚱한 오르크가 집에서 나왔다. 누가 봐도 여자였다. 뒤를 따라 작은 생명체 둘이 따라 나왔다.

"언제부터 오르크가 애를 낳았지?" 당황하여 내가 물었다.

"로봇처럼 공장 같은 데서 제작한다고 생각했는데."

"그러게 정말 이상하네." 에바가 맞장구를 쳤다. "오르크 애들은 들어본 적이 없는데. 여기는 톨킨이랑 규칙이 다른가 봐. 아니면 애가 아니라 다른 존재인지도 모르지."

"그래서 어쩌자고? 공격할 거야? 아니면 어두워질 때까지 기다릴 거야?" 피터가 재촉했다.

"조금 더 살펴봐야겠어요." 내가 대답했다.

"나도 같이 갈게." 에바가 말했다.

"아니에요. 혼자 갈래요." 나는 단호하게 거절했다. 피터는 어설퍼서 데리고 가봤자 방해만 될 것이고 에바는 옆에 있으면 감시당하는 기분이 들었다. 감시관처럼 늘 나를 관찰했다.

"마누엘이 대장이에요." 에바가 뭐라고 반박하려니까 피터가 앞질러 입을 틀어막았다.

"그래, 알았어. 조심해. 난 평화를 믿지 않아."

"걱정 마세요. 아무 일도 없을 거예요."

살금살금 다가갈수록 오르크 족은 싸울 생각이 전혀 없다는 인상을 받았다. 보초를 두 명 세워두긴 했지만 낡은 헛간 벽에다 무기를 세워둔 채 풀밭에 앉아서 주사위 놀이를 하다가 다투고 있었다.

기습 공격을 하기에 이보다 더 좋은 기회는 없을 것이다. 하지만 무기도 없는 민간인을 살육하기에도 이보다 더 완벽한 기회가 없을 것이라는 생각이 머리를 떠나지 않았다. 나도 안다. 말도 안 되는 생각이었다. 이건 그저 컴퓨터 시뮬레이션이고 저기 저 오르크 족들은 프로그램 루틴과 그래픽 데이터로 만든 존재이다. 감정도 의지도 없다. 그런데도…….

한동안 나는 불룩 튀어나온 흙더미 뒤에 숨어서 마을을 관찰했다. 예상대로 오르크 족 십여 명이 여기서 살고 있었고 대부분은 무장을 하지 않았다. 이 정도라면 나 혼자서도 거뜬히 해치울 수 있을 것이다. 설사 이들이 무장을 하고서 전투 태세를 갖춘다 해도 풍부한 전투 경험으로 무장한 내 요정 전사들이 출동한다면 단칼에 해치워버릴 것이다.

이런 생각이 결정적이었다. 중요한 습격 기회를 놓치는 것일 수도 있지만 나는 전투가 꼭 필요한지 일단 확인해보고 싶었다. 그래서 은신처에서 나와서 당당하게 마을로 걸어갔다.

보초 둘은 내가 스무 걸음 정도 남긴 곳까지 다가갔을 때에 나를 알아보았다. 둘은 말다툼을 멈추고 나를 빤히 쳐다보았다. 둘 중 하나의 입에서 비명이 튀어나왔고 둘이 벌떡 일어나 마을로 달려갔다. 무기를 헛간 벽에 던져둔 채로 말이다.

"이봐. 오르크. 나랑 이야기 좀 해! 누가 내 말 알아들어?"

"왜 그래?" 큰 집의 문 너머에서 누군가 물었다.

"당장 이 마을을 떠나. 알아서 떠나면 안 건드릴 테니까. 저항하면 죽일 수밖에 없어."

"혼자 왔어? 군대는 어디 있는데?" 오르크가 물었다.

"우리 군사는 내 공격 명령을 기다리고 있지."

"네가 장군이냐?"

"그래, 내가 장군이야."

"잘됐네. 요정들이 자기네 장군을 죽게 내버려 두지는 않겠지. 넌 우리 인질이다."

이 말과 함께 문이 벌컥 열리더니 중무장한 세 명의 오르크가 튀어나왔다. 동시에 다른 집에서도 오르크 전사들이 달려 나왔다. 거기 숨어 있었던 게 분명했다. 내가 멍청하게 덫에 걸려든 것이다.

나는 칼을 빼 들었다. 잠시 시간을 끌면 소리를 듣고 우리 편이 나를 도우러 달려올 것이다. 운이 좋았다면 피터와 에바가 나를 지켜보고 있었을 것이고, 그럼 내가 어려움에 처했다는 사실을 이미 알고 있을 것이다.

오르크 족이 나를 빙 둘러싸더니 칼과 창으로 나를 찔러댔다. 하지만 그들도 내가 겁나는 모양인지 가까이 와서 싸우려고 하지는 않았다. 그동안 엘베의 전사들과 싸우며 곤욕을 치른 경험이 있는 모양이었다. 아무리 그래도 수적으로 내가 턱없이 불리했다.

나는 와락 고함을 지르며 오르크 대장을 향해 달려갔고 있는 힘을 다해 껑충 뛰어올라 단번에 그의 어깨에 올라탄 후 거기서 다시 옆에 있던 집의 담으로 뛰었다. 그리고 손으로 지붕 끝자락을 붙든 다음 우아한 동작으로 지붕 위로 올라갔다. 그 전 과정이 1초도 안 되는 짧은 시간 동안 끝났다. 뉴턴의 법칙이 통하는 세상이었다면 불가능했을 것이다. 하지만 이곳은 중간계고 나는 요정이며 보아하니 아버지는 내 가상의 신체에 몇 가지 과도한 장점을 선물한 것 같았다.

나의 작전이 성공한 것을 보고 오르크 족도 나 못지않게 놀란 것 같았다. 나를 빤히 쳐다보던 그들이 마구 고함을 질러댔다. 나는 침착하게 활시위를 당겼다. 그 모습을 본 오르크 족이 걸음마 날 살려라 도망을 쳤다. 사방으로 뛰어 달아났는데 그들 중 둘이 큰 헛간으로 달려가서 문에 걸린 무거운 빗장을 옆으로 밀었다. 나는 그들이 헛간에 숨을 것이라고 짐작했지만 예상과 달리 무시무시한 고함 소리가 울리면서 엄청난 근육질 몸에 머리는 상대적으로 작은 거인이 헛간에서 달려 나왔다. 트롤이었다.

으아! 괴물을 보기만 했는데도 나는 여기가 현실이 아니라는 사실을 완전히 까먹고 공포에 휩싸였다.

트롤이 뭔가를 찾는 것처럼 둘레둘레 살피다가 나를 발견하자 곧장 나를 향해 돌진했다. 내가 있는 지붕으로 뛰어오려고 했지만 몸이 너무 무거웠다. 트롤은 나를 붙잡지 못하게 되자 거대한 주먹으로 집 벽을 두들겨 팼다. 목재가 부서지고 건물이 흔들거렸다. 하마터면 나도 균형을 잃을 뻔했다.

나는 화살을 쏘아 괴물의 눈을 맞히려고 했지만 괴물이 미친 것처럼 집을 두들겨 팼기 때문에 조준하기가 힘들었다.

"조금만 더 그대로 있어!" 피터가 외쳤다. 피터가 도끼를 쳐들고 달려오는 동안 에바의 화살이 그의 머리 위로 씽씽 날았다. 화살이 괴물의 귀를 꿰뚫었고 근육질 목에 가 꽂혔지만 괴물한테는 모기 한 방 물린 정도밖에 안 될 것이다. 괴물이 종이짝처럼 벽을 허물었다. 건물 전체가 심하게 흔들렸다. 삐걱삐걱 듣기 싫은 소리가 나더니 지붕이 와락 무너졌다. 무엇이든 붙들려고 애를 썼지만 건물이 주저앉았다. 기와와 나무 들보들이 머리 위로 떨어졌지만 그건 아무것도 아니었다. 괴물이 집 벽을 밟고 나를 향해 돌진했다. 내가 미처 칼을 쳐들기도 전에 괴물이 거대한 앞발로 나를 움켜잡아 치켜들었다. 그러고는 방망이를 돌리듯 나를 휭휭 돌리다가 바닥으로 내동댕이쳤다. 머리가 바닥에 떨어지는 순간 눈앞에 새까매졌다.

“그런 한심한 계략에 걸려들다니, 멍청하기는.” 피터가 말했다. 아버지, 에바, 알란딜과 함께 피터가 침대 옆에 서 있었다. 화려한 벽화로 치장한 엘론드 궁전의 방이었다. 트롤한테 잡힌 지 1초밖에 안 지난 것 같았다. 어쩌면 실제로도 그런지 모르겠다.

온몸에 멍이 든 것 같은 기분이었다. 통증이 밀려왔다. 통증에 환호할 수 있어 다행이었다. 세상이 점점 더 현실적으로 변해 가는 것 같았다. 어쩜 내 삶은 아직 끝난 게 아닌지도 모르겠다.

“제가 죽은 거 아니었나요?” 내가 물었다.

“요정은 쉽게 죽지 않아.” 아버지가 단호하게 말했다.

“괴물이 널 산산조각 내기 전에 우리가 먼저 괴물을 죽였지.

하지만 조금만 늦었으면 큰일 날 뻔했어." 에바가 말했다.

"건강해질 때까지 알란딜이 보살펴줄 거다." 아버지가 소개했다.

요정이 꾸벅 절을 했다. "약초가 통증에 도움이 되어야 할 텐데요. 주인님."

"네. 도움이 된 것 같아요." 정말로 약초가 효과가 있었는지는 모르겠지만 어쨌든 나는 그렇게 대답했다.

"다음번엔 조심해라." 아버지가 경고했다. "요정은 강인하지만 그렇다고 불멸의 존재는 아니니까."

"정말로 제가 죽으면 어떻게 돼요? 여기 이 시뮬레이션에서 말이에요. 여기 이 궁전에서 다시 스포닝되나요?"

"스포닝이 뭐야?" 피터가 물었다.

"컴퓨터 게임에서 죽은 인물이 정해진 장소에서 다시 나타나서 거기서부터 계속 게임을 하는 거예요."

"부활 같은 거로구나? 현실에서도 그러면 진짜 좋겠네."

"애당초 그렇게 되지 않게 해야지." 아버지가 말했다. "저, 그럼, 우리는 그만 나가보마. 좀 쉬어라. 얼른 나아야지."

"고맙습니다."

세 사람이 방을 나가고 알란딜만 남았다. "주인님, 제가 해드릴 것이라도?"

"그 주인님 소리 좀 안 하면 안 돼요? 알란딜? 제 이름은 마누엘이에요."

"그렇게 하겠습니다. 마누엘."

나는 한참 동안 알란딜과 이야기를 나누었다. 가끔 내 말을 못 알아들은 것처럼 입을 다물 때도 있었지만 그녀의 입에서 나온 대부분의 문장은 놀랄 정도로 아귀가 맞았다. 시간이 조금 지나자 그녀가 가공의 인물이라는 사실이 생각나지 않을 정도였다. 그녀에게 이 정도의 지능을 선물한 걸 보니 아버지와 아버지의 연구팀이 실로 엄청난 노력을 기울인 모양이었다. 내게 편안한 삶을 선물하기 위해 아버지가 얼마나 노력했는지 새삼 또 한번 실감했다.

알란딜이 내게 인사를 하고 방을 나갔다. 알란딜은 다른 환자를 보살펴야 한다고 말했다. 혼자 남게 되자 그녀가 곁에 있어 얼마나 마음이 편했는지 새삼 깨달음이 밀려왔다. 컴퓨터 프로그램과 친구가 될 수도 있을까?

나는 자리에서 일어나 정처 없이 방 안을 오갔다. 움직일 때마다 통증이 느껴졌지만 오히려 그 통증을 음미했다. 나는 미닫이문을 열고 작은 발코니로 걸어 나갔다. 차가운 바람이 산에서 불어와 한기가 들었지만 그 느낌이 친한 친구처럼 나를 감싸 안았다. 여기로 올 때도 이렇게 감각이 예민했던가? 그사이에 의사들이 또 내 두뇌의 접점을 개선했을까?

내 시선이 왼쪽으로 줄지어 선 발코니들을 향했다. 내가 서 있는 곳에서 두 번째 발코니에 긴 검은 머리카락의 여성이 서 있었다. 수수한 흰옷을 입었다. 내 시선을 느꼈는지 그녀가 천천히 내 쪽으로 고개를 돌리며 미소를 지었다.

나는 방에서 달려 나가다가 하마터면 피터, 에바, 아버지와 부딪칠 뻔했다.

"왜 그래?" 난쟁이가 물었지만 나는 그들을 밀치고 다음다음 방의 문을 벌컥 열어젖혔다.

방엔 아무도 없었고 앞쪽 발코니도 마찬가지였다. 내가 착각했나? 이 방이 아닌가? 밖으로 나갔지만 다른 방의 발코니에도 흰옷을 입은 여자는 보이지 않았다.

나는 심란한 마음으로 내 방으로 돌아왔다.

"왜 그러니?" 에바가 물었다.

"흰옷 입은 여자요. 저기 있었어요. 저 바깥 발코니에."

"무슨 흰옷 입은 여자?"

"묘지에서 봤어요. 아빠하고 엄마 묘지에 갔을 때요. 그리고 또 아이스트림 영상에서도 봤고요. 또 지금 여기서도 봤고."

"그게 다 같은 사람이라는 거니?"

"그게 말이 돼?" 피터가 물었다.

"나도 몰라요. 하지만 방금 전에도 처음 두 번 하고 똑같이 생겼어요. 어디선가 한번 본 적이 있는 것 같아요."

"마누엘, 우리 데자뷰 이야기 했잖니." 에바가 말했다.

"어떻게 이게 데자뷰에요? 같은 사람을 다른 장소에서 만났는데?"

"똑같은 사람이 아닐지도 몰라. 내가 보기엔 환각 같아. 통증이든 깊은 감정이든 뭔가 네 마음을 움직인 사람을 네가 본 거지. 그리고 네가 본 얼굴을 무의식 속에 있던 사람과 닮도록 두뇌가 바꾸어버린 거지. 그래서 계속 같은 사람을 봤다고 믿게 된 거야. 네가 발코니에서 본 사람은 그냥 컴퓨터가 조종하는 아주 평범한 요정일지도 몰라."

"그 하얀 옷 입은 여자가 어떻게 생겼는데?" 아버지가 물었다. 나는 본대로 설명을 했다.

"네가 봤다고 믿는 사람은 네 엄마다. 불쌍한 아들." 아버지가 대답했다.

"아니에요. 기억은 못 하지만 엄마 사진은 충분히 봤어요. 엄마하고 닮았지만 엄마는 아니에요."

"트라우마 때문에 환각이 생겼을 수도 있지 않아?" 피터가 심각한 표정으로 말했다.

"여기 오더니 갑자기 심리학자가 되셨나?" 에바의 인공 목소리에서 경멸의 느낌이 묻어났다.

"그냥 내 생각이 그렇다는 거지." 난쟁이가 방어 자세를 취하듯 손을 치켜들었다.

아버지가 그의 말에 맞장구를 쳤다. "영 틀린 생각은 아닌 것 같은데요. 흰옷 입은 여자라, 의사나 간호사 느낌이 나고. 마누엘이 사투를 벌일 때 그렇게 생긴 사람을 보았는데 그 이미지가 파괴된 기억에 마지막 이미지로 각인이 된 거지요."

"물론 그럴 가능성도 배제하지는 않아요. 어머니와 닮았다는 점이 그 이미지에 대한 절망적인 집착을 더 강화했을 수도 있어요. 어쨌든 감각의 착각이에요. 마누엘, 앞으로도 계속 그럴지 몰라. 차차 나아져야 할 텐데."

아무리 설명을 들어도 납득이 되지 않았다. 환각이었다면 왜 그 한 사람인가? 아니면 내가 본 다른 것들도 현실이 아닌 것인가?

갑자기 이런 의문이 얼마나 말도 안 되는 짓인지 깨달음이 들었다. 쓰디쓴 웃음이 삐져나왔지만 컴퓨터 음성으로 들으니 개 짖는 소리 같았다. 이 세상에서 내가 보는 그 무엇도 실제로 존재하지 않는다. 그렇다면 흰옷 입은 여자가 상상이건 아니건 무슨 차이가 있단 말인가?

그 순간 알란딜이 들어왔다. 바둑판무늬의 판을 들고 있었는데, 체스 말처럼 은과 상아로 만든 작은 형상들이 놓여 있었다.

"훨씬 좋아지신 것 같네요. 주인님…… 아니 제 말은 마누엘." 목소리는 인공적이었지만 말을 하다가 자기 말을 고치는 방식이 완전 사람 같았다. "따분하실까 봐. 게임을 좋아한다기에 가져왔는데 손님이 계셨네요."

"안 그래도 가려던 참입니다." 아버지가 피터와 에바에게 고갯짓을 했다. 두 사람이 인사도 없이 아버지를 따라 방을 나갔다.

"이 게임은 모르는데요." 게임판을 탁자에 놓는 그녀에게 내가 말했다.

"괜찮아요, 마누엘. 제가 규칙을 설명해드릴게요."

우리는 마주 앉았다. 게임은 체스와 비슷했지만 게임판이 육각형이었고 말의 숫자도 더 적었으며 말을 움직이는 방법도 달랐다. 또 모든 말이 모든 말을 죽이는 체스와 달리 정해진 말은 항상 정해진 다른 말만 공격할 수 있었다. 예를 들면 난쟁이는 호각을 칠 수 있고 호각은 거인을 칠 수 있고 거인은 다시 난쟁이를 칠 수 있었다. 그래서 게임이 어떻게 돌아가는지 파악하기가 쉽지 않았다.

알란딜은 착하고 인내심이 많은 선생님이었고, 덕분에 나는 게임의 기본 개념을 금방 이해했다. 규칙의 숫자는 적었지만 엄청나게 복잡했다. 컴퓨터 프로그램을 상대로 이길 확률은 거의 없었지만 의외로 3판째에 내가 승리를 거두었다.

"제가 졌습니다. 정말 배움이 빠른 학생이네요. 마누엘." 알란딜이 말했다.

"일부러 져줬으면서." 내가 대답했다.

그녀가 미소를 지었다. "저런, 들통이 났네요. 한 판 더 할까요?"

"좋죠."

이번에는 그녀가 맹공격을 해서 10수 만에 내 병사들을 모조리 무찔러버렸다.

"대단한데요." 내가 말했다.

"용서하세요. 저도 달리 어쩔 수가 없네요. 자제하기가 힘들어서요. 이건 너무 불공평한 게임이지요. 저는 지난 몇천 년 동안 이 게임을 했는데 마누엘은 불과 2시간 전에 시작하셨잖아요."

"기계니까 게임을 잘하는 게 당연하죠." 말을 뱉어놓고 곧바로 후회했다. 자존심이 상해서 나도 모르게 비겁하게 굴었다.

그녀가 한참 동안 나를 빤히 쳐다보았다. "제가 기계라고요? 무슨 말씀이세요?"

나는 할 말이 없었다. 그녀가 정말 내 말을 이해했을까? 지능이 너무 높아서 자기 성찰도 가능한 것일까? 아니, 당연히 그건 아닐 것이다. 영특한 프로그래머가 내가 이와 비슷한 말을 할 줄 미리 예상하고서 그녀에게 적절한 대답을 입력했을 것이다.

하지만 피터가 방으로 들어오는 바람에 프로그래머의 능력을 더 시험할 수는 없었다.

알란딜이 일어섰다. "두 분 말씀 나누세요."

나는 아쉬운 마음을 감추지 못하고 방을 나가는 그녀의 뒷모습을 쳐다보았다.

"예쁜데!" 피터가 말했다.

아바타라서 얼굴이 빨개지지 않았고 목소리로 불안한 마음을 들키지 않아서 좋았다. "음, 피터도…… **난쟁이와 거인 한 판** 하실래요?"

"지금 놀리는 거지?"

"아니에요. 게임 이름이에요. 알란딜이 가르쳐줬어요. 실력이 대단한데 뭐 당연하죠. 이런 게임은 컴퓨터가 사람보다 월등히 나을 테니까요."

"벌써 여기가 시뮬레이션이라는 사실을 잊어버린 거야? 하긴 현실이 아니라는 사실을 잊으면 여기서 살기가 훨씬 수월할 테지."

그의 말에 뜨끔했다. "내가 벌써 다 잊었다고 생각하는 거예요?"

"미안. 마누엘. 그런 뜻은 아니었어. 네 말이 맞아. 잊어서는 안 되지. 하지만 마음 편히 먹고 환상의 세계에 조금 더 발을 들여놓아도 괜찮을 것 같아. 예를 들어 저 요정이 마음에 들면……."

"무슨 말을 하고 싶은 거예요?"

"아냐. 아무 말도 아냐. 그냥 몸이 좀 어떤가 해서 와 봤어. 언제쯤 다시 괜찮아질까 해서."

"나도 모르겠어요. 트롤이 온몸의 뼈를 으스러뜨린 것 같은데 알란딜의 약초 효과가 상당히 좋은가 봐요. 내일쯤이면 완전 생생할 것 같거든요."

“다행이다. 네 도움이 필요했는데. 오르크 족을 마을에서 쫓아내기는 했지만 녀석들이 근처에서 다른 부대와 합류한 후에 보복 공격을 계획하고 있어. 로한의 수도 에도라스를 칠 생각인가 봐. 로한 사람들에게 알려주고 가서 도와야 해.”

“내가 도움이 된다고 확신해요?”

“네가 오르크 족하고 딸기 차 한 잔 마시면서 연합국을 만들자고 설득할 생각이 아니라면 문제없어. 꼭 제일 선봉에 서서 싸워야 하는 건 아니니까. 넌 워낙 똑똑하니까 우리가 작전 짤 때 도움을 줄 수 있을 거야.”

“걱정 마세요. 저도 많이 배웠어요. 내일까지니까 아직 시간이 있죠?”

“물론이지. 푹 쉬고 알란딜이 시키는 대로 잘 따라 해.”

피터는 문으로 나가지 않고 흩어지는 바람처럼 사라져버렸다. 클릭해서 시뮬레이션에서 나간 후에 어디 술집에 갔을 것이다. 행복한 사람.

지는 해가 바깥 하늘을 유치한 장밋빛으로 물들였다. 나는 발코니로 나가 완벽하게 자연스러우면서도 동시에 초현실적으로 아름다운 연극을 관람했다. 카스파 다비드 프리드리히독일 초기 낭만주의 풍경화가-옮긴이의 그림을 보는 것 같았다. 가만! 근데 카스파 다비드 프리드리히를 내가 어떻게 알지?

“붕대 갈 시간이에요, 마누엘.”

알란딜이 소리 없이 내 방에 나타났다. 그녀는 순간 이동을 하는 것 같았다. 알게 뭐람. 아무도 들여다보지 않을 때 이 시뮬레이션에서 또 무슨 괴상한 일들이 일어날지?

“무슨 붕대?”

“붕대를 갈아야 해요. 옷을 벗으세요.”

그녀 앞에서 옷을 벗기가 뭐해 머뭇거렸다. 몇 초 동안 곤욕스럽다가 다시 그녀가 컴퓨터 시뮬레이션이며 내 몸은 진짜가 아니라는 생각이 들었다. 그래서 나는 바닥까지 오는 긴 얇은 천의 잠옷 같은 옷을 벗었다. 놀랍게도 내 가상의 몸이 이집트 미라처럼 붕대를 칭칭 감고 있었다.

“이거, 들이키세요.” 알란딜이 기름처럼 끈적거리는 액체가 담긴 그릇을 내밀었다. “맛은 없어도 통증에는 좋을 겁니다.”

내가 미각을 못 느끼고 통증은 오히려 반갑다는 말은 굳이 생략했다. 통증을 느낀다는 것은 어딘가에 아직 신체가 있다는 뜻일 테니까 말이다. 나는 말 없이 그 액체를 받아 마셨다. 맛은 전혀 느끼지 못했지만 몸 안으로 퍼져나가는 온기는 느껴졌다. 게다가 살짝 어지럽기까지 했다.

"누우세요."

나는 그녀가 시키는 대로 누웠고 능숙하고도 세심하게 붕대를 갈아주는 그녀의 모습을 지켜보았다. 동작 하나하나가 너무나 현실적이었다. 예민한 부위의 붕대를 떼어낼 때는 몇 번 아파서 움칠하기도 했다. 그럴 때마다 그녀는 걱정스러운 표정으로 나를 바라보았고 자신이 미숙했다며 사과를 했다.

아무리 노력해도 점점 더 알란딜을 단순한 NPC로만 보기가 힘들었다. 컴퓨터가 조종하는 존재, 감정도 감각도 이성도 없는 존재. 그녀는 모든 면에서 인간 같았다. 그것도 매우 친절한 인간.

그녀가 차갑고 푸르스름한 약초 연고로 내 온몸을 덮고 다시 붕대를 감았다. "고마워요. 고철압축기에 들어간 기분이었는데 많이 나아졌어요."

"다행이네요. 마누엘." 그녀가 설핏 미소를 지었지만 눈썹이 아래로 처져 있었다. 근심이 있어 보였다. "그럼 금방 또 전투에 나가시겠네요?"

뭔지 모르겠지만 그녀의 말이 당혹스러웠다. "그게 여기서 제가 맡은 임무 아닌가요?" 내가 물었다.

"그건 제가 판단할 수 있는 문제가 아닙니다. 그래도 저는…… 당신께 아무 일도 안 일어났으면 좋겠어요."

문득 아주 고약한 생각이 치밀었다. 나는 그녀를 시험해보기로 했다. "걱정 말아요. **월드 오브 워크래프트**는 항상 엄청 잘 했으니까요."

"여기는 게임이 아니에요. 마누엘. 트롤한테 또 붙들리면 제 약초로도 생명을 구하지 못할 수 있어요."

잡았다! "잠깐만! 근데 당신이 **월드 오브 워크래프트**를 어떻게 알지? 압축기에 끼이면 어떤 느낌인지 당신이 어떻게 알아?"

"네? 아니, 제 말을 잘못 알아들으셨어요. 전 시녀에 불과합니다. 그런 건 모릅니다."

"키스해. 알란딜!"

내 명령에 깜짝 놀란 것처럼 그녀의 눈이 화등잔만 해졌다. 하지만 곧 허리를 굽히고 팔로 내 목을 휘감더니 눈을 감고 자신의 입술로 내 입술을 눌렀다. 그녀의 입술이 닿는 부드러운 촉감과 숨결의 온기가 느껴졌다.

"사랑해요. 마누엘." 입술을 떼면서 그녀가 속삭였다.

그 거짓말이 단도처럼 내 가슴을 찔렀다. 나는 정말 너무나 순진한 바보였다. 온 힘을 다해 그녀를 와락 밀어젖히자 그녀가 뒷걸음을 치다가 비틀거렸고 바닥에 쿵 넘어졌다.

그녀가 눈을 크게 뜨고 나를 빤히 쳐다보았다. "마누엘, 이게…… 무슨 짓이에요? 싫어요?"

"싫으냐고?" 내가 물었다. 컴퓨터 음성이 분노를 삼켜버렸다.

"우리는 …… 당신하고 나는 …… 행복할 수 있을 텐데."

"행복할 수 있다고? 그래? 난 안 그럴 것 같은데. 당신 누구야?"

"무슨 말씀이신지…… 모르겠습니다. 주인님."

"아, 그래? 알아들은 것 같은데. 알아들어도 너무 잘 알아들은 것 같은데. 여태는 네가 제법 정교한 소프트웨어라고 생각했어. 하지만 드디어 알았어. 여기서 무슨 장난질을 하고 있는지. 에바, 당신이야? 당신 아이디어야? 당신이 나를 이 텅 빈 껍질 속에 붙잡아 두려고 한 짓이야?"

바로 그 순간 에바가 방에 들어왔다. "마누엘, 알란딜, 왜 그래? 시끄러운 소리가 나서…… "

"그러니까 우연이다!" 어차피 내 목소리는 아무 감정도 싣지 못할 테지만 그래도 나는 최대한 경멸을 담아 소리쳤다.

"마누엘, 네가 생각하는 그런 게 아냐." 알란딜이 나서서 설명을 하려고 했다. 목소리가 완전히 달랐다. 더 이상 요정의 인공 목소리가 아니었다. 에바의 목소리도 아니었다. 누가 들어도 여자 목소리였지만 생판 처음 듣는 목소리였다.

"그럼 뭔데? 당신 누구야?"

"난 카트린이야." 그녀가 소리죽여 대답했다. "중간계를 개발한 팀의 디자이너지. 네 아버지가 부탁하셨어. 알란딜 역할을 해달라고. 이 세계에서 너의 친구가 되어 달라고. 널 진정으로 이해하는 진짜 친구. 네가 나를 사랑하게 될 줄은 몰랐어. 그건 아버지의 의도가 아니야. 하지만 네가 나더러 키스해달라고 했을 때 나는…… 미안…… 해. 상처를 줬다면."

"그런 말은 산타할아버지한테나 하던가. 하긴 톨킨의 동화 나라에선 그런 말이면 다 통하겠지. 에바, 하얀 방으로 돌아가고 싶어요. 얼른요!"

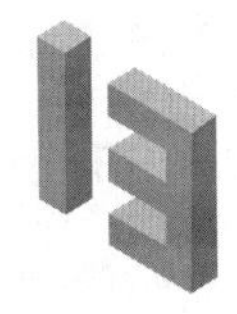

나는 다시 가상의 감옥으로 돌아왔다. 벽은 하얗고 쥐죽은 듯 고요했으며 바람 한 점 없었다. 원하던 곳으로 돌아왔다. 하지만 그 대가가 무엇일까?

족히 반 시간이나 그들은 나를 설득했다. 아버지와 에바와 피터와 그 카트린이라는 여자. 내게 약속을 했고 용서를 구했다. 미친 사람들처럼 중간계를 떠나지 말라고 애원했다. 그들이 그럴수록 내 결심은 더욱 굳어졌다.

그러나 막상 여기로 돌아오니 이 방이 무서울 정도로 답답했다. 환한 벽들이 서서히 줄어들어 나를 으깨버릴 것만 같았다. 아무 영상이나 틀어서 이 공허감을 지우고 싶은 욕망이 강렬했다. 하지만 그 충동을 눌렀다. 정신 똑바로 차리고 생각을 하기 위해서였다.

코기토, 에르고 줌. 나는 생각한다. 그러므로 나는 존재한다. 프랑스 철학자 르네 데카르트는 이렇게 말했다. 이유는 모르겠지만 이 라틴어 문장이 그의 《제1 철학에 대한 명상》에 실린 구절이라는 사실을 나는 알고 있었다. 아마 학교에서 그 책에 관해 발표를 했던 것 같았다. 그뿐 아니라 나는 이 유명한 문장의 근거를 밝혀줄 구절도 외울 수 있었다. **그러나 한 사람이 있다. 어떤 사람인지는 모르지만 전능하고 매우 교활한 사기꾼이 있어 쉬지 않고 의도적으로 나를 속인다. 이제는 그가 나를 속여도 내가 존재한다는 사실만은 의심의 여지가 없다. 그는 할 수 있는 만큼 나를 속이지만, 내가 무언가라고 생각하는 한 결코 내가 아무것도 아니게 만들지는 못할 것이다.**

데카르트라면 이 하얀 방에서 즐거워했을 것이다. 이곳은 누가 봐도 감각의 착각이니까 말이다. 내가 보고 듣고 느끼는 것은 그 무엇도 현실이 아니다. 나는 내 감각 인상을 조금도 믿을 수 없다. 한동안은 그 사실을 잊으려 애썼다. 하지만 알란딜의 거짓말에 눈을 떴다. 나는 정말 바보였다. 놀랍도록 똑똑한 인공지능을 진짜라고 믿었던 어리석음에 비하면 오르크 족의 꾀에 걸려던 것은 잽도 안 된다.

아마 모두가 날 생각해서 한 일이었을 것이다. 하지만 모두가 나를 생각하는 세상에서 사는 것이 무슨 의미가 있을까? 컴퓨터 프로그램이 정말로 컴퓨터 프로그램에 불과한지도 믿을 수 없는 세상에서? 이런 세상에서라면 자립은 꿈도 꾸지 못한 채 요람에 누워 어찌할 바를 모르는 아기와 다를 것이 무엇인가? 그렇다면 내 인생은 무슨 의미가 있겠는가? 마음이 한없이 나락으로 떨어졌다. 혼자서는 아무것도 할 수 없는 이 비루한 삶을 지금 당장 끝내고 싶었다. 하지만 나는 그럴 능력조차 없다.

피터의 아바타가 나타났다. "마누엘, 안녕. 좀 어때?"

"가세요!"

"카메라 안경 썼는데 우리 산책하자. 날씨가 엄청 좋아."

"고맙지만 싫어요. 혼자 있고 싶어요."

"할 수 없지." 실망을 안고 그가 사라졌다.

이제는 피터도 믿을 수 없었다. 물론 공평하지 못한 생각이다. 사실 피터가 그런 게 아니다. 알란딜은 분명 에바의 아이디어였다. 혹은 아버지의 아이디어일 수는 있어도 절대 피터는 아니다. 하지만 그도 알고 있었다. 확신할 수 있다. 알면서도 나한테 아무 말 안 했다. 그도 날 생각해서 그랬을 것이다. 그래도 용서할 수가 없었다.

하지만 산책을 하자는 그의 제안에 번뜩 정신이 들었다.

"앨리스, 지금 몇 시야?" 이 말을 하면서 나는 앨리스 뒤에도 어떤 인간이 숨어서 나를 골리고 있는 것은 아닌지 궁금했다.

"20시 14분입니다."

"아이스트림을 열어줘."

꼬마 마녀는 여전히 찾을 수 없었지만 지금 함부르크에서 아이스트림을 켜놓고 이런저런 활동을 하는 유저들은 넉넉했다. 피터의 말이 옳았다. 날씨가 좋았다. 날씨 웹사이트를 보니 바깥 기온이 20도 정도였다. 공원에서 그림을 하기엔 더없이 좋은 기온이었다. 지금 그 공원에 아이스트리머는 없었지만 다행히 내겐 우연에 기대지 않아도 좋을 멋진 도구가 있었다.

"앨리스, ME 1 조종간을 잡아."

한 벽면에 자동차 핸들이 나타났다. 차는 차고에 있었다. 내가 시동을 켜자 차고 문이 자동으로 열렸다.

20분 후 차는 공원길 근처에 멈추었다. 나는 드론을 작동 시켜 30미터 상공으로 띄운 후 넓은 도로를 따라 날아가서 노을에 벌겋게 물이 든 공원에 도착했다. 이상한 기분이었다. 나무 우듬지 위를 새처럼…… 아니, 유령처럼 떠다니는 기분이 이상했다.

넓은 잔디밭에 열댓 명이 그릴을 중심으로 모여 있었다. 나는 드론을 조종해서 그 사람들을 차례차례 살폈다. 몇 명은 나를 알아보고 호기심 어린 표정이나 화난 표정으로 올려다보았다. 수염을 기른 한 젊은 남자는 대놓고 내 쪽을 향해 오른손을 치켜들어 손가락 욕을 해 보였다.

얼마 안 가 율리아를 발견했다. 호기심 어린 표정으로 나를 올려다보는 그녀의 얼굴을 알아본 순간 감전된 것처럼 찌릿한 충격이 내 몸을 휘감았다. 율리아는 매트 위에 앉았고, 옆에는 차양 모자를 쓴 남자가 앉아 있었는데 모자에 가려 얼굴이 보이지 않았다.

그녀가 내게 손짓을 했다. 나라는 것을 알까? 말도 안 된다. 그녀는 그저 중지를 세우고 욕을 한 남자보다 조금 더 친절하게 모르는 드론 조종사에게 인사를 했을 뿐이다. 드디어 그녀를 찾았다! 하지만 이제 어쩌지? 그녀와 소통할 방법이 없었다. 그래도 나는 드론을 그녀 바로 앞까지 내렸다.

"마누엘, 너니?" 그녀가 소리쳤다.

나는 고개를 끄덕이는 것처럼 드론을 몇 차례 올렸다 내렸다 했다.

"세상에, 마누엘이구나!" 율리아가 울음을 터트렸다.

옆에 앉은 남자가 갑자기 드론 쪽으로 손을 뻗었다. 내가 미처 빠져나가기도 전에 그가 드론을 움켜쥐더니 카메라를 자기 쪽으로 돌렸다. 얼굴을 덮은 수염이 희끗희끗했고 두꺼운 테로 된 안경을 쓰고 있었다. 어디서 본 적이 있는 것 같은 얼굴이었다. 검은 티셔츠에는 회중시계를 손에 든 흰 토끼가 인쇄되어 있었다. 그 밑에 **Follow me into the rabbit hole**이라는 글자가 적혀 있었다. **《이상한 나라의 앨리스》**에 나오는 구절이었다. 내가 그 책을 어떻게 아는지 궁금했다. 어렸을 때 엄마가 읽어줬을까? 아니면 내가 읽었을까?

그 남자가 말했다. "시간이 없다. 마누엘. 내 이름은 마르텐 라파이야. 너를 감금한 남자의 파트너였단다. 헤닝 야스퍼스 말이다. 그자의 말을 믿어선 안 돼. 널 이용하려는 것이니까. 내 말 잘 들어라. 우리가 편히 이야기를 나누려면 네가 암호를 불러야 해. 그 암호는……."

드론의 카메라 영상이 비치던 벽이 하얘졌다. 연결이 끊어졌다는 오류 메시지가 떴다.

"앨리스, ME 4를 작동 시켜!"

"ME 4와 연결이 안 됩니다."

"앨리스, ME 1 조종간을 잡아."

"ME 1과 연결이 안 됩니다."

아버지의 얼굴이 벽에 나타났다. 기분이 좋아 보이지 않았다.

"마누엘. 아무하고도 접촉을 하지 않겠다고 약속하지 않았니?"

"마르텐 라파이가 누구예요?"

아버지가 한숨을 쉬었다. "내 파트너였다. 같이 다크 스타를 세웠지. 개발 책임자였어. 두뇌가 정말 명석했지. 그런데 부담이 너무 컸는지 마약에 손을 대기 시작했고 내가 자기를 속이고 몰래 직원들을 부추겨서 자기를 내쫓을 계획을 세운다는 망상에 빠졌어. 나는 최선을 다해 그를 도우려 했지만 시간이 갈수록 그의 존재가 회사 전체에 부담이 되기 시작했다. 결국 우리는 손실을 줄이기 위해 그와 결별할 수밖에 없었고. 당연히 그의 입장에선 기분이 나빴겠지. 수도 없이 생각했다. 혹시…… 하지만 너무 일러. 아직 구체적인 증거가 없거든."

"무슨 증거요?"

"그가 그 사건의 주동자라는 증거. 그의 기술이면 우리 안전 시스템을 뚫고도 남거든. 그러고도 남을 사람이야. 지금의 그라면 말이다. 한때 우리는 둘도 없는 친구였지만 지금의 그는 예전의 그가 아니야."

"경찰이 조사해봤나요?"

"당연하지. 하지만 구체적인 증거를 찾지 못했단다. 하지만 미쳤어도 머리는 여전히 명석하니까 경찰 정도 따돌리는 것은 일도 아닐 거야."

"그 사람이 율리아는 어떻게 알아요?"

"그건 나도 모르겠다. 아마 너랑 접촉하려고 율리아를 이용하는 것 같아. 네가 율리아를 찾고 있다는 사실을 어떻게 알아냈는지는 모르겠다만 그건 중요한 게 아냐. 그는 너를 이용해서 우리 시스템으로 들어오려는 거야. 암호를 알려주려고 한 걸 보면 확실히 그래."

"계속 절 보고 계셨어요?"

"내가 아니라 에바가 보고 있었지. 네가 정상 생활을 할 수 있게, 조금이나마 인간다운 삶을 살 수 있게 돕는 것이 에바가 할 일이니까. 그러자면 네가 어떤 기분인지, 네가 뭘 하는지 알아야 할 테니까. 그런데 아쉽게도 마르텐을 금방 알아보지 못했어."

"하루 종일 저를 감시하라고 시키셨어요?"

"무슨 생각을 하는 거니? 아들, 네가 있는 방은 몇 겹으로 철통 보안을 하고 있다. 생명 유지에 필요한 고도로 복잡한 기계가 있기 때문이다. 의사 팀이 하루 종일 돌아가면서 네 두뇌와 시뮬레이션 시스템의 접합부가 잘 작동하는지, 염증이나 거부 반응은 없는지 살피고 있어. 당연히 하루 종일 너를 관찰하고 있지. 그렇지 않으면 네 생명은 유지될 수 없어."

"저는 여기 이 시뮬레이션 세상을 말했던 거예요."

"그것도 일부야. 너의 행동과 태도를 보고 네 상태를 가늠할 수 있으니까. 그 정도는 너도 알고 있으리라 생각했다만."

따지고 보면 너무나 당연한 말이었다. 이런 곳에서 개인적인 공간이 있을 것이라고 믿었던 내가 잘못이었다. 그래도 속은 것 같은 느낌은 어쩔 수가 없었다. 내가 정말 어리석었다는 생각이 들었다.

"그 암호는 뭐예요?"

"이 시뮬레이션 시스템의 기초를 마르텐이 개발했단다. 정신병이 심해지자 프로그램에 백도어를 설치했지. 그것으로 독립 안전 시스템을 꺼버리려는 계획이었어. 뭔가 평소와 다른 조짐이 보이면 외부 침입 여부를 조사해서 경보를 울리는 시스템 말이다. 그런데 그 코드를 작동시키려면 가상 세계에서 누군가가 정해진 암호를 말해야 해. 그러니까 누군가를 유혹해서 도움을 받기만 하면 그는 언제라도 우리 서버에 침입해서 막대한 손실을 입힐 수 있는 거지."

"그런 사람을 도와줄 사람이 어디 있어요?"

"예전에 같이 일했던 직원들 중에 도와줄 사람이 있을 것이라고 믿었겠지. 어쩜 벌써 여러 번 시도해봤을 수도 있고. 하지만 직원들은 다 알아. 그가 정신병자라는 것을. 그래서 너를 유혹하자는 생각을 하게 된 거야. 넌 그를 기억하지 못할 거니까 그가 정신병자라는 것도 모르잖니. 그래서 내가 너의 적이고 너를 도울 수 있는 사람은 자기뿐이라고 너한테 거짓말을 하는 거란다."

"아빠는 그걸 어떻게 다 아세요?"

"마르텐은 명석해. 하지만 다크 스타에는 더 명석한 두뇌들이 많아. 우리 회사 보안책임자가 그 악성 프로그램을 발견해서 오래전에 제거해버렸단다. 그러니까 그가 네게 그 암호를 가르쳐줘서 네가 그 암호를 말한다고 해도 아무 일도 일어나지 않을 거야. 그 암호는 'Follow me into the rabbit hole.' 이야."

"그 사람이 입고 있던 티셔츠에 그 문장이 적혀 있었어요."

"맞다. 자기가 가르쳐주지 않아도 네가 그 문장을 보고 읽을 거라고 생각했겠지."

"그래서 카메라 연결을 끊으신 거예요?"

"그 때문이라면 내가 무엇 때문에 그자가 너한테 알려주고 싶었던 암호를 지금 가르쳐주겠니? 그가 깔아놓은 악성코드는 이미 찾아서 제거했어."

"그럼 왜요?"

"그 작자가 말도 안 되는 헛소리로 널 겁주는데 내가 가만히 있어야 하겠니? 아들. 넌 이미 너무 많은 일을 겪었다. 경찰에 신고할 거야. 그럼 경찰이 다시 한번 그자를 관심 있게 지켜보겠지. 그자가 네 엄마를 살해했다는 증거를 찾을지도 모르지. 어쨌든 약속해다오. 두 번 다시 그 작자와 접촉하지 않겠다고."

"어차피 할 수도 없잖아요." 인공 목소리였지만 내 말에서 씁쓸한 마음이 느껴졌을 것이라고 나는 확신했다. "24시간 감시를 당하는데, 카메라 영상에 그가 나타나기만 해도 곧바로 연결을 끊어버리는데 어떻게 접촉을 해요?"

"벌써 넘어간 거니?" 아빠가 말했다. 그의 목소리에서 피곤과 진한 슬픔이 느껴졌다. "그 작자의 정신병에 벌써 감염이 되어서 내 진심을 의심하는 거니? 날 못 믿는 거야?"

"아빠. 뭐가 옳고 그른지 제가 어떻게 알겠어요?" 나는 울부짖고 싶었다. 하지만 눈물마저 누릴 수 없는 사치가 된 지 오래였다. "어떻게 진실과 거짓을, 정신병과 제정신을 구분하겠어요? 기억도 없는데. 믿을 수 있는 감각도 없는데."

그가 잠시 입을 다물고 나를 바라보았다. 얼굴에 짙은 실망의 표정이 떠올랐다. 그러더니 체념한 듯 고개를 끄덕였다. "그래. 무슨 말인지 알겠다. 아들. 그래도 너의 이성을 믿어라. 어쩔 도리가 없다면 날 의심해도 좋지만 생각 없는 짓은 하지 마라. 네 엄마를 죽인 살인자일지도 모를 사람한테 이용당하지는 마. 널 이렇게 만든 사람이야."

그 말을 끝으로 그는 연결을 끊었고 나는 슬픔과 무기력에 빠진 채 홀로 하얀 방에 남았다.

아버지는 생각 없는 짓을 하지 말라고 부탁하셨다. 말투가 비꼬는 투였다. 내가 할 수 있는 생각 없는 짓이란 게 뭘까? 나는 아무것도 할 수 없다. 정말 아무것도.

며칠이 흘렀다. 인터넷 검색을 해서 아무것이나 아이스트림을 틀어서 보았고 혼수상태에 빠진 사람들에 관한 이북을 읽었다. 그래도 생각의 매듭은 풀리지 않았고 마음이 편해지지도 않았다. 차와 드론은 이용할 수 없었다. 아버지는 마르텐 라파이가 드론을 망가뜨렸고 차를 해킹했을 수도 있다고 말했다. 그래서 잠시 그것들과 네트워크의 연결을 끊을 수밖에 없겠다고 했다. 사실은 내가 또 율리아나 라파이와 접촉을 할까 봐 강제로 빼앗아간 것이다. 어쨌든 나는 그렇게 믿었다. 아니면 마르텐 라파이의 정신병이 내게 옮아서 나도 모르게 그런 생각을 하게 된 것일까? 하긴 지금 이 상황에서 미치지 않을 사람이 있을까?

에바, 아버지, 피터는 물론이고 카트린까지 나서서 내 기분을 풀어주려고 애를 썼다. 날 다시 중간계로 데려가려는 노력은 포기한 것 같았다. 하지만 곁에 있으면서 내가 조금이나마 이 상황을 잘 견딜 수 있게끔 열심히 애를 썼다. 하지만 역효과만 났다. 나는 그들의 동정이 괴로웠다. 그래서 말도 하지 않았고 아는 척도 하지 않았다. 굳이 그들의 아바타가 이 밝은 감옥으로 찾아오지 않아도 어차피 그들은 안 보이는 바깥에서 나를 감시하고 있을 것이다.

나는 오락거리를 찾았다. 영화나 다큐멘터리, 드라마를 찾아서 보았고 책을 읽고 음악을 들었고 컴퓨터 게임도 했다. 인간의 창의력이 만들어낸 모든 것이 내 손에 있었다. 하지만 그 무엇도 몇 초 이상 내 마음을 붙들어 불안을 잠재우지 못했다. 무엇이든 몇 분도 안지나 금방 시들해지고 말았다.

이런 참기 힘든 상황이 길어질수록 내 운명을 받아들이고 다시 중간계로 돌아갈까 하는 고민도 잦아졌다. 이번에 가면 영원히 돌아오지 않을 것이다. 하지만 항복하는 기분이었다. 여전히 그 모든 일들이 나를 위한 선의였다고 믿었지만 그들에게 승리를 안겨주고 싶지 않았다. 아직은 그럴 마음이 들지 않았다.

며칠 동안 나는 6개의 벽 전부에 아이스트림을 틀어놓고서 머리를 비운 채 모르는 사람들의 삶을 쳐다보며 일종의 가수면 상태에 빠져들었다. 슬픈 내 현실을 느끼지 않기 위해 내 의식을 버리고 카메라 안경을 낀 사람과 하나가 되려는 노력이었다. 그리고 그 노력은 제법 효과가 있었다. 어느 정도는 성공적이었다.

그러다가 갑자기 화들짝 놀랐다. 얼마나 이 멍한 상태에 빠져 있었는지는 몰라도 문득 정신이 초롱초롱해졌다. 거기에 뭔가가 있었다. 카메라 영상의 한 부분이 내 시선을 잡아끌었다. 그게 뭘까?

나는 정신을 바짝 차리고 스트림을 살폈다. 6개 모두 함부르크의 장면이었다. 내가 직접 선택한 영상일까? 아니면 아이스트림 시스템이 자체적으로 판단하여 내가 흥미를 느낄 만한 영상들을 자동으로 띄워놓았을까? 알 수 없었다.

카메라 영상 하나는 노 젓는 배에서 바라본 아우센알스터였다. 날씨가 좋았고 일요일이어서 돛을 단 보트들이 강에 많았고, 그 보트들 사이를 알스터 기선이 달려가고 있었다. 아무리 살펴도 이상한 점은 없었다.

두 번째 스트림은 시청광장이었고 젊은 중국 여성이 중국어로 설명을 하고 있었다. 그녀의 뒤를 따르는 무리 중에 뭔가 특별한 것이 있을까? 익숙한 얼굴이나 흰옷 입은 여자를 찾아봤지만 그런 사람은 없었다.

세 번째 스트림은 항구를 일주하고 있었다. 관광객을 가득 실은 보트가 큰 배의 뱃머리에 가까워지면서 카메라가 흔들렸다. 보트 안내원의 설명은 알아듣기 힘들었다. 여기서도 별다르게 관심을 끄는 것은 없었다.

어린이용 축구 경기장에서 남자아이 몇 명이 축구를 하고 있었다. 내 또래로 보였다. 상당히 키가 큰 금발 곱슬머리 소년이 상대 골문을 향해 질주하다가 수비수를 피해 골을 날렸다. 하지만 공은 골대 너머로 날아가 그래피티가 그려진 벽에 부딪혔다.

그 순간 보았다. 그래피티 하나가 라파이의 티셔츠에 그려진 그림과 똑같은 회중시계를 든 흰 토끼였다. 토끼가 안경을 쓰고 금목걸이를 목에 걸고 있었는데 목걸이에 달린 장식이 알파벳 C였다.

눈으로는 계속 스트림을 보았지만 무슨 내용인지 하나도 눈에 들어오지 않았다. 생각이 소용돌이쳤다. 저 글자가 내게 보내는 메시지일까? 냉철하게 생각해보면 그럴 가능성은 별로 없었다. 그럼에도 나는 그 글자를 신호로 해석했다. 아버지의 말이 옳아서 마르텐 라파이가 나를 이용하려는 것일지도 모른다. 그런 우려가 없지 않았지만 심장이 흥분으로 쿵쾅쿵쾅 뛰었다. 이 토끼가 혹시 내가 볼지 몰라서 라파이나 율리아가 그 벽에다 스프레이로 그려놓은 것이라면 분명 더 많은 비슷한 신호들이 있을 것이다.

아버지가 눈치채서는 안 된다. 저들이 알게 되면 아이스트림도 못 보게 할 것이다. 내가 보는 것은 저들도 볼 수 있지만 내가 영상을 보고서 떠올린 생각은 저들이 알아서는 안 된다. 그러니 조심, 또 조심해야 한다.

나는 6개의 벽 모니터에 빠른 속도로 나타났다 사라지는 스트림들을 그냥 내버려 두었다. 겉으로는 계속 수동적인 태도를 유지했다. 하지만 마음은 무심한 가수면 상태가 아니라 잔뜩 긴장하고 있었다. 그래피티가 그려진 벽이나 담이 눈에 들어올 때면 나도 모르게 흠칫했다. 문득 그들은 이런 반응도 측정할 수 있다는 생각이 들었고 나는 침착한 상태를 잃지 않으려 노력했다.

몇 시간이 흘렀다.

회중시계를 든 토끼는 더 나타나지 않았다. 점차 그 그래피티가 정말로 내게 보낸 신호였을까 의심이 들었다. 그런데 그 순간 뭔가가 눈에 띄었다. 전기충격기가 몸에 닿은 듯 정신이 번쩍 들었다. 낡은 헛간의 녹슨 문에 입 꼬리를 올리며 히죽 웃는 고양이가 그려져 있었다. 보라색 고양이 털에 박힌 짙은 줄무늬가 알파벳 O자 모양이었다.

그 영상을 본 순간 여태 내가 엉뚱한 것을 찾고 있었다는 깨달음이 들었다. 갑자기 시내 곳곳에서 흰 토끼 그래피티가 등장한다면 너무 눈에 띌 것이다. 라파이가 나와 접촉을 원한다면 아마 훨씬 머리를 굴렸을 것이다. 토끼는 그가 사용하는 암호의 힌트에 불과했다. **《이상한 나라의 앨리스》**에서 따온 힌트 말이다. 웃는 고양이는 그 책에 나오는 또 한 명의 인물이다. 내가 그 이야기를 안다는 사실을 라파이가 어떻게 알았는지는 모르겠다. 나한테 이야기를 해준 적이 있었을까? 아니면 책을 사 주었을까?

무엇을 집중해서 살펴야 할지 알고 나니 그래피티에 숨은 힌트를 찾기가 훨씬 수월했다. 카드와 하트 여왕도 추가로 발견했지만 알파벳 D나 Q 대신 구석에 G가 그려져 있었다. 잠시 후에는 철로를 따라 늘어선 방음벽에서 미친 모자 장수의 트레이드마크인 수수한 검은 실크 해트를 발견했다. 모자 위에는 R이 흰색 스프레이로 그려져 있었다.

COGR. 무슨 뜻인지는 몰라도 티셔츠에 적혀 있던 문장하고는 연결이 안 되었다. **Follow me into the rabbit hole**에는 G나 C가 없다.

《이상한 나라의 앨리스》에 나오는 인물들을 더 찾으면서 나는 내가 마르텐 라파이라면 어떻게 할까 생각해보았다. 아버지의 말대로 정말로 그렇게 머리가 좋다면 보란 듯이 암호를 티셔츠에 인쇄하지는 않을 것이다. 하지만 그 문장이 진짜 암호가 아니라면 보안 책임자가 발견했다는 그 악성코드 역시 관심을 딴 곳으로 돌리려는 작전일 것이다. 그는 아마 훨씬 교묘하게 제2의 암호를 심어두었을 것이다. 어쩌면 그 티셔츠의 글자는 내가 무엇을 살펴야 할지를 가르쳐주는 힌트였을 지도 모르겠다.

Follow me into the rabbit hole. 그 문장은 명령처럼 들린다. 그렇다면 나는 아직 수수께끼를 풀기 위해 필요한 모든 정보를 손에 넣지 못한 것이다. 하지만 누군가가 그래피티에 몰래 메시지를 숨겨 도시 곳곳에 뿌려 두었다는 것만은 확실하다. 드디어 내게도 할 일이 생겼다. 숙제가, 목표가 생긴 것이다.

목표에 도달하자면 인내가 필요했다. 몇 시간 동안 비디오 스트림을 열심히 살핀 결과 마침내 인내는 멋진 보상을 받았다. 앨리스에 나오는 또 하나의 상징을 발견한 것이다. 물파이프를 빨아 연기를 내뿜는 파란 애벌레였다. 연기가 C 모양이었다.

"마누엘, 좀 어떠니?"

나는 화들짝 놀라 고개를 돌렸다. 에바의 아바타가 내 옆에 서 있었다.

"기척 좀 하세요."

"미안, 뭘 하는지 궁금해서."

"하긴 뭘 해요? 지금 농담하세요?"

"아니, 그런 말이 아니라."

"여기 서서 비디오 스트림 구경해요. 물론 밖에 나가 산책을 할 수도 있겠죠. 하지만 의욕이 없어서요."

"비꼬지 마라. 마누엘. 네가 할 수 있는 게 얼마나 많은데 그러니. 이 세상엔 사지가 마비되어 누워 있는 사람이 수십만 명이야. 그 사람들이 얼마나 널 부러워할지 알아?"

"현실을 보고 현실의 냄새를 맡고 맛볼 수 있다면 지금 당장이라도 그들과 입장을 바꿀 거예요."

"넌 중간계로 돌아갈 수도 있잖아."

"그 이야긴 다신 꺼내지 말아요."

"알았다. 걱정이 되어서 그래. 마누엘."

"마음은 감사하지만 걱정 마세요. 아무 일도 없을 테니."

"너의 뇌파 패턴에서 몇 가지 특이점이 나타나서 그래."

온몸에 소름이 돋았다. 물론 진짜 소름이 돋지는 않았을 테지만 그 정도로 무서웠다. 그래도 저들이 내 생각을 읽을 수는 없겠지? "무슨 특이점요?"

"지난 며칠 동안에는 비디오 스트림을 보고 있어도 굉장히 소극적이었어. 가수면 상태처럼 측정된 뇌파가 대부분 세타파였거든. 최면에 빠졌거나 잠들기 직전에 나타나는 뇌파지. 그런데 얼마 전부터는 네가 뭔가에 집중하는 것처럼 정신이 초롱초롱해졌어."

나는 생각나는 대로 핑계를 둘러댔다. "너무 따분해서 혼자 게임을 하는 중이에요. 새 아이스트림이 나타나면 눈에 띄는 물건을 하나 찾아요. 교차로를 달려가는 소방차 같은 거요. 그 비슷한 물건을 다른 스트림에서 찾는 거예요. 싱글 플레이 게임 같은 거죠."

"컴퓨터 게임이 하고 싶으면 우리한테 엄청나게 많은데."

"알아요. 하지만 이 게임은 현실에서 하니까 훨씬 재미있어요."

"마누엘. 들볶고 싶지는 않다. 하지만 아버지가 널 위해 만드신 그 세계로 가서 다시 한번 우리에게 기회를 준다면……."

"들볶지 않아서 고마워요. 에바. 언젠가는 가겠죠. 아직은 그러고 싶지 않아요. 지금은 그냥 혼자 있게 해주세요."

"알았다." 목소리는 살짝 기분이 상한 듯했지만 어쨌든 그녀는 소리 없이 사라졌다.

빌어먹을! 좀 더 조심을 해야겠다. 이제 저들은 내가 뭘 하는지 더 꼼꼼히 체크할 것이다. 내가 또 다른 힌트를 찾게 된다면 내 뇌파에서 흥분을 감지할 것이다. 그리고 언젠가는 무슨 일인지 알아낼 것이고, 그럼 다 끝장이다.

이런 생각을 하다가 나 스스로 깜짝 놀랐다. 나와 유일하게 접촉하는 저 사람들을 내가 정말 적으로 생각하는 것일까? 에바를 별로 좋아하지는 않지만 그녀는 나를 무척 생각하는 것 같다. 어쨌든 지금까지는 그렇지 않다고 생각할 이유가 없었다. 아버지와 피터는 더 말할 나위도 없다. 두 사람 다 정말로 내게 잘해주었다. 하지만 그들은 내 일거수일투족을 감시한다. 마르텐라파이의 말이 사실이고 그들의 말이 거짓이라면?

그걸 알아내는 유일한 방법은 암호를 해독하는 것이다. 하지만 그러다가 혹시 치명적인 손실이라도 입히게 되면 어쩌지? 우리 아버지라고 주장하는 남자가 실제로 우리 아버지라면 미친 라파이가 원하는 대로 될 것이다. 그 작자가 나를 예전 파트너를 공격하는 무기로 이용할 것이다. 게다가 그가 정말 엄마를 죽인 살인범이라면…….

그래도 아직 이런 생각은 이르다. 암호를 모른다면 어느 편에 설지 고민해야 할 필요도 없으니까.

나는 수색을 계속했다. 오래 걸리지 않아 또 하나의 힌트를 찾았다. 책에서 가짜 거북이라고 부르는 송아지 머리 거북이였다. 등에 큰 U가 찍혀 있었다. 나는 흥분하지 않으려고 노력했다.

눈은 함부르크 도심을 돌아다니는 스트림에 고정한 채 머리로 지금까지 찾은 알파벳을 순서대로 맞추어 보았다. COGRTU. 내가 아는 단어가 아니다. 하지만 철자의 순서가 바르지 않을 수도 있다. 라파이는 내가 어떤 스트림에서 언제 철자를 발견할지 알 수 없었을 테니까 말이다. 그래서 철자들을 이렇게 저렇게 바꾸어가며 다시 한번 짜 맞추어 보았다. GORTUC, TROCGU, URGOCT. 이것도 아니다.

나의 우주인 이 방의 벽마다 스트림이 번쩍거렸다. 시간이 흐르면서 에바에게 거짓으로 둘러댔던 그 게임을 하고 있는 나 자신을 발견했다. 하다 보니 제법 재미가 있었다.

스트림에서 빨간 구두를 신은 여성을 쳐다보던 참이었다. 몇 초 동안 화면을 스쳐 지나간 전철에서 이상한 새를 그린 그래피티를 보았다. 독수리와 오리를 교배한 듯 우스꽝스러운 모양이었다. 앨리스에 등장하는 도도가 분명했다. 새가 부리에 물고 있는 벌레가 G 모양으로 구부러져 있었다.

CRGOTUG. 그래도 딱히 의미가 통하지는 않았다. 그 순간 도도가 소설에서 상대적으로 일찍 등장한다는 생각이 들었다. 앨리스가 자기가 흘린 눈물의 바다에 빠지는 부분이었다. 혹시 라파이가 철자를 그 철자의 상징이 등장하는 순서대로 배열한 것은 아닐까?

그대로 배치를 해보았다. 첫 번째 등장인물은 토끼이니까 C가 맨 앞이다. 도도는 그 직후에 등장하고 그다음이 애벌레와 웃는 고양이, 미친 모자 장수, 카드의 여왕이며, 가짜 거북이는 끝부분에 나온다. 그 순서대로 하면 CGTORGU이다. 이렇게 해도 무슨 의미인지 확실치 않았지만 아직 상징을 다 못 찾았다고 가정해야 한다. 예를 들어 도마뱀 빌리, 3월의 토끼, 앨리스가 이상한 나라에서 처음 만난 쥐도 아직 못 찾았다. 그러니까 찾은 철자 사이에 다른 철자가 들어갈 수 있다.

C……G……T……O……R……G……U…….

자음과 모음을 마음대로 집어 넣어보다 문득 움칠했다. 수

많은 철자의 조합을 뚫고 한 문장이 튀어나왔다. 이미 찾은 철자와도, 내 상황과도 완벽하게 맞아떨어지는 문장이. 해답을 찾았다!

COGITO ERGO SUM. 나는 생각한다. 그러므로 나는 존재한다. 이것이 마르텐 라파이가 내게 보낸 메시지였다. 나의 딜레마를 그가 아주 정확하게 이해한 것처럼. 내가 존재한다는 이 한 가지 사실 말고 내가 알 수 있는 것은 없다. 나의 감각은 나를 속일 수 있다. 나 자신의 존재만이 확실하다.

하지만 나는 정말 속고 있는 것일까? 가능하다고 해서 실제로도 그런 것은 아니다. 르네 데카르트는 모든 것을 의심하자고 마음먹었고 대신 마법으로 이 세상의 존재를 믿게 만드는 전능한 악령을 상상하였다. 하지만 실제로 그렇다고 믿은 것은 아니었다. 그건 그저 생각의 놀이였을 뿐이다. 하지만 나의 경우 이것은 쓰디쓴 현실이다. 내가 보는 모든 것은 하얀 방의 벽에 투

영된 영상이다. 그곳에서 번쩍이는 아이스트림들이 진짜 인간이 보낸 것인지, 실제로 존재하는 세상을 보여주는 것인지 나는 전혀 확신할 수 없다. 나의 이성만이 실재이다. 하지만 그 이성이 무엇을 도와줄 수 있을까? 내가 무엇을 해야 할지 알아내는데 이성이 도움이 되어줄까?

암호를 입으로 말한다면 나는 마르텐 라파이의 편을 들기로 결정하는 것이다. 그 암호가 통한다면 마르텐 라파이가 숨겨놓은 프로그램이 활성화될 것이다. 어쨌든 우리 아버지라는 사람은 내가 자기를 속였다는 사실을 알게 될 것이다. 어쨌든 나는 그 행동의 결과를 짐작할 수 없고 되돌릴 수도 없다. 이렇게 불확실한 상황에서 어떻게 그런 결정을 내린단 말인가?

그래도 아무것도 하지 않을 수는 없다. 나와 연락이 닿은 사람이 라파이 혼자였다면 나는 아마 모험을 감행하지 않았을 것이다. 하지만 율리아가 그의 곁에 있었고 율리아는 믿을 수 있다. 그냥 그런 느낌이 들었다. 물론 그 느낌도 착각일 수 있다. 또 설사 내가 그녀를 믿을 수 있다 해도 마르텐 라파이가 율리아를 이용하지 않는다는 보장은 어디 있는가? 나와 관련된 터무니없는 이야기로 그녀를 속여서 나를 낚을 미끼로 써먹을지 누가 알겠는가.

누구도 날 대신해 결정을 내릴 수 없다. 아무에게도 털어놓고 의논을 할 수 없다. 그래도 결정을 내리기 전에 최대한 많은 정보를 수집할 수는 있을 것이다.

"앨리스, 아이스트림을 끄고 아버지에게 연락을 해줘."

잠시 후 아버지의 아바타가 하얀 방에 나타났다. 에바, 피터, 카트린은 보이지 않았지만 분명 나를 지켜보고 있을 것이다. 분명 무슨 일이 일어났다는 것을 예감했을 테지만 무슨 일인지는 모를 것이다. 모르기를 바랐다.

"아들, 안녕. 왜 불렀니?"

"율리아가 누구인지 가르쳐주세요."

"그건 벌써 말했잖니. 나도 모른다고."

"율리아가 우리 누나라고 했어요. 왜 그런 말을 했을까요?"

"그것도 이미 말했잖니. 율리아가 누구건 네 누나는 아니야."

"그런데 왜 율리아가 아는 사람 같을까요? 왜 율리아 말이 사실인 것 같을까요? 왜 당신들은 내가 율리아와 못 만나게 막는 것일까요?"

"우리는 막은 일 없다."

"아, 그래요? 얼마 전에도 접촉을 하자마자 갑자기 연결이 끊어지고 율리아의 니모 채팅 계정이 삭제되어 버렸죠. 공원에서 다시 만났을 때는 아빠의 예전 파트너 마르텐 라파이라는 사람도 같이 있었는데 내가 율리아랑 이야기를 하려니까 아빠가 또 접촉을 막았잖아요. 그러고는 두 번 다시 율리아를 못 찾게 드론과 차도 빼앗아갔고요. 그런데도 막은 적이 없다고요?"

"마누엘, 그래, 네 입장에서 보면 다 이상할 수도 있겠지. 하지만 넌 마르텐이 어떤 인간인지 몰라. 그자는 인정사정이란 걸 몰라. 자기 마음대로 어둠의 세력을 정해놓고 그들을 물리치기 위해서라면 무슨 짓이든 하지. 네가 사랑하는 소녀를 이용하는 것쯤은 식은 죽 먹기야."

"사랑? 그걸 어떻게 아세요?"

"네가 그렇게 꼭 보고 싶은 이유가 그것 말고 또 뭐겠니?"

"무슨 말도 안 되는 소리예요? 사랑하지 않아요. 그냥 어디서 봤는지 알고 싶은 거라고요."

"넌 율리아를 몰라. 마누엘, 안다고 착각하는 거야. 네 기억은 완전히 부서졌어. 넌 과거를 전혀 기억하지 못해. 슬픈 일이지만 사실이란다."

나는 잠시 입을 다문 채 결심을 굳혔다. 그리고 내 인공 머리를 끄덕였다.

"아빠 말씀이 옳아요. 난 아무것도 몰라요. 내가 누군지도 몰라요. 하지만 당신이 우리 아빠가 아니라는 건 알아요."

에바의 아바타가 방에 나타났다. "마누엘! 그게 무슨 말버릇이야."

"끼어들지 마세요. 에바. 진짜 아빠라면 기억을 되찾게 도와줄 수 있을 단 한 사람을 못 만나게 할 리가 없어요. 진짜 아빠라면 접속을 끊지 않을 거예요. 적극 나서 접속을 해줄 거라고요."

"그렇지 않다는 건 너도 알잖니. 마누엘, 넌 과거를 기억할 수 없어. 기억이 완전히 망가졌거든. 율리아는 그냥 우연히 데자뷰를 불러일으킨 여자애일 뿐이야."

"그게 사실이라면 굳이 막을 이유가 없잖아요."

"거기 마르텐 라파이가 있잖니. 그가 율리아를 이용하고 있고. 그게 안 보여?"

"그럼 그 마르텐 라파이를 만나게 해주세요."

"절대 안 된다." 아버지라는 남자가 끼어들었다. "그 정신병자의 망상에 감염될 거야. 이미 감염되지 않았니?"

"마르텐하고 만나게 하는 게 좋지 않을까요?" 에바가 끼어들었다. 그녀의 말에 나는 살짝 불안해졌다. "만나게 해도 더 이상 악영향을 끼칠 수는 없을 것 같아요."

“안 돼. 난 절대 허락하지 않을 거다.” 내 아버지라는 남자 헤닝 야스퍼스가 말했다.

“아니, 절 막을 수 없을 거예요.” 나는 감정 없는 컴퓨터 음성으로 응수했다. “코기토 에르고 줌!”

“뭐?” 그가 물었다.

하지만 미처 그에게 대답하기도 전에 발밑의 환한 바닥에 둥근 검은 점이 생기더니 엄청난 속도로 커졌다. 아니, 점이 아니었다. 구멍이었다. 그 구멍이 소용돌이처럼 나를 빨아들였다.

잠시 짙은 어둠이 나를 휘감았다. 그러다 갑자기 주변이 환해졌고 나는 처음 와본 방에 서 있었다. 내 바로 앞에 책상이 있고, 거기에 얼굴에 수염을 기른 땅딸막한 남자가 앉아 있었다. 마르텐 라파이였다. 나를 빤히 바라보는 그의 앞쪽으로 자판이 보였다. 그의 컴퓨터 모니터에 3D 카메라가 장착되어 있어서 내가 그를 볼 수 있는 것 같았다. 그의 뒤편으로는 회칠을 하지 않은 벽돌 벽이 보였다. 창 너머 풀밭에선 소들이 풀을 뜯고 있었다.

고개를 돌리려고 했지만 카메라가 움직이지 않았다.

율리아가 화면으로 들어왔다. 그녀가 마르텐 아저씨의 어깨 너머로 고개를 내밀며 나를 바라보았다. “우리를 볼 수 있어요?”

그녀가 물었다.

"그럼." 마르텐 아저씨가 대답했다.

"마누엘, 안녕? 내 말 들려?" 율리아가 물었다.

"들려." 내가 대답했다.

내 목소리가 어떻게 전달되는지는 알 수 없었지만 율리아가 내 말을 알아들은 것 같았다. 눈에 그렁그렁 눈물을 매단 그녀가 활짝 미소를 지었다. "정말 너니?"

"나는…… 내가 누군지 몰라."

"정말 감탄했다. 그렇게 빨리 암호를 알아낼 줄 몰랐는데." 마르텐 아저씨가 말했다.

"솔직히 말하면 잘한 짓인지 지금도 확신이 없어요. 아빠는 아저씨가 나를 이용해서 아빠한테 복수를 할 거라고 했어요."

"아빠가 아냐. 우리 부모님은 오래전에 돌아가셨어." 율리아가 말했다.

"기억이 하나도 안 나. 그 말이 맞다는 걸 내가 어떻게 알아? 진짜 우리 누나란 걸 어떻게 확신할 수 있겠어?"

"당연히 누나지. 느낌으로 알 수 있잖아. 안 그랬다면 마르텐 아저씨의 프로그램을 작동시켰을 리가 없어. 마누엘, 그냥 마음이 시키는 대로 해."

“헤닝이 나에 대해 뭐라고 말했니?” 마르텐 아저씨가 물었다.

“예전에 파트너였다고요. 두뇌가 명석한 개발자였다고. 그런데 마약에 손을 대서 정신이 돌아버려서 결별을 할 수밖에 없었다고 했어요. 아저씨가 자기한테 복수를 하려고 나를 이용할 거라고. 아저씨가 이 시뮬레이션 시스템을 공동개발하면서 몰래 백도어를 설치했는데 자기 안전팀이 발견해서 제거했다고. 또 아저씨가 엄마를 죽인 살인자일지도 모른다고 했어요.”

“흠. 그럴싸한데. 율리아는 뭐라고 했어?”

“어디서 본 것 같은 기분은 뇌의 오작동이라고, 데자뷰 효과 같은 거라고요.”

“나쁜 놈.” 율리아가 소리쳤다.

“진정해, 율리아. 그가 한 말은 다 거짓말이지만 진실에 가까운 부분도 있어. 우리가 파트너였고 함께 다크 스타를 세운 것은 맞아. 백도어 이야기도 맞는 말이고. 하지만 그의 직원들이 찾아낸 건 암호의 일부에 불과해. 다 찾았다면 우리가 지금 이야기를 나눌 수 없을 거야. 내가 마약을 한 것도 맞아. 하지만 네 어머니를 살해했다는 말은 말도 안 되는 소리지. 헤닝 야스퍼스는 결혼한 적도 없고 아들도 없어. 네게 그런 이야기를 한 건 네가 기억도 없이 가상의 세계에 있게 된 그럴싸한 이유가 필요했기 때문이지."

"그럼 아저씨는 어떤 그럴싸한 이유를 들려주실 건가요?"

"말했다시피 헤닝과 나는 다크 스타를 세워서 부자가 되었단다. 하지만 우리는 게임 개발로 만족하지 않고 인간과 컴퓨터의 인터페이스를 개량하기 위해 함께 노력했지. 가상현실 체험을 최대한 사실적으로 만들려고 했건 거야. 그러다가 두뇌와 컴퓨터를 직접 연결하는 다이렉트 인터페이스를 개발하자는 아이디어를 내게 되었다. 물론 새로운 아이디어는 아니었어. 이미 의학 연구 프로젝트에서 성공한 적이 있는 아이디어였으니까. 우리가 전해 들은 성공 사례들도 엄청 많았고. 맹인이 앞을 볼 수 있고 사지가 마비된 사람들이 머리로 컴퓨터를 조종할 수 있게 되었다더군. 그래서 우리는 연구소를 세워 뉴러인터페이스 연구를 시작했단다."

"제가 그 연구소의 환자였나요?"

"네 이야기는 조금 있다가 하기로 하자. 문제는 우리의 관심사가 점점 달라졌다는 데 있었으니까. 나는 기술의 잠재력에 관심이 많았어. 우리의 기술로 중병 환자들을 돕고 싶었지. 하지만 헤닝의 속셈은 그게 아니었어. 진짜 세상과 구분할 수 없을 정도로 완벽한 가상 세계를 만들려고 했으니까. 그걸 두고 매트릭스라고 하지."

"영화처럼요?"

"그래, 그거란다. 그 영화 봤니?"

"봤는지는 잘 모르겠어요. 그래도 줄거리는 알아요. 어디선가 읽은 것 같아요."

"어쨌든 헤닝의 진짜 목표는 현실 세계에서 떨어져 나가는 것이었어. 자기 몸에서 분리되어 가상 세계에서 더 나은 삶을 사는 것이었지. 죽음을 뛰어넘는 것, 인류의 오랜 숙원을 풀고 싶었던 거야. 최신 의학으로도 생명을 무한대로 늘릴 수는 없어. 넌 아마 100살까지 살 수 있을 거야. 의학이 발전한다면 120살까지 살 수도 있겠지. 하지만 헤닝은 1000살까지 살고 싶어 했어. 처음에 나는 농담을 한다고 생각했지. 그런데 농담이 아니라 완전 진심이었어."

"아무리 들어도 저랑 무슨 관련이 있는지 모르겠어요."

"조금만 더 기다려주렴. 먼저 그가 왜 이런 짓을 하는지 알아야 하니까. 의식을 완벽하게 복제해서 적절한 능력을 갖춘 컴퓨터에 업로드하면 영원히 살 수 있다고 주장하는 학자들이 실제로 있단다. 하지만 그건 말도 안 되는 소리야. 그 복제본을 '인간'이라고 부를 수 있을지도 모르겠지만, 설사 그렇다 해도 원본과 동일한 사람은 아닐 테니까. '내가 여기 서서 그 복제본과 이야기를 할 수 있다면 그것이 어떻게 나야?' 헤닝은 내게 그렇게 물었고 난 그의 의문을 인정할 수밖에 없었어. 더구나 그는 두뇌를 복잡한 내부 상태까지 완벽하게 복제하는 것은 불가능하다고 확신했지. 아주 먼 미래에는 그럴 수 있을지도 모르겠지만 어쨌든 그의 살아생전에는 불가능하다고 말이야. 그 말에도 나는 고개를 끄덕일 수밖에 없었어. 그러니까 그의 미치광이 계획을 실현하여 인간 수명을 10배로 늘릴 수 있는 유일한 방법은 두뇌를 계속 살려두는 것이지."

"어떻게요?"

"모든 장기가 그렇듯 두뇌도 나이가 들면 퇴화한단다. 그래서 치매가 걸리기도 하고 그런 거지. 하지만 뇌는 심장 같은 다른 장기에 비해 훨씬 오래 살 수 있다고 확신하는 의학자들이 있어. 그래서 헤닝은 자기 두뇌를 완벽하게 몸에서 분리해 수명이 길거나 쉽게 교체할 수 있는 인공 장기로 영양을 공급한다면 적어도 이론적으로는 자신의 계획을 실현할 수 있다고 생각했다. 그래서 실험을 해보기로 결심했어. 그 불멸의 아이디어에 완전히 혼을 빼긴 거지."

"불멸? 아까는 1000살까지 살고 싶어 한다고 했잖아요."

"그동안 기술이 더 발전할 것이고 그럼 다시 수명을 1000살 더 연장할 수 있을 테니까 영원히 살 수 있을 거야. 그는 수명의 한계가 없다고 상상했어. 지난 50년 동안 기술이 얼마나 발전했는지 돌아보면 사실 영 불가능한 일도 아니지."

"아무리 그래도 지나치죠."

"물론 엄청난 기술적 도전이지. 우리의 불화도 그래서 시작된 거야. 나는 우리가 무슨 짓을 하건 당사자의 동의를 받아야 하고 법을 준수하며 도의를 지켜야 한다고 생각했어. 하지만 헤닝은 그런 식으로 하다가는 시간이 너무 많이 걸릴 것이라고 우겼지. 그의 말이 옳기는 하지. 그래서 불법 실험을 시작한 거야. 몰래 환자 머리에 뉴러인터페이스를 이식했어. 부작용이 생기고 거부 반응이 나타났지. 한 환자가 우리를 고소하겠다고 하는 바람에 큰 문제가 될 뻔한 적도 있었어. 하지만 엄청난 보상금으로 입을 막았지. 그 사건이 있고 나자 헤닝은 처음부터 돈을 주고 무제한 동의를 받아내야겠다고 생각하게 된 거야."

"아무리 돈을 많이 준다고 해도 누가 실험 동물이 되겠어요?" 나는 이렇게 물었고 내 입에서 나도 모르게 대답이 튀어나온 순간 온몸에 소름이 돋았다. "다른 사람의 손에 넘겨진 것이 아니라면. 가만, 율리아. 우리 부모님이 돌아가셨다고 했어? 그럼 우리가 입양되었어?"

그녀의 낯빛이 어두워졌다. "그래. 맞아. 우리를 입양한 부모님은 노르더슈테트에 사는 자식 없는 부부였어. 아빠 랄프는 변호사였고 엄마 비르테는 애견샵을 했어. 사실 나쁜 부모는 아니었지. 하지만 돈 개념이 없어 너무 홍청망청 사는 바람에 늘 돈에 쪼들렸어. 그러다가 네가 간질 발작을 일으켰고 헤닝 야스퍼스가 치료를 할 수 있다고, 심지어 돈까지 주겠다고 하자 옳다구나 하면서 서명을 한 거야. 당연히 나는 아무것도 몰랐어. 어떤 착한 부자가 너를 도와준다고만 생각했지. 근데 널 보러 병원에 못 간다고 하기에 뭔가 이상하다는 낌새를 챘어. 하지만 내가 어쩌겠어? 할 수 있는 게 없었지. 그러다가 이리스가 와서 어떤 남자가 치근덕댔는데 마누엘이 나랑 연락을 하고 싶다고 말했다는 거야. 하지만 네가 니모 채팅으로 나한테 메시지를 보냈을 때도 정말 너라고는 도저히 믿을 수가 없었어."

"이리스가 꼬마 마녀야?"

"맞아. 이리스의 아이스트림 아이디야."

"피터한테 200유로를 받고 네 니모 채팅 아이디를 가르쳐줬다는 말은 했어?"

"뭐? 그래? 상관없어. 가르쳐준 것만 해도 난 고마워. 하지만 갑자기 연결이 끊어지더니 그 후로 너한테서 연락이 안 오는 거야."

"누나의 니모 채팅 계정이 갑자기 삭제되었어."

"뭐? 지금도 살아 있는데."

"그 작자들이 선별하고 조작한 거지. 네가 못 찾게 만들거나 조작된 정보를 보게 하는 것 정도는 식은 죽 먹기야." 마르텐 아저씨가 끼어들어 설명을 했다.

맞는 말이다. 갑자기 꼬마 마녀와 율리2001이 사라진 이유가 이제야 이해가 되었다. 인터넷에서 나와 우리 엄마를 습격했다는 가짜 뉴스 역시 설명이 가능했다. 지금 이 두 사람의 말이 사실이라면.

"어쨌든 뭔가 이상하다는 느낌이 강해졌어. 양부모님과 연락을 해보려고 했지만 연락이 되지 않았고. 그래서 헤닝 야스퍼스에 대해 조사를 하기 시작했지. 마르텐 아저씨가 그 사람이랑 싸우고 회사에서 나왔다는 사실을 알고는 아저씨한테 연락을 취해보자고 마음먹었어. 아저씨한테 사실을 털어놓자 과연 아저씨는 네가 진짜 내 동생이라고 확신했어. 내 동생이 그 나쁜 놈에게 붙잡혀서 실험에 이용당하고 있다고. 우리는 네가 어떻게든 다시 내게 연락을 취할 것이라 생각해서 계속 공원을 찾아갔어. 네가 날 처음 본 그 장소로. 희망은 없었지만 달리 할 수 있는 일이 없었으니까. 역시 내 예상대로 우리 동생은 똑똑하더라. 드론을 봤을 때 네가 조종하고 있다고 생각했어. 이유는 모르겠지만 그냥 그런 확신이 들었어." 율리아가 말했다.

"왜 경찰에 신고하지 않았어?"

"그게 쉽지가 않아." 마르텐 아저씨가 끼어들었다. "헤닝 야스퍼스는 겉보기엔 세상에 둘도 없는 자선가야. 그리고 네 양부모에게 수술 동의서도 받았고. 그가 비윤리적 실험을 강행한다는 사실을 입증하려면 복잡한 법적 절차를 거쳐야 해. 그동안 그가 변호사들을 동원해 재판을 계속 연기시킬 테고. 감정인이 네게 접근하기까지 몇 년이 걸릴 거야. 그마저 직계 가족이 원치 않으면 불가능한데 그 직계가족이 네 양부모잖아. 그들은 그가 이미 매수를 했고. 나도 실제로 마약 소지로 체포되어 의사 자격을 박탈당했어. 그래서 내가 증언을 해도 신빙성이 낮지."

"다른 친척은 없어요? 할머니나 삼촌이나 이모나."

"아빠는 푸에르토리코 사람이야. 거기에 가면 가족이 있을지 모르지만 한번도 본 적 없고 설사 있다고 해도 여기선 아무 힘도 못 쓰지. 엄마는 외동이었어. 부모님은 다 돌아가셨고. 안 그랬으면 할머니 할아버지가 우리를 키워주셨겠지."

"왜 돌아가셨는데?"

"교통사고. 취해서 차에 치였어."

"그러니까 우리를 도와줄 사람이 하나도 없다는 말이야? 할 수 있는 게 없다고?"

"아냐, 할 수 있어. 우리가 널 데리고 나올 거야."

"무슨 일이니? 네가 갑자기 사라졌다가 나타났다." 헤닝 야스퍼스가 물었다.

하얀 방에 그가 서 있었다. 벽은 하얀색이었지만 한쪽 벽면에 문이 하나 있었다. 그는 저 문을 볼 수 없지만 나는 볼 수 있다. 나만 저 문으로 들어갈 수 있다.

"제가 어떻게 알아요? 갑자기 까매졌어요. 얼마나 무서웠는지 몰라요. 산 채로 땅에 묻힌 기분이었어요." 마르텐 아저씨와 입을 맞춘 거짓말은 감정이 실리지 않은 컴퓨터 음성 탓에 제법 그럴 듯했다.

그가 잠시 나를 빤히 쳐다보았다. "아들. 네가 무슨 짓을 저질렀는지는 모르겠다만 위험한 일은 아니었으면 좋겠구나."

"전 아무 짓도 안 했어요."

"거짓말하지 마. 우리가 뇌파를 살피고 있다는 사실을 잊었구나. 세계 최고의 성능을 자랑하는 거짓말 탐지기를 네 몸에 붙여 놓았어. 그러니까 사실대로 말하는 게 좋을 거다."

"안 하면요?"

그가 푹 한숨을 쉬었다. "마누엘. 이건 장난이 아냐. 너무너무 심각해. 마르텐 라파이가 나한테 복수를 하려는 거야. 그 작자가 어떤 말로 널 꼬드겼는지 모르겠지만 네가 아빠보다 그 작자를 더 믿는 것을 보니 아주 설득력이 있었나 보구나."

"당신은 우리 아빠가 아냐." 내가 말했다.

"어떻게 그런 말을!" 그가 놀라 외쳤다. "어떻게 그런 말을 할 수 있니? 마누엘. 내가 널 위해 무슨 짓을 했는데. 어떤 시련을 겪었는데. 엄마 무덤에도 같이 갔었잖니. 기억 안 나?"

"기억나요. 무덤에 갔었죠. 하지만 그 안에 우리 엄마가 있는지 없는지 어떻게 알아요?"

"도저히 더는 못 들어주겠구나. 마르텐이 어떻게 널 제 편으로 만들었는지는 모르겠다만 네가 나보다 그 작자를 더 믿는 걸 보니 정말 마음이 아프구나. 하지만 가만두고 보지는 않을 거다. 그 작자에게 우리를 건드리면 어떻게 되는지 단단히 알려줄 작정이야. 그때까지 넌 안전하게 여기 있어야 할 거다. 마누엘, 미안하지만 네가 누리던 혜택들은 잠시 보류할 예정이다. 앞으로 인터넷 서핑은 못 할 거야. 컴퓨터 게임을 하거나 영화를 보거나 이북을 읽는 것은 허락해도 이제부터 외부 세계와는 일체 접촉할 수 없다. 잠깐이지만 중간계로도 들어갈 수 없을 거야. 거기가 안전한지 확신이 없구나. 시스템 전체를 점검해봐야겠다. 그러려면 몇 주가 걸릴 테고, 잘못하면 몇 달이 걸릴 수도 있을 거야. 우릴 돕고 싶거든 그 작자가 너랑 어떻게 접촉했는지 말해다오. 네가 얼른 마음을 고쳐먹고 우리를 도와줘야 너도 빠른 시간 안에 다시 인터넷에 접속할 수 있을 거다. 그 율리아라는 아이와 다시 채팅을 할 수도 있을 거고. 네 누나도 아니고 내가 거짓말하지 말라고 단단히 혼을 내겠지만 그 아이도 마르텐한테 이용당하는 것일 수 있으니까 율리아와 연락하는 건 막지 않으마. 앞으로 너희 둘이 친구가 될지도 모를 일이고."

나는 아무 말도 하지 않았다. 이 남자가 나를 제 편으로 만들려고 율리아를 미끼로 이용하는 것을 보니 내가 잘했다는 확신이 들었다.

"그래, 알았다. 네가 잘 판단하겠지. 다만 나는 네 결정이 잘못이라는 사실을 얼른 깨달았으면 좋겠다. 아들, 안녕."

"네. 안녕히 가세요."

그의 아바타가 사라지자마자 피터가 나타났다.

"헤이, 마누엘. 왜 그래? 네 아빠 왜 저렇게 화났어?"

"우리 아빠 아니에요."

"뭐? 왜 그렇게 생각해?"

"말하고 싶지 않아요. 가세요. 혼자 있고 싶어요."

"무슨 일인지는 모르겠다만 난 네 편이다."

"아저씨는 우리 아빠라고 우기는 저 남자가 고용한 사람이에요. 그게 무슨 말이겠어요? 개도 밥 주는 사람 손은 물지 않아요."

"그렇지 않아. 나는 프리랜서야. 아무한테도 소속되지 않은 용병이라고. 물론 고용주를 내 마음대로 고를 수는 없지. 하지만 우리에게도 직업윤리라는 게 있다. 물론 우리는 돈을 주는 사람을 위해 싸우는 사람이야. 그게 맞아. 하지만 피할 수만 있다면 죄 없는 사람을 죽이지는 않아."

"피할 수만 있다면. 아저씨의 윤리의식은 상당히 무른 것 같아요."

"그럴지도 모르지. 하지만 난 널 좋아한단다. 네가 지금 얼마나 힘든 상황인지 알아. 누군가가 너를 이용한다면, 그게 누구라 하더라도 난 네 편에 설 거야. 그것만은 알아다오."

"그가 듣고 있으니까 그런 말을 하는 거예요?"

"네 아버지는 지금 변호사랑 통화 중이야."

"그만해요. 피터. 저한테 잘해주셔서 고마워요. 하지만 지금은 혼자서 할 거예요. 나가주세요."

"그럼 그렇게 해. 행운을 빈다. 마누엘."

그가 사라지자마자 에바의 아바타가 나타났다. 이들은 정말 포기를 모르는가?

"꺼져!"

"마누엘, 네가 엄청난 실수를 저질렀다는 것만 말해주고 가마. 신뢰를 쌓기는 힘들어도 신뢰를 허물어뜨리는 건 한순간이야. 아직 늦지 않았으니 어서 아버지한테 잘못했다고 말씀드려. 얼른 사과하고 사실대로 말해. 안 그러면 어떤 일이 터질지 몰라. 어쨌든 아버지는 널 살려두기 위해 엄청난 돈을 투자했어. 사치스러운 가상 세계를 네게 주기 위해."

사치? 더는 참을 수가 없었다.

"알려줘서 고마워요. 에바. 아주 심각하게 고민해볼게요. 오케이. 고민 끝났어요. 내 대답은 이거예요. 꺼져!"

그녀가 아무 대꾸 없이 사라졌다.

에바가 대놓고 경고를 하다니 기분이 찜찜했다. 그녀의 말이 옳다. 헤닝 야스퍼스가 내 생명 유지 장치를 확 꺼버릴 수도 있다. 그래 놓고 우리 양부모에게 자기가 얼마나 노력했는지 아느냐고 온갖 변명을 둘러대면서 돈으로 그들의 입을 막을 것이다. 그럼 **게임은 끝**이다.

그런다고 항복을 해? 절대 있을 수 없다. 그가 제 마음대로 실험해도 되는 몸이라면, 그것이 나라면 그런 생명이 무슨 소용인가? 어차피 필요 없어지면 날 버릴 것이다. 그럴 바에야 차라리 지금 죽는 게 낫다.

나는 잠시 기다렸다. 아빠라고 우기는 그 작자가 착한 사람이고 마르텐 라파이가 나쁜 놈이라고 설득하기 위해 또 누군가 방으로 들어올지 몰라서. 하지만 보아하니 일단 설득은 그만할 생각인 모양이었다. 그래서 나는 왼쪽 벽에 난 문을 열고 안으로 들어갔다.

방은 내 방보다 크기가 작았고 지휘 센터처럼 생겼다. 내 방과 달리 사방 벽을 꽉 채운 거대한 모니터 대신 한 쪽 벽면에 직사각형 대열로 여러 대의 모니터가 설치되어 있었다. 중앙의 모니터는 가장자리의 다른 모니터들보다 크기가 4배 더 컸다. 모니터 앞쪽에는 작은 책상과 사무용 의자 하나가 있었고 그 위에 여러 개의 버튼과 자판 하나, 구형 전화기 한 대가 놓여 있었다. 방바닥은 회색 플라스틱 같았고 벽도 회색 페인트로 칠을 했다. 벽에는 액자에 끼운 사진 몇 점이 걸려 있었다. 어릴 적 내가 조금 더 나이가 많은 소녀와 함께 서 있었다. 누가 봐도 율리아였다. 그 사진을 보니 마음이 놓였다. 이 사진도 가짜일 수 있겠지만 율리아에게 끌리는 내 마음만은 의심의 여지가 없는 진짜였다. 율리아는 믿을 수 있다. 그건 그냥 아는 사실이었다.

또 한 장의 사진에는 양부모도 있었다. 헤닝 야스퍼스에게 나를 팔아먹은 사람들이 카메라를 보며 환하게 미소를 짓는다. 여섯 살, 여덟 살 정도의 양아들과 양딸을 팔로 안고 있다. 그들을 보면 화가 날 줄 알았는데 아무 감정도 생기지 않았다.

다른 사진 속 흰옷 입은 여성을 볼 때는 기분이 전혀 달랐다. 그녀는 금방 알아보았다. 우리 엄마인 것 같았다. 엄마가 맞다면 오래전에 세상을 뜬 사람이다. 어쩌면 에바의 주장이 옳을지도 모르겠다. 내 무의식이 엄마의 이미지를 다른 여성에게 투사하였다는 그녀의 주장 말이다. 그녀에 대한 기억을 잃지 않기 위해서.

나는 고개를 젓고 모니터를 향해 정신을 집중했다. 여러 장면이 보였는데 모두가 헤닝 야스퍼스의 저택 안팎에 고정 설치한 카메라 영상들이었다. 모니터 하나가 회의실을 비추었다. 그곳에 헤닝, 피터, 에바, 잘 안 맞는 양복을 억지로 껴입은 뚱뚱한 남자와 의사 가운을 입은 흰 머리의 남자가 큰 탁자에 둘러앉아 있었다. 작은 책상에 붙은 버튼으로 작은 모니터의 영상을 중앙의 큰 모니터로 옮길 수 있었다. 회의실 영상을 선택하자 목소리가 들렸다.

"…… 실수였다고 합니다." 양복 입은 남자가 막 말을 끝마쳤다. 목소리가 여자처럼 높았다. "그 해커 놈이 뭘 설치한 건지 알 수가 있어야죠."

"시스템은 절대 안전하다고 하지 않았소?" 헤닝 야스퍼스가 물었다.

"외부 공격에는 안전하지요. 하지만 내부에서 조작을 하면 대책이 없습니다. 세상 어떤 시스템도 내부 공격은 막을 수가 없거든요."

"마누엘이 우리 시스템을 건드린 건 아니에요. 어떻게 그 애가 조작을 하겠어요?" 에바가 반박했다.

"저도 모릅니다. 어쨌든 제로 데이 익스플로이트였습니다."

"뭐요?"

"지금껏 알려지지 않은 소프트웨어 오류입니다. 라파이가 틀림없이 오류를 감지했을 겁니다. 그래서 애한테 오류를 이용하게 시켰고요."

"그래서 어떻게 되었다는 거요?"

"라파이가 잠깐 동안 컨트롤을 장악했습니다. 우리 감시를 피해 그 애와 접촉할 수 있었던 거지요. 제가 그 사실을 깨닫고 얼른 시뮬레이션 소프트웨어를 다운시켰다가 재부팅했습니다. 그래서 연결이 끊어졌는데 지금은 다시 시스템이 정상 상태로 돌아갔습니다." 뚱보가 신경질적으로 턱을 긁었다.

"그 애가 라파이와 더 이상 접촉할 수 없다고 자신 있게 말할 수 있어요?"

"네. 말씀드렸다시피 외부와의 연결을 감지하고 제가 즉각 차단했습니다. 이젠 그런 연결이 재발생할 경우 제가 재까닥 알아차릴 겁니다." 그가 작은 태블릿을 치켜들었다. 그것으로 집안 전체의 안전시스템을 조종할 수 있는 모양이었다.

"그자가 어떤 악성 프로그램도 활성화할 수 없단 말이죠? 우리 시스템을 조작할 수 없는 거죠?" 야스퍼스가 캐물었다. "당시에 그가 시스템에 백도어를 설치했잖습니까."

"그건 제가 발견하고 제거했습니다."

"제2의 백도어가 있다면요?"

"없습니다. 제가 체계적으로 점검을 마쳤습니다."

"그 애가 또 한번 외부와 연결을 할 수 있을까요?" 야스퍼스가 또 물었다.

"그럴 가능성은 없습니다. 우리 보안시스템은 자체 학습이 가능합니다. 그래서 같은 속임수에 두 번 넘어가지 않습니다. 솔직히 큰 오류였습니다. 그렇다고 해도 라파이가 불과 몇 분간 그 애랑 접촉을 한 정도였습니다."

"불과 몇 분?" 에바가 끼어들었다. "마누엘에게 전부 다 털어놓았으면 어쩌고요."

"그럴지도 모르지." 피터가 옆에서 무뚝뚝하게 에바의 말을 거들었다.

"어쨌든 이젠 그 애를 통제하기가 힘들어졌어요. 이런 식으로 가다가는 유의미한 실험 결과를 얻기가 거의 불가능할 거예요." 에바가 단호하게 말했다.

실험 결과! 악의라고는 없는 그 말이 너무나 냉혹하게 들렸다. 이들에게 나는 그저 실험실의 쥐에 불과했다.

"그럼 어쩌자는 겁니까?" 야스퍼스가 물었다.

"모르겠어요. 하지만 뭔가 찜찜해요. 라파이가 어떻게 우리 시스템을 해독했는지 우리는 여전히 모르고 있어요. 그걸 밝혀내는 데 집중해야 해요." 에바가 대답했다.

"옳은 말씀입니다." 뚱보 보안 책임자가 맞장구를 쳤다.

"그래봤자 소용없어요." 피터가 끼어들었다. "라파이가 왜 마누엘하고 접촉을 하려고 그렇게 애를 썼을까요? 그냥 잠시 대화를 나누려고? 틀림없이 그 이상의 짓을 했을 겁니다. 틀림없이 악성 프로그램을 설치했을 겁니다. 시스템 전체를 다운한 후 재부팅해야 합니다."

"미쳤어요?" 뚱보가 벌컥 화를 냈다. "그럼 집 전체가 무방비 상태가 돼요. 그 작자가 노리는 게 바로 그것이라고요. 마누엘하고 이야기를 나눈 이유도 아마 그 때문일 겁니다. 침입을 해서 애한테서 우리의 보안 조치에 대한 정보를 얻어내려는 거지요."

"말도 안 돼요. 뭐 하러요?" 에바가 소리쳤다.

"뻔하지 않습니까? 애를 납치하려는 겁니다."

"헬름스 씨의 말이 옳은 것 같아요. 라파이가 노리는 건 그 애입니다. 그 애를 이용해서 우리가 불법 의료실험을 하고 있다는 걸 입증하려는 거죠. 그놈 뜻대로 되면 우린 끝이에요." 야스퍼스가 말했다.

"올 테면 오라고 해요. 내가 작살을 낼 테니까." 피터가 소리쳤다.

“혼자 오지는 않을 거예요.” 에바가 걱정을 했다.

“그럼 어때? 이 집은 철통 보안인데. 아무도 못 들어와요.”

“내 말이 바로 그겁니다. 우리가 판단을 잘 못 해서 보안소프트웨어를 끄지만 않는다면요.”

“아무리 그래도 이해가 안 되네요. 어떻게 운이 좋아서 그 아이를 납치한다고 칩시다. 그걸로 뭘 할 수 있어요? 누가 그의 말을 믿어줄까요?” 에바가 고개를 갸웃하며 다시 질문을 던졌다.

“라파이 말은 아무도 안 믿겠지. 하지만 마누엘의 누나 말은 믿어줄 거요. 마누엘이 직접 증언하면 더 신빙성이 있을 테고.” 야스퍼스가 말했다.

에바가 의사에게로 고개를 돌렸다. 의사는 여태 근심 어린 표정으로 입을 꾹 다물고 앉아서 대화를 듣고만 있었다. “프리제 박사님, 수술을 한번 더 해서 지난 며칠의 기억도 싹 지워버리면 안 될까요?”

“그건 힘듭니다.” 의사가 대답했다. “그래봤자 소용도 없고요. 바이오전자 임플스 해머가 비활성화되면 기억 차단이 금방 해제될 테니까요. 마누엘이 우리의 영향권을 벗어나면 곧바로 모든 기억이 단계적으로 돌아올 겁니다.”

“그럼 기억을 영원히 없애버리면 되지 않소.” 야스퍼스가 말했다.

“어떻게 그런 생각을? 저더러 로보토미(전두엽 절제 수술)를 하란 말씀입니까?”

“꼭 그래야 한다면 별수 있겠소? 무슨 방법을 쓰건 저 아이가 절대 기억을 되찾지 못해서 증언을 하지 못하게 만들어야 해요.”

“그런 수술은 뇌 손상을 일으킬 겁니다. 책임질 수 없어요.”

야스퍼스가 어두운 낯빛으로 잠시 그를 쳐다보았다. 그러고는 억지 미소를 띠며 부드러운 말투로 그를 협박하기 시작했다.

“프리제 박사님, 우리한테 진 빚이 얼마인지 여기서 또 굳이 들먹여야 할까요? 우리가 들통나면 당신도 끝장이야. 의사 면허도 빼앗길 거고 감옥에 갈지도 모르지. 원치 않아도 우린 한배를 탄 사람들이오. 그러니까 그 의사윤리 나부랭이는 집어치우고 최대한 빨리 수술을 하도록 해요. 수술을 해서 애가 바보가 되면 재수 옴 붙었다 생각하고 다시 처음부터 시작하면 되니까. 그때까지는 절대로 저 애가 라파이하고 접촉하지 못하게 만들어야 해요. 이걸로 오늘 회의는 끝이오. 프리제는 수술 준비하고 헬름스, 당신은 이 집의 보안을 책임지시오. 피터, 자네는 누가 집에 들어올 경우를 대비해 경계를 철저히 하고. 라파이가 정말로 여기 나타나거든 못 빠져나가게 가둬서 정당방위처럼 보이게 만들어야 해. 알아들었나?"

피터가 고개를 끄덕였다. 그 모습을 보니 이상하게 가슴이 찌릿 했다. 저런 사람을 내가 친구라고 생각했을까?

"에바. 당신은 프리제 박사랑 같이 애가 뭘 하는지 살펴요." 야스퍼스가 말했다. "또 이상한 짓 하거든 나한테 알리고. 자, 다들 시작합시다."

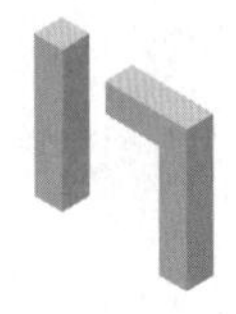

철통 같은 이 감옥에서 율리아와 라파이 아저씨가 정말로 나를 빼낼 수 있을 것 같지 않았다. 그렇지만 물에 빠진 사람이 지푸라기라도 잡듯 나 역시 탈출 생각에 매달렸다. 거기다 의사의 말이 희망의 불을 지폈다. **바이오전자 임플스 해머가 비활성화되면 기억 차단이 금방 해제될 테니까요. 마누엘이 우리의 영향권을 벗어나면 곧바로 모든 기억이 단계적으로 돌아올 겁니다.**

기억을 되찾을 수 있다! 다시 나로 돌아가 정상 생활을 할 수 있다! 하얀 방과 그곳에서 겪었던 모든 일들은 까마득한 기억으로, 빛바랜 악몽으로 사라질 것이다. 그럴 가능성이 아무리 적다고 해도 싸워봄직한 기회이다. 하지만 시간이 촉박했다. 프리제 박사가 벌써 내 기억을 완전히 삭제시킬 수술 준비를 하고 있을지 모를 일이다.

나는 가상 전화의 수화기를 들었다. 몇 번 신호음이 울리더니 라파이 아저씨가 받았다.

"서둘러야 해요." 나는 몰래 엿들은 내용을 그에게 털어놓았다.

"나쁜 놈들." 아저씨가 욕을 했다. "그럼 좋다. 작전을 앞당기자. 지금이 17시 30분이니까 아무리 빨라도 23시쯤은 되어야 거기로 갈 수 있겠구나. 수술 준비가 오래 걸려야 할 텐데."

우리는 계획을 짰다. 그때까지 시간이 넉넉해서 보안시스템 작동법은 무난히 익힐 수 있을 것 같았다. 내 앞에 놓인 시뮬레이션 책상은 진품의 복제본이다. 지금 그 진품 책상에는 헬름스가 앉아 있었다. 나는 그가 하는 짓을 훤히 볼 수 있었기 때문에 그가 보고 있는 모니터의 내용을 조작할 수 있었다. 하지만 조심해야 한다. 어떤 일이 있어도 내가 시스템을 조작하고 있다는 사실을 그가 눈치 채서는 안 된다. 아니면 나는 끝장이다.

보안 시스템과 연결된 카메라는 총 22대였다. 9대는 건물 안에, 13대는 건물 바깥, 문, 집 전체를 둘러싼 높은 담에 붙어 있었다. 모두 소프트웨어와 연결되어서 침입자가 있을 경우 자동 인식하여 연락을 취했다. 내가 할 일은 바로 이 연락을 차단하는 것이었다.

그런데 카메라 사각지대가 상당히 많았다. 건물 2층에는 아예 카메라가 없었다. 1층에 4대가 있었는데, 현관에 한 대, 복도 양쪽에 2대, 그들이 모여 회의를 했던 그 벽난로 방에 한 대가 있었다. 지하에는 차고와 수영장, 운동실, 복도에 카메라가 설치되어 있었다. 내 몸이 있는 의료실은 이상하게도 카메라가 없었다. 피터가 집을 소개해줄 때도 그곳으로는 가지 않았다.

건물 안은 완벽하게 볼 수 없었지만 정원과 인접 도로는 잘 보였다. 저택은 낮은 언덕에 서 있었다. 정원 뒤쪽은 땅이 기울어졌다. 수련이 핀 작은 연못과 바비큐장에는 늙은 가문비나무와 참나무가 그늘을 드리웠다. 그리고 정원 전체는 족히 2미터 50센티미터는 될 것 같은 높은 담으로 둘러싸여 있었다. 담 위에는 철조망이 처져 있어서 함부로 넘을 수가 없었다. 자동 슬라이딩 롤 셔터로 닫아놓은 대문과 사람들이 들락거리는 옆문이 유일한 출입구였다. 주변 저택들도 크기와 화려함에서는 미치지 못했지만 보안 시스템은 이 저택과 비슷했다.

감시자들을 속이기 위해 나는 벽 한 면에 드라마 **<닥터 후>**를 틀어놓고 1편부터 시청했다. 내 아바타는 꼼짝도 하지 않고 벽 앞에 서 있었다. 에바와 프리제가 속아주기를 내심 바랐다.

11시 직전이었다. 밖은 이미 캄캄했다. 드디어 전화벨 소리가 났다. "우린 준비 끝났다. 다들 어디에 있니?"

"헬름스는 보안 실에 있어요. 피터는 거실에 앉아서 축구 보고 있고 에바는 아빠…… 아니 야스퍼스의 서재에 있어요."

"무슨 이야기 하는지 들리니?"

"아니요. 서재에는 보안 카메라가 없어요. 복도에서도 안 보이고요."

"의사는 어디 있니?"

"의료실에 있겠죠."

"있겠죠?"

"회의실에서 본 후로 못 봤어요. 지하실로 내려가더니 갑자기 시야에서 사라져버렸어요."

"아직 집에 있는 건 확실해?"

"잘 모르겠어요. 하지만 밖으로 나가는 건 못 봤어요."

"알았다. 이제 내 카메라를 작동시키마." 회색으로 칠한 벽 중 하나가 갑자기 투명해졌다. 그 너머로 마르텐 아저씨의 눈으로 바라본 세상이 나타났다. 그가 차의 운전석에 앉아서 조명이 환한 주택가의 도로를 달리고 있었다.

"보이니?" 그가 물었다.

"네, 율리아는 어디 있어요?"

"나 여기 있어." 마르텐이 그녀 쪽으로 고개를 돌렸다. 그녀가 검은 작업복을 입고 스키 마스크를 쓰고 조수석에 앉아 있었다. 의상이 저질 액션 영화 주인공 같았다.

"그래 가지고 어디 사람들 눈에 띄겠어요?" 내가 비아냥거렸다.

"조심해. 이제 내 카메라를 켤 거야." 또 하나의 벽에 율리아가 보는 세상이 나타났다. 이제는 마르텐 아저씨가 보였다. 청바지에 스웨터를 입고, 야구 모자를 쓰고 있었다.

"다 왔어." 그가 말했다. 곧 야스퍼스의 저택을 두른 담이 시야에 들어왔고, 저택 동남쪽 귀퉁이를 비추는 카메라 모니터 하나에 검은 트럭 한 대가 나타났다. 마르텐 아저씨의 스웨터와 모자가 보였다.

"17번 카메라에 보여요."

"좋아."

마르텐 아저씨가 카메라를 지나쳐 옆 도로로 커브를 틀더니 차를 세웠다. 그리고 차에서 내려 야스퍼스의 집 쪽으로 돌아갔다. 율리아가 트럭 짐칸으로 기어 올라갔다. 뭐 하는 짓인지 궁금했지만 작전이 시작되면 최대한 말을 아끼기로 약속을 했다. 그래서 나는 마르텐 아저씨가 벤츠 승용차에 올라타는 모습을 말없이 지켜보았다. 미리 17번 카메라가 볼 수 있는 자리에 주차를 해둔 모양이었다. 아저씨가 승용차를 옆 도로로 몰고 갔다. 그리고 순식간에 차를 바꾸어 탄 후 방금 전까지 승용차가 서 있던 자리에 트럭을 갖다 세웠다. 그래서 17번 카메라로 보면 차 한 대가 출발을 한 후 그 자리에 다른 차가 주차를 한 것처럼 보였다. 특이한 점은 전혀 없었다.

"이제 네 차례야. 마누엘." 마르텐 아저씨가 차에서 내려 도로를 건너더니 카메라의 시야 밖으로 사라졌다.

나는 도로에 인적이 끊길 때까지 기다렸다가 17번 카메라를 정지시키고 그 정지 화면을 카메라 피드로 보안시스템에 끼워 넣었다. 사용법은 마르텐 아저씨가 가상 책상에 불러다 놓은 사용설명서를 보고 알았다. 아저씨는 설명서를 시뮬레이션 파일에 끼워 완벽하게 준비해두었다. 헬름스가 정신을 차리고 살폈다면 17번 카메라의 시야에서는 종이 한 장 움직이지 않는다는 사실을 감지했을 것이다. 정신을 차렸다면 16번 카메라 영상에 자동차가 등장했고, 그것이 조금 전 17번 카메라 영상을 지나간 적이 없다는 사실을 깨달았을 것이다. 하지만 카메라 숫자보다 모니터 숫자가 적었기 때문에 외부 카메라 영상들은 규칙적인

간격을 두고 번갈아 가면서 모니터에 나타났다. 따라서 그런 미세한 차이를 금방 알아차리기는 쉽지 않았다. 그것 역시 아저씨가 찾아낸 보안시스템의 허점 중 하나였다.

"했어?" 그가 내게 물었다.

"네. 하지만 서두르세요. 헬름스가 금방 눈치챌 거예요."

나는 아저씨의 카메라를 통해 그가 트럭으로 돌아가서 율리아가 기다리고 있는 짐칸으로 들어가는 모습을 보았다. 거기서 그는 검은 작업복을 껴입고 스키 모자를 뒤집어쓰더니 알루미늄 접이 사다리를 꺼냈다. 지나가는 차가 없다는 사실을 확인한 그가 사다리를 담에 기대 세우고 빠르게 사다리를 올랐다. 끝까지 오른 그는 양쪽에 좁다란 판자가 붙은 안장을 꺼내 철조망에 올렸고 덕분에 무사히 철조망 위로 올라설 수 있었다. 율리아도 아저씨의 뒤를 따랐다. 율리아가 막 사다리를 오르던 찰나 자동차 한 대가 다가왔다. 율리가가 얼음처럼 굳었고 나도 깜짝 놀랐지만 운전자는 그녀를 못 본 것 같았다. 어쨌든 차는 서지 않고 지나쳐 갔다.

율리아가 담 꼭대기에 도착하자 마르텐 아저씨는 서둘러 사다리를 접은 다음 담의 반대편에 설치하여 내려갈 준비를 했다. 그리고 불과 30초도 지나지 않아 두 사람은 담을 내려와 나무

그늘에 숨었다.

나는 일단 건물에 붙은 야간 조명을 껐다. 카메라가 마당에서 움직임을 감지하면 조명이 자동으로 켜지면서 정원을 축구장처럼 환하게 밝히기 때문이었다. 그리고 아저씨와 율리아의 이동 노선을 따라 차례차례 보안카메라를 정지화면으로 돌렸다.

"다들 어디 있어?" 건물 남서쪽 모퉁이로 접근하면서 마르텐 아저씨가 물었다. 벽난로 회의실이 있는 쪽이었다. 회의실에는 정원과 바로 연결되는 유리문이 있었다.

"에바는 자기 방으로 갔어요. 벽난로 방 바로 옆방이에요. 피터는 거실에 있어요. 지금 보이지 않아요?"

"응, 보여."

"야스퍼스는 수영장에 있어요. 자기 전에 아마 사우나도 할 거예요."

"스트레스가 심한가 보군. 헬름스는?"

"아직 보안실에 있는 것 같아요. 아저씨가 어떻게 시스템을 뚫고 들어왔는지 고민하고 있을 거예요."

"고민이 길 거야. 워낙 멍청하니까."

"그랬으면 좋겠어요."

"말은 그만하자. 우리 이제 들어간다."

마르텐 아저씨의 카메라 렌즈를 통해 그가 회의실 유리문으로 다가가는 모습이 보였다. 에바가 있는 옆방 창문이 환했다. 파란 불빛이 파닥거리는 것으로 보아 TV를 켜놓은 모양이었다. 다행이었다.

아저씨가 유리 절단기를 꺼냈다. 문이 이중 유리라서 구멍을 2개 뚫어야 했다. 아저씨의 마이크를 통해 들리는 소음이 내 귀에는 엄청나게 컸지만 에바와 피터는 못 들은 것 같았다. 유리가 잘려 나가고 문이 열렸다. 나는 문이 열린다는 사실을 보안 시스템에 알려주는 신호를 차단하고 벽난로 방의 9번 카메라를 정지화면으로 돌렸다.

나무 뒤에 숨어서 이 광경을 지켜보던 율리아도 아저씨가 있는 곳으로 달려갔다. 두 사람이 걸음 소리를 죽여 집 안으로 들어갔고 복도 문에 귀를 대고 소리를 들었다.

"복도 카메라를 정지화면으로 돌려." 아저씨가 말했다.

"아니요. 더 좋은 아이디어가 떠올랐어요. 잠깐만 가만히 계세요." 내가 말했다.

"어쩌려고?" 율리아가 물었다.

"설명할 시간 없어. 날 믿어."

곧바로 귀를 찢는 경고음이 울렸다.

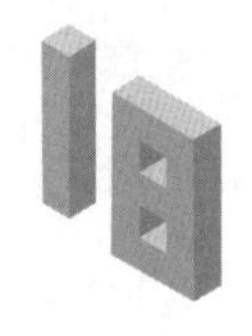

"뭐야?" 피터가 소리쳤다. 복도 카메라 마이크를 통해 그의 목소리가 들렸다. 나는 보안시스템을 통해 이제부터 벌어질 일을 관찰했다.

"누가 들어왔다!" 헬름스가 소리쳤다. 흥분했는지 목소리가 더 높았다. "남서쪽 연못 뒤야!"

담에 붙어서 집 뒤편과 정원 일부를 바라보는 3번 카메라에 피터가 나타났다. 그가 거실 앞창에 서 있었다. 머리에는 헤드셋을 쓰고 오른손에는 권총을 들고서 환한 야간 조명 불빛을 받은 정원을 뚫어져라 내다보고 있었다.

"확실해? 아무것도 안 보여."

"확실해. 똑똑히 봤어. 나무 뒤에 있었다니까. 가서 살펴봐."

“알았어.” 피터가 베란다로 나갔다. 그가 천천히 연못 쪽으로 다가갔다. “어디로 갔는데?”

“나도 모르지, 안 보여.”

“확실해? 고양이 본 거 아냐?”

“검은 작업복 입고 스키 모자 쓴 고양이 봤어?”

“몇 놈인데?”

“최소 둘이야.”

피터가 몇 걸음 더 걸어가더니 잔디밭 한가운데에서 걸음을 멈추었다.

나는 비상 잠금 장치를 작동시켰다. 모든 창문에 걸려 있던 검은 금속 블라인드가 내려왔다.

피터가 깜짝 놀라 뒤를 돌아보았다. “헬릅스, 이 멍청한 새끼.” 그가 헤드셋에다 대고 고함을 질렀다. “뭐 하는 짓이야?”

“아냐……, 나 아냐.” 보안 책임자가 더듬거렸다. “시스템이 저 혼자서 비상 잠금 장치를 가동시켰어.”

피터가 집으로 달려갔다. 하지만 베란다에 도착했을 때는 이미 문이 잠겨있었다. “당장 문 열어!”

“나도 열고 있어. 하지만 시스템이 내 명령을 안 들어.” 헬릅스가 소리쳤다.

"빌어먹을 것이……." 피터가 욕을 했다. 하지만 헬름스가 대화를 중단하는 바람에 더 이상의 소리는 들리지 않았다.

문제가 하나 줄었다.

"무슨 짓을 한 거야? 온 집 안을 들쑤셔 놓고. 이제 우리가 여기 있는 걸 다 알게 되었잖아."

"피터를 못 들어오게 했어요. 그자가 제일 위험해요. 조용히 하세요."

복도 카메라를 통해 자기 방에서 나와 거실로 달려가는 에바의 모습이 보였다. "피터? 이게 무슨 소동이야? 피터!"

그녀가 사방을 둘러본 후 다시 자기 방 복도로 돌아갔다. 얼른 방으로 다시 들어가면 좋을 텐데…… 아니, 그녀가 벽난로 방문을 열었다.

나는 소리쳤다. "조심해요!"

그 순간 벽난로 방에 불이 켜졌다. 마르텐 아저씨의 카메라 안경을 통해 에바의 놀란 표정이 보였다. "이게 무슨…… 누구……."

마르텐 아저씨의 손에는 벌써 권총이 들려 있었다. "조용!" 그가 말했다. "해코지하러 온 거 아니오. 마누엘만 데려가면 돼요."

에바가 양손을 들었다. “난 아니에요. 난 처음부터 이 실험에 반대했어요. 진짜로.” 그녀가 더듬거리며 말했다.

“조용!” 마르텐 아저씨가 명령했다.

“내가 도와줄 수 있어요. 그 애가 어디 있는지 알아요. 따라와요. 내가 가르쳐줄게요.” 에바가 말했다.

“믿지 말아요.” 내가 경고했다.

“걱정하지 마.” 아저씨가 대꾸했다. 그가 권총으로 복도와 에바의 방문을 가리켰다. “들어가요!”

그녀가 머뭇머뭇 자기 방으로 들어갔다. 마르텐이 율리아에게 권총을 넘겨주었다. “여기 있어. 말썽부리거든 쏴. 안전 장치 없으니까 그냥 방아쇠를 당기기만 하면 돼.”

“걱정 마세요. 그 정도는 저도 해요.” 율리아가 차갑게 말했다.

마르텐이 에바를 밀어 침대에 넘어뜨린 후 그녀의 양손을 뒤로 꺾어 전선 끈으로 묶었다.

“아야. 아파!”

“내 동생에게 한 그대로 갚아주고 싶지만 참는 거야. 조용히 해. 이 독사 같은 년.” 율리아가 말했다.

“조용!” 마르텐 아저씨가 경고했다. 그가 버둥대는 에바를 그녀의 방 욕실에서 가져온 수건으로 재갈을 물리고 전선 끈으로 다리를 침대에 붙들어 매었다.

두 사람이 에바를 처리하는 동안 나는 헬름스를 살폈다. 보안실에는 카메라가 없기 때문에 그를 볼 수는 없었지만 가상 책상이 시스템 설비를 바꾸려고 허둥대는 그의 노력을 알려주었다.

마르텐 아저씨는 시스템을 해킹해서 야스퍼스 저택의 모든 자동 시스템에 대한 통제권을 내게 넘겨주었다. 덕분에 나는 차고에 있는 자동운전 차량의 시동을 켜고 몇 번 엔진을 공회전시킬 수 있었다. 동시에 차고 문도 열었다. 그러자 바라던 대로 보안실 문이 붙은 작은 복도와 차고 문을 비추는 10번 카메라에 헬름스가 나타났다. 손에 권총을 들고 문에 귀를 대고 있었다. 나는 다시 한번 큰 소리로 윙윙 엔진을 공회전시켰다.

헬름스가 문 옆에 붙은 도어록 번호판에 6자리 숫자를 넣자 문이 열렸다. 그는 양손으로 권총을 붙들고서 어두운 차고 쪽으로 향했다.

나는 자동차를 출발시켰다.

"서라!" 헬름스가 소리치며 차를 따라 달렸다.

"어서 지하로 내려가요." 내가 마르텐 아저씨에게 소리쳤다. "가서 차고 문을 닫아요. 얼른!" 나는 두 사람을 지하실 계단으로 내려가는 복도로 안내했다. 그곳에서 철문을 지나면 차고와 연결된 지하실이 나왔다. 마르텐 아저씨는 헬름스와 같은 시각에 그곳에 도착했다. 집 안에 있는 것이 좋겠다고 판단한 헬름스가 되돌아왔기 때문이었다.

헬름스가 권총을 겨누었다. "손들어! 어서!"

마르텐 아저씨는 대꾸도 하지 않고 바로 문을 쾅 닫아버렸다. 차고에 설치된 카메라를 통해 나는 보안 책임자가 미친 듯이 번호판을 누르는 광경을 볼 수 있었다. 하지만 소용없었다. 그사이 내가 비밀번호를 바꾸어버렸던 것이다.

"잘했다. 마누엘." 마르텐 아저씨가 말했다. "이제 헤닝 야스퍼스와 의사만 처리하면 되겠구나. 근데 그 둘은 어디 있니? 그리고 그보다 훨씬 중요한 질문이다. 너는 대체 어디 있니?"

"저도 모르겠어요." 내가 대답했다. "야스퍼스는 조금 전에 수영장으로 들어가는 것을 봤고요. 프리제는 아직 나타나지 않고 있어요."

"알았다. 일단 보안시스템을 더 살펴보자꾸나." 아저씨가 헬름스가 앉아 있던 방으로 들어갔다. 보안실은 내가 있는 가상의 버전과 똑같이 생겼다. 벽에 붙은 모니터 배열도 똑같았다.

다만 가상의 공간과 달리 온통 과자 부스러기와 더러운 커피잔이 넘쳐났다. 구석에 야전 침대가 놓여 있는 것으로 보아 헬름스가 거기서 자주 밤을 보내는 모양이었다.

마르텐 아저씨가 여러 대의 카메라를 접속시켰지만 어디에도 야스퍼스나 프리제는 보이지 않았다. 외부 카메라는 말싸움을 벌이고 있는 헬름스와 피터를 비추고 있었다. 자칫하면 피터가 헬름스를 때릴 판이었다.

그사이 율리아는 책상 아래 서랍을 뒤져 파일을 하나 꺼냈다. "여기 좀 보세요." 그녀가 파일의 비닐에서 몇 개의 설계도를 꺼내 펼쳤다. 저택 건축 도면이었다.

아저씨와 율리아가 그것을 들여다보려고 고개를 숙였기 때문에 내 눈에도 도면이 보였다. 지하실에는 사우나가 딸린 수영장과 운동실, 난방실, 와인 저장실이 있었고, 보안실은 설계도면에 창고라고 적혀 있었다. 그게 전부였다.

"마누엘은 어느 방에 있죠?" 율리아가 물었다.

마르텐 아저씨는 대답하지 않았다. 대신 방을 나가 지하실 중앙 복도를 따라 걷다가 난방실 문을 열었다. 그의 안경을 통해 현대식 가스보일러와 숫자 잠금 키가 달린 강철 배전반, 벽에 붙은 파이프와 케이블, 세제와 연장이 놓인 선반이 보였다.

와인 보관실에도 예상대로 와인병을 진열해둔 선반들밖에 없었다. 그는 잠시 에바와 야스퍼스가 가상 세계로 소풍을 갈 때 사용했던 방을 힐끗 쳐다보았다. 그리고 권총을 빼 들고 수영장 문에 귀를 댄 다음 문을 확 열어젖혔다.

방엔 불이 꺼져 있었다. 왼쪽 앞의 창문으로 외부 조명의 불빛이 비쳐들었다. 뒤쪽 사우나 옆에는 몇 개의 선베드가 놓여 있었다. 수영장엔 아무도 없었고 물의 표면도 거울처럼 매끈했다. 물이 떨어져 고인 웅덩이는 어디에도 없었다. 아무도 수영을 하지 않은 것이다.

마르텐 아저씨가 사우나로 다가가서 나무문을 열고 안을 들여다보았다. 거기도, 샤워실에도 사람은 없었다.

“야스퍼스가 수영장으로 갔다더니, 확실해?” 아저씨가 물었다.

“네, 수영장을 다시 나갔는데 제가 못 봤을 수도 있어요. 모든 카메라를 동시에 볼 수는 없으니까요.”

“혹시 그놈이……” 아저씨가 말을 마치기도 전에 멀리서 탕 소리가 들렸다. “뭐지?”

나는 허겁지겁 카메라 영상을 찾았다. 다시 소리가 들렸고 나는 외부 카메라로 소리의 원인을 찾아냈다.

"피터예요. 도끼로 거실 창의 강철 셔터 문을 부수고 있어요. 서둘러요."

"저 작자의 관심을 돌릴 수 없을까?" 아저씨가 물었다.

"한번 해볼게요."

나는 컨트롤 콘솔의 메뉴를 스크롤 해서 적당한 것을 찾아냈다. 그사이 피터는 미친 사람처럼 셔터를 두들겼고 헬름스는 그 옆에 서서 멀뚱히 쳐다보고 있었다. 아직까지는 셔터가 움푹 들어간 정도였지만 얼마 안 가 그는 문을 부수고 말 것이다. 시간이 많지 않았다.

마르텐 아저씨가 수영장 오른쪽 벽을 차근차근 더듬었다. "여기 어디 분명 비밀 문이 있을 텐데."

"저 여자한테 물어보면 어때요?" 율리아가 물었다.

"저 여자가 마누엘이 있는 곳을 가리켜 줄 것 같아?"

"손을 좀 보면 그럴 것도 같은데요." 율리아의 말투가 섬뜩했다. 나를 구할 수 있다면 고문도 불사할 것 같았다. 살짝 무섭다는 느낌도 들었다.

"그래도 거짓말을 할 거야. 괜히 시간만 버려." 아저씨가 그 말을 하는 동안에도 피터의 도끼질 소리가 온 집 안에 울렸다. "마누엘 말대로 해. 서둘러야 해. 나랑 같이 찾아."

그사이 나는 잔디 깎기 로봇을 작동시켰다. 기계는 빨간색의 큰 딱정벌레처럼 생겼다. 나는 기계를 베란다로 몰았다. 기계를 본 헬름스가 놀라서 비명을 지르며 달아났다. 하지만 피터는 힐끗 보기만 했을 뿐 도끼질을 멈추지 않았다. 잔디 깎기가 요란스럽게 그의 다리를 향해 달려들자 그가 껑충 뛰어 옆으로 피했다.

"라파이, 이따위 기계로 날 막을 수 있다고 생각했어?" 그가 소리치며 도끼로 잔디 깎기를 내리쳤지만 기계는 끄덕도 하지 않았다. 나는 기계를 후진시켰다가 다시 앞으로 몰았지만 피터는 능숙하게 옆으로 피한 다음 기계를 억센 팔로 붙잡아 뒤집어 버렸다. 기계의 회전 칼과 바퀴가 허공에서 혼자 헛발질을 해댔다. 그는 다시 창문 쪽으로 걸어갔다. 그리고 나는 셔터에 이미 금이 갔다는 사실을 발견했다. 이제 저 문은 피터의 끈질긴 공격을 오래 버티지 못할 것이다.

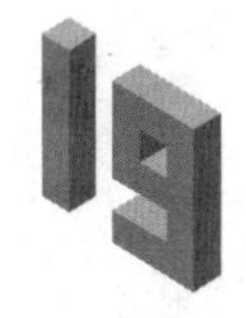

피터의 도끼질 소리는 여전히 온 집 안에 울렸고, 마르텐 아저씨와 율리아와 나는 여전히 내 몸이 어디에 있는지 단서를 찾지 못했다. 전혀 다른 장소, 그러니까 근처 다른 집이나 아니면 아예 다른 도시에 있을지도 모른다는 의심이 점점 짙어졌다. 애당초 아저씨와 율리아의 작전이 너무 무모했다.

"어서 빠져나가요! 피터가 셔터를 부수고 거실로 들어올 거예요. 피터한테 들키면 그 자리에서 죽일 거예요." 내가 외쳤다.

"싫어. 널 두고는 절대 안 가." 율리아가 맞섰다.

"내가 어디 있는지도 모르잖아."

"넌 여기 있어. 내가 알아." 율리아가 수영장 안에 손을 집어넣어 물속에 숨은 장치가 있는지 살폈다. 마르텐 아저씨는 다시 한번 사우나 실을 점검했다.

듣기 싫은 끼익 소리가 났다. 피터가 마침내 셔터문 패널 하나를 뜯어낸 모양이었다. 이제 몇 분 안에 그가 집 안으로 들어올 것이다. 전투 경험이 많은 용병이 손에 총을 들고 엄청나게 화가 나서 소녀와 프로그래머를 향해 달려들 것이다. 마르텐 아저씨에게도 권총은 있지만 피터 앞에선 무용지물이나 다름없었다.

내가 나서야 한다! 잔디밭에 거북이처럼 벌렁 나자빠진 잔디 깎기에게로 눈이 돌아갔다. 아이디어는 나쁘지 않았다. 다만 내가 마음이 약해서 인정사정없이 기계를 밀어붙이지 못했다.

피터가 도끼 손잡이를 끌처럼 사용해 또 하나의 패널을 뜯어내는 동안 나는 자동 운전 랜드로버를 조작하여 꽃이 활짝 핀 만병초 덤불을 가로질러 정원 뒤편으로 몰았다. 그리고 연못 옆 잔디밭에서 차를 돌려 속력을 최대로 올렸다. 바퀴가 돌면서 차가 잠시 제자리에 멈췄다가 앞으로 달려 나가기 시작하더니 가속이 붙었다. 구간이 짧아서 속도는 겨우 시속 20킬로에 불과했지만 차의 무게가 있어서 그 정도면 피터를 파리처럼 납작하게 깔아뭉개 버릴 수 있었다.

피터가 뒤를 돌아보았다. 손에 도끼를 들고 결투를 하는 총잡이처럼 차를 빤히 쳐다보며 꼼짝도 하지 않았다.

“피터, 피해요!” 차가 건물까지 불과 몇 킬로를 남겼을 때 나는 그가 내 말을 들을 수 없다는 사실을 알면서도 나도 모르게 소리를 질렀다. 피터는 여전히 꼼짝도 하지 않았고 나는 놀라 급제동을 걸었다. 하지만 풀과 흙이 잔뜩 묻은 타이어가 반질반질한 베란다에 오르자 얼음판인 양 쭉 미끄러졌다.

마지막 순간 피터가 앞으로 풀쩍 뛰더니 보닛에 올라탔고 차는 힘껏 셔터를 들이받았다. 다행히 셔터를 부술 정도의 충격은 아니었다.

나는 피터가 보닛에서 뛰어내려 다시 도끼로 훨씬 약해진 셔터를 내리칠 것이라고 생각하며 차를 뒤로 뺐다. 하지만 그건 그를 너무 과소평가한 생각이었다. 그는 풀쩍 뛰어 베란다 위쪽 발코니 난간을 붙잡더니 도끼를 다리 사이에 끼우고 2층으로 올라갔다. 그러고는 발코니 문의 블라인드를 부수기 시작했다.

나는 베란다에서 몇 미터 떨어진 곳에 차를 세운 후 다시 시동을 걸었다. 그가 내려오면 곧바로 공격을 재개할 것이라는 신호였다. 하지만 그는 아는 척도 하지 않고 계속 발코니 문을 두들겼다. 그를 공격해서 시간은 조금 벌었지만 그 이상의 효과는 없었다.

"마누엘, 위에서 무슨 일이냐?" 마르텐 아저씨가 물었다.

"피터랑 좀 다투었어요."

"네가? 어떻게?"

"자동 운전 차로 그를 괴롭혀서 시간을 좀 벌었어요. 그래도 시간이 없어요. 어서 서두르세요."

"여기인 것 같아." 아저씨가 사우나 보일러를 가리켰다. 보일러에 용암이 가득 들어 있었다. 단순하게 생긴 보일러 작동기에는 다이얼 온도 조절기와 0에서 9까지의 숫자가 적힌 버튼이 붙어 있었다.

"뭔데요?" 율리아가 물었다.

"여기 이 조절기가 이상해. 사우나에 자주 가지는 않지만 난방 강도를 9단계까지 올리는 보일러는 한번도 본 적이 없어. 여기 이 숫자로 비밀번호를 입력할 것 같아. 번호가 맞으면 숨은 장치가 작동하는 거지."

"비밀번호가 뭘까요?" 율리아가 물었다.

"마누엘, 생각나는 거 없니?"

"287669로 한번 해보세요." 내가 번호를 바꾸기 전에 헬름스가 차고 문에 입력했던 숫자였다. 집 안의 문마다 다 따로 비밀번호를 설정했을 수도 있지만 외우기 싫어서 비밀번호를 하나로 통일했을 수도 있다.

아저씨가 버튼을 눌렀다. 웅 하는 전기 음이 들리더니 사우나 뒷벽이 옆으로 쓰윽 열렸다. 그 아래로 내려가는 계단이 나타났다.

"빙고!" 율리아가 말했다.

"조심하세요. 야스퍼스와 의사가 거기 있을 것 같아요. 아저씨가 온다는 걸 알고 있을 거예요."

"그럴 테지." 마르텐 아저씨가 내 말을 인정했다. 아저씨는 권총을 빼 들고 8개의 계단을 내려가 짧은 복도로 들어섰다. 오른쪽 벽에 철문이 붙어 있었다. 아저씨가 귀를 대었다가 살짝 문을 열었다. 네온 불빛이 쏟아졌다.

방은 온통 기계였다. 책상에 놓인 4대의 모니터에는 커브, 다이어그램, 숫자들이 가득했다. 양쪽 선반에는 번쩍이는 상자 십여 대가 놓여 있었다. 큰 유리창으로 역시나 환하게 불이 켜진 뒤편 방이 보였다. 누가 봐도 수술실이었다.

책상에 프리제 박사가 앉아서 모니터를 보고 있었다. 문 열리는 소리에 뒤를 돌아본 그가 화들짝 놀라 의자에서 일어났다.

"무슨…… 누구십니까? 무슨 일이죠?"

마르텐 아저씨가 방으로 들어가서 의사에게 권총을 겨누었다. “가만히 있어요. 아무 짓도 안 할 거니까.”

프리제 박사가 손을 들고 한 걸음 물러섰다. 그리고 고갯짓으로 유리창을 가리켰다. “저기 있어요.”

마르텐 아저씨가 창 쪽으로 고개를 돌려서 그 안의 풍경을 내게 보여주었다. 방 한가운데에 큰 철제 침대가 놓여 있었다. 그 주변으로 복잡한 장치들이 늘어서 있었다. 천장에 여러 대의 로봇 팔이 붙어 있고 팔 끝에는 드릴, 메스, 가위가 달려 있었다.

침대에 한 소년의 벌거벗은 몸뚱이가 누워 있었다. 머리카락을 빡빡 밀었고 두개골에서 삐져나온 전선 다발이 탁자 옆 기계장치 속으로 들어갔다. 얼굴은 붕대로 칭칭 감겨 있었고, 그 붕대 사이로 파이프가 튀어나와 있었다.

저기 누운 사람이 나라니 믿기지 않았다. 이렇듯 무자비하게, 이렇게 벌거벗긴 채 무방비로 학대당하고 이용당하고 있었다니. 분노와 절망에 절규하고 싶었지만 내 몸은 그럴 능력조차 없었다.

침대 옆에 야스퍼스가 서 있었다. 흰 가운을 입고서 맥을 짚으려는 듯 한 손을 내 목 쪽으로 뻗었다.

나를 본 율리아가 비명을 질렀다. 수술실 문을 벌컥 열어젖힌 그녀가 문지방에서 갑자기 걸음을 멈추었다. 그제야 나도 야스퍼스가 손에 뭘 들고 있는지 알아차렸다. 주사기였다. 초록색 액체가 든 주사기 바늘이 이미 내 목을 찌르고 있었다.

그게 무엇인지는 몰라도 갑자기 바늘 침이 목을 찌르는 느낌이 들었다.

마르텐 아저씨가 권총을 야스퍼스의 머리에 겨누었다. “헤닝, 그 아이한테서 손 떼!”

“마르텐, 오랜만인걸.” 야스퍼스가 꿈쩍도 하지 않고 대답했다. “권총 치우고 우리 어른답게 대화로 풀어보자고.”

“먼저 그 아이 목에서 손 떼!”

“유일한 내 전리품을 내달라고? 내가 왜? 범죄자는 내가 아니라 너희들이야.”

“손 떼. 마누엘한테서 떨어져. 안 그러면 내가…….” 율리아가 소리쳤다.

“한 발짝만 움직이면 네 동생은 죽어. 이 신경가스 한 방울이면 네 동생은 영원히 못 깨어날 거야.”

위층에서 피터의 규칙적인 도끼질 소리가 둔탁하게 들려왔다. 시간을 벌려는 수작이다. 피터가 올 때까지 아저씨와 율리아를 붙잡아두려는 속셈이다. 그의 말이 거짓말일 수도 있다. 저 주사기에 든 것이 그냥 보통 진정제일지도 모른다. 하지만 진짜일 수도 있다.

"저 아이를 내주면 넌 건드리지 않을게." 마르텐 아저씨가 말했다. "경찰서에 가지도 않을 거야. 하이에나 같은 네 변호사 떼거리들하고 싸울 생각 없어."

"내가 네 말을 믿을 것 같아? 넌 날 속였어. 마르텐."

"속인 게 아니야. 불법 실험을 원했던 건 너였어."

"같이 하자고 강요한 적 없어."

"물론 그랬지. 하지만 내가 개발한 기술이 그런 식으로 이용되는 걸 내가 두고 볼 것 같았어?"

"과학 발전은 항상 비난과 몰이해에 부딪히기 마련이야. 내가 여기서 개발 중인 기술은 영생의 방법이야. 마르텐."

"이건 미친 짓이야. 인간이 할 짓이 아니라고."

위층에서 와장창 뭔가가 깨지는 소리가 들렸다. 이대로 손 놓고 있을 수가 없었다.

"너한테 구구절절 설명할 이유 없어. 저 아이의 부모가 동의했어. 신기술을 아이에게 시험해도 된다고 허락했다고. 내가 하는 짓은 완벽한 합법이야. 너희가 이 집에 불법으로 침입했지. 저 아이의 누나를 꼬드겨서 여기까지 따라오게 만들었어. 넌……."

그 순간 뼈를 자르는 작은 회전 칼이 붙은 로봇 팔이 윙윙 소리를 내며 내려와 야스퍼스의 엄지손가락을 잘랐다. 피가 튀었다. 주사기가 떨어졌다. 야스퍼스가 비명을 지르며 잘린 손으로 가슴을 눌렀다.

"마누엘, 어떻게 한 거니? 이 방에선 네가 손을 쓸 수 없을 텐데." 마르텐 아저씨가 물었다.

"제가 안 그랬어요. 저 아니에요." 내가 대답했다.

프리제 박사가 방으로 들어왔다. "죄송합니다. 이 방법을 쓸 수밖에 없었습니다. 야스퍼스 씨. 다른 방법이 없었어요. 손가락은 병원에 가서 다시 접합 수술을 받으면 흉터만 조금 남을 뿐 괜찮을 겁니다."

"이 쥐새끼 같은 놈." 가운이 피로 물든 야스퍼스가 소리를 질렀다. "반드시 후회하게 해주겠어. 네 놈을 죽여 버릴 테니까. 프리제."

"전 이미 죽은 몸이나 다름없습니다. 당신이 나를 돈으로 유혹해서 지금껏 믿었던 그 모든 이상을 저버리게 만들었습니다. 이 불쌍한 아이에게 온갖 실험을 하고 뇌를 들쑤셔서 돌이킬 수 없는 손상을 입혔습니다. 그 대가로 전 남은 생을 감옥에서 보낼 겁니다. 더 이상 내려갈 데가 없어요. 하지만 살인은 절대 봐

줄 수 없어요." 의사가 대답했다.

"피터가 널 잡으면 지금 당장 숨통을 끊어버릴 거야."

"입 닥쳐, 헤닝. 자꾸 그렇게 입 놀리다간 네 숨통이 먼저 끊어질 수도 있어." 마르텐 아저씨가 소리쳤다.

"그냥 쏴버려요. 저런 놈은 죽어 마땅해요." 율리아도 소리 질렀다.

"안 돼!" 내가 끼어들었다. "율리아, 저런 인간이랑 같은 수준으로 떨어지지 마."

율리아가 주사기를 집어 들었다. "이 자식이 찍 소리라도 내면 내가 찔러버리겠어요."

야스퍼스의 얼굴이 백지장처럼 하얘졌다. 그가 낑낑대며 몸을 웅크렸다.

"당신이 감시하시오. 저자가 딴짓 못하게." 마르틴 아저씨가 프리제 박사에게 말했다.

"마누엘이 급해요. 어서 빨리 여기서 나가야 해요."

"애는 옮길 수 없어요." 의사가 막았다. "너무 기력이 쇠약해요. 지금 생명 유지 장치를 떼면 죽을 수도 있어요."

"여기 두면 야스퍼스와 저 용병이 죽일 거예요. 어떻게 하든 데려가야 해요." 율리아가 재촉했다.

"알았어요. 정 그렇다면." 프리제 박사가 수술대 옆의 장치를 껐다.

갑자기 칠흑 같은 어둠이 밀어닥쳤다. 가상 보안실이 사라졌고 벽에 비친 마르텐과 율리아의 카메라 영상도 사라졌다. 아무것도 보이지도 들리지도 않았고 아무 느낌도 없었다.

비명을 지르고 싶었지만 그럴 수도 없었다.

제일 먼저 찾아 온 것은 통증이었다.

처음에는 둔해서 이불처럼 쾌적한 느낌이 들었다. 하지만 그 이불이 점점 무거워지면서 나를 내리눌렀다. 뭔가가 나를 물고 할퀴고 때렸다.

비명을 지르고 싶었지만 불붙은 석탄이 입과 목과 폐를 가득 메운 것 같았다.

눈을 뜨려고 애를 썼다. 조명이 동공을 찔렀고 망막을 태웠다. 나는 눈을 꽉 감았고 마침내 그토록 그리워하던 것을 느꼈다. 눈물이었다.

"마누엘? 마누엘? 내 말 들려?"

그래. 들렸다. 하지만 율리아에게 그 사실을 어떻게 알려야 할지 몰랐다. 눈을 떴다가 얼른 다시 감았다. 팔을 들어보려고 했지만 쇠 끈으로 침대에 꽁꽁 묶어둔 것 같았다. 동시에 수천 마리의 개미가 온몸을 기어 다니며 피부의 작은 구멍을 깨문 다음 그 안으로 개미산을 뿌려 넣었다.

여기서 나가고 싶다. 다시 하얀 방으로 돌아가고 싶다. 하지만 이제 닿을 수 없는 곳이다. 나는 낙원에서 쫓겨나 잔인하고 가혹하며 혹독한 현실로 돌아왔다.

"마누엘, 마누엘." 율리아가 나를 만졌다. 자신의 손길이 얼마나 큰 통증을 유발하는지 율리아는 알지 못했다.

"얼른 움직여. 그 용병이 집 안으로 들어올 거야." 마르텐 아저씨가 말했다.

저 멀리서 들리는 둔탁한 소리가 그의 말에 힘을 실어주었다. 그가 한 팔로 내 어깨를 감쌌고 다른 팔을 무릎 아래로 집어넣어 나를 들어 올렸다. 엄청난 통증이 밀려왔다. 속이 울렁거렸지만 위장에 든 것이 없으니 토하지는 않을 것이다.

그가 나를 안고 계단을 올랐고 염소 냄새가 풍기는 방을 지났다. 냄새! 되찾은 후각은 신체라는 이 고문실에서 깨어난 이후 처음 접한 희소식이었다.

다시 눈을 억지로 떠보려 애썼다. 조금 덜 밝아서 눈이 덜 아팠지만 흐릿한 그림자밖에는 보이지 않았다. 마르텐 아저씨가 나를 수영장에서 지하실로 데리고 나갔다. 훨씬 서늘했다. 처음으로 통증 때문에 비명을 지르지 않고서도 공기를 들이마실 수 있었다. 위에서 성급히 계단을 내려오는 발자국 소리가 들렸다. 문이 부서졌다.

"어서, 이 안으로." 프리제 박사가 속삭였다.

어두컴컴했다. 반짝이는 거울을 본 것 같았다. 가상현실 안경이 걸려 있는 방이었다. 문이 살짝 닫혔다.

밖에서 피터의 목소리가 들렸다. 무시무시할 정도로 가까웠고 엄청나게 화가 난 것 같았다. "프리제! 무슨 일이야? 헤닝은 어디 있소?"

"애를 뺏겼어." 의사가 대답했다. "라파이와 소녀가 애를 데려갔어. 차고로 나갔어요."

"뻥치지 마! 프리제!"

"진짜라니까. 나갔다니까."

"헤닝은?"

"수술실에. 총에 맞았소."

"왜 헤닝 옆에 안 있고?"

"당신한테 알려주고 경찰을 부르려고 했지."

"경찰은 안 돼. 헤닝한테 가보시오. 가서 치료를 해줘. 나는 저놈들을 따라가야겠어. 멀리는 못 갔을 거야."

탕하고 셔터 닫히는 소리가 났다. 문이 열렸다. "서둘러요. 피터는 차고로 갔어요. 1층 현관문으로 나가면 돼요. 조심해요."

"의사 선생은 어쩌시려고요?" 마르텐 아저씨가 물었다.

"난 여기 남아 피터를 막아보겠소."

"우리랑 같이 가시지요. 거짓말을 한 걸 알면 죽이려 들 겁니다."

"그럴 이유가 없어요. 피터는 잔인무도하지만 멍청하지는 않아요. 날 죽여 얻을 게 없어요. 어서 가요!"

"고맙습니다. 이 은혜 잊지 않을게요." 율리아가 인사를 했다.

"무사히 빠져나가 헤닝 야스퍼스를 감옥에 넣어준다면 나도 고맙겠소."

마르텐 아저씨가 나를 안고 계단을 타고 1층으로 올라갔다. 주변 세상이 차츰 눈에 들어왔다. 도수가 높은 안경을 써야 할 것처럼 흐릿하고 몽롱했지만 그래도 내 눈으로 직접 본 세상이었다. 통증도 견딜만해 졌다.

율리아가 문을 열고 밖을 살폈다. 두 사람이 잠시 기다렸다.

"피터가 어디 있어?" 마르텐 아저씨가 물었다.

"모르겠어요. 안 보여요." 율리아가 대답했다.

"가자. 모험을 해보자. 문으로 달려가서……."

"으악!" 율리아가 소리치며 문을 쾅 닫았다. "우릴 봤어요. 어쩌지. 우릴 봤다고요." 바로 그 순간 탕 소리가 났다. 피터가 문을 향해 총을 쏘았던 것이다.

율리아가 조심스레 문틈으로 밖을 살폈다. "차고로 달려오고 있어요. 이제 어쩌죠?"

"운이 좋다면 프리제가 알아서 문을 잠그겠지."

몇 초 후 사납게 두드리는 소리, 욕설 소리가 지하실에서 올라오는 것으로 보아 기대가 틀리지 않았다.

"이제 어쩌죠?" 율리아가 물었다.

"피터에겐 두 가지 가능성이 있어. 다시 1층으로 올라가서 집 안으로 들어가거나 우리가 나올 때까지 밖에서 숨어 기다리거나. 저자는 마누엘을 얼른 병원에 데리고 가야 한다는 걸 알고 있어. 또 우리가 신고를 해서 경찰이 출동하면 성가실 테니까 첫 번째 방법을 택해 집 안으로 들어올 거야."

"그가 계단을 내려올 때 처치해버리면 안 될까요?"

"얕보지 마. 저자는 용병이야. 총격전은 안 벌이는 게 좋아. 이제 쉿!"

위층에서 묵직한 발에 밟혀 유리 깨지는 소리가 들렸다.

율리아와 마르텐 아저씨가 서둘러 집을 빠져나갔다. 아저씨는 문을 최대한 살살 닫았다.

나는 하고 싶은 말이 있었다. "저……."

"마누엘? 마누엘? 왜?"

"저……정원." 그 말을 겨우 내뱉었다. 불붙은 석탄 조각을 뱉어내는 기분이었다.

"뭐?" 율리아가 물었다.

"쉿!" 마르텐 아저씨가 주의를 주었다. 아저씨는 담에 바짝 붙어서 오른쪽으로 돌았다. 정원의 수영장을 지나고 빽빽한 덤불을 지났다. 집 모퉁이를 돌자 총성이 울렸다.

"뛰어!" 아저씨가 나를 안고 이를 악물고 달려서 헐떡이며 뒤편 정원에 도착했다. 담을 넘을 때 썼던 사다리가 약 50미터 떨어진 반대편 잔디밭에 놓여 있었다. 피터 같은 솜씨 좋은 사수라면 도망치는 두 사람쯤 문제없이 맞출 것이다. 더구나 다 죽어가는 소년을 안고 달리는 중이라면 식은 죽 먹기일 것이다. 방법은 한 가지밖에 없었다.

"차로 뛰어가. 어서!" 아저씨가 소리쳤다.

율리아가 검은 랜드로버에 먼저 도착해서 뒷문을 열고 안으로 뛰어 들어갔다. 피터를 공격한 이후 차는 지금까지 시동이 걸려 있었다. 마르텐이 나를 율리아 옆 좌석에 쌀자루 던지듯 확 집어던졌다. 그 순간 다시 총성이 울렸다. 마르텐이 비명을 지르며 차를 빙 돌아 운전석에 올라탔다. 검은 작업복 왼쪽 소매가 찢어지고 피가 흘렀다.

"다쳤어요." 율리아가 소리쳤다.

"그냥 스쳤어." 마르텐 아저씨가 말하며 차를 수동 운전 모드로 전환하고 엑셀을 밟았다.

또 한 발의 총성이 울리며 옆 유리가 깨졌지만 다행히 다친 사람은 없었다. 아저씨가 차를 앞쪽 정원의 덤불로 몰았다. 그리고 센터콘솔에 붙은 롤문 원격 조정 장치를 작동시켰다. 끼익 소리를 내며 천천히 문이 옆으로 움직였다.

"권총 저 주세요." 율리아가 말했다.

"안 돼, 그건 너무……." 마르텐이 말렸다.

또 한 발의 총알이 날아와 조수석 문에 박혔다.

"어서요."

아저씨가 권총을 율리아에게 주었다. 율리아가 자기 몸으로 내 몸을 덮더니 깨진 옆 유리창 밖으로 권총을 내밀고 내 머리 옆에 바짝 자기 머리를 붙였다. 고막이 터질 것 같은 총성이 울렸다.

마침내 차가 지나갈 수 있을 정도로 문이 열렸다. 도로로 나가자 율리아가 안도감에 울음을 터트렸다. 나도 같이 울고 싶었지만 입에서 튀어나온 것은 고통스러운 신음 소리뿐이었다. 우리는 주택가의 밤거리를 질주했다.

"괜찮아?" 율리아가 내게 물었다.

온몸이 누가 집게로 쥐어뜯는 것처럼 안 아픈 데가 없었다. 기운도 없고 세상이 빙빙 돌았다.

괜찮아. 그렇게 말해주고 싶었지만 컥컥 소리밖에 안 나왔다.

"우리 어디로 가요?" 율리아가 마르텐 아저씨에게 물었다.

"우리 집으로."

"얼른 병원으로 가야 하지 않을까요?"

"너무 위험해. 야스퍼스가 피터나 다른 누구를 병원으로 보낼 거야. 마누엘의 입을 막아야 할 테니까."

"경찰에 신변 보호를 요청하면 안 될까요?

"소용없어. 날 믿어. 우리 집이 더 안전할 거야. 내가 미리 대비해뒀으니까……. 아니, 저놈이 또? 끈질긴 놈."

마르텐 아저씨가 핸들을 획획 돌리는 바람에 차가 비틀거렸다.

"왜 그래요?" 율리아가 물었다.

"피터야. 페라리를 잡아타고 따라왔어. 빌어먹을." 우리가 마주 오던 차를 향해 달려가자 시끄러운 경적 소리가 울렸다. 충돌 직전 아저씨가 오른쪽으로 핸들을 꺾었고 그 직후 신호등에 빨간불이 켜졌다. 그가 경적을 울리며 교차로를 질주했다. 옆에서 달려오던 차 한 대가 가까스로 충돌을 피했다. 옆 창으로 여성 운전자가 보였다. 긴 검은 머리에 흰옷을 입었다.

우리는 함부르크의 도심을 지나 교외로 빠졌다. 총성이 울리며 차가 비틀거리다가 심하게 덜컹댔다. 마르텐 아저씨는 차선을 벗어나지 않으려고 안간힘을 썼다.

"빌어먹을. 타이어에 맞았어. 연료통에 맞기라도 하면……." 아저씨가 외쳤다.

전기가 통하지 않는 로봇의 몸통에 갇힌 것 같았다. 나는 있는 힘을 다 끌어모아 허리를 굽히고 팔을 앞으로 뻗었다.

"마누엘! 왜? 뭐 하려고?" 율리아가 외쳤다.

"아경." 나는 센터 콘솔 거치대에 걸려 있는 VR 안경을 가리켰다.

"안경 쓰려고? 뭐 하려고?"

"아경."

율리아가 안경을 집어주었다. 나는 안경을 쓰고 스위치를 켰다. 가상의 컨트롤 콘솔이 나타났다. 손동작으로 그것을 조종할 수 있었다. 하지만 세상 그 어떤 프로그래머도 비틀거리며 도로를 질주하는 차 안에서 팔이 천근만근일 때 그 간단한 동작이 얼마나 힘들지 단 한번도 생각하지 않았을 것이다. 간단한 클릭 몇 번을 하는 데 얼마나 많은 시간이 걸렸는지 모르겠다.

"뭐해?" 율리아가 물었다.

나는 못 들은 척하고 동작에 정신을 집중했다. 마르텐 아저씨는 피터의 추월을 막으려 안간힘을 썼고 그럼 피터는 다시 미친 듯 우리를 쫓아왔다.

드디어 차량 뒤편의 드론을 작동하는 데 성공했다. 자, 시작이다! 드론의 카메라 영상이 안경에 비치자 나는 드론을 차 지붕 창밖으로 띄웠다. 그 순간 불어온 바람에 드론이 뒤로 밀렸지만 나는 오히려 그 추진력을 이용하여 속도를 높였다. 얼마 안 있어 놀라 둥그렇게 뜬 피터의 눈동자가 보였고 드론이 페라리의 앞창과 충돌하며 화면이 새까매졌다.

마르텐 아저씨가 환호성을 질렀다. "잘했다. 도로에서 떨어졌어. 드디어 따돌렸구나. 멋지다. 마누엘!"

율리아가 안경을 벗겨주고 내 뺨에 키스를 했다. "이제 금방 도착할 거야. 조금만 버텨. 동생."

차가 어떤 집 마당으로 들어가서 큰 벽돌 건물 앞에 설 때까지 나는 의식을 붙들고 있었다. 보아하니 예전에 이곳에 농장이 있었고 건물은 그 농장에 딸린 집인 것 같았다.

마르텐 아저씨가 두 번 경적을 울렸다. 집의 현관문이 열리면서 한 여성이 서둘러 우리에게로 달려왔다. 아저씨가 내려 뒷좌석 조수석 문을 열었다. 그녀가 문으로 가서 나를 젖먹이처럼 안아 올렸다. 금발의 짧은 머리에 눈에 어린 표정이 따뜻했다. 에바랑 닮았지만 나이는 훨씬 더 들어 보였다.

"마누엘, 안녕. 네가 여기까지 무사히 와서 정말 기쁘구나."

그녀가 나를 위층으로 데리고 올라가 벽에 디즈니 영화 포스터가 붙어 있고 장난감이 선반에 가득한 방의 깨끗한 침대에 뉘었다. 방이 빙빙 돌기 시작했다. 나는 안간힘을 써서 현실을 붙잡아보려 애썼지만 시커먼 소용돌이에 휘말린 듯 그만 까무룩 잠이 들고 말았다.

잠에서 깨어났을 때는 통증이 사라졌다. 입술이 바짝 말랐고 머리가 솜뭉치를 쑤셔 넣은 듯 멍했다. 방이 낯설었다. 여기가 어디지? 무슨 일이 있었던 거지?

서서히 기억이 돌아왔다. 야스퍼스의 집에서 도망을 쳤고 추격전을 벌였고 어떤 친절한 여자가 아기를 안듯 나를 안아 이곳으로 데려왔다. 안도감이 밀려들었다. 나는 안전하다! 하지만 다시 의심이 솟구쳤다. 야스퍼스가 이대로 포기할까? 킬러를 시켜 나를 죽이지 않을까? 피터를 보낼지도 몰라. 이상하게도 피터 생각을 하니 내가 일으킨 그 사고 때문에 혹시 다치지나 않았을지 걱정이 되었다. 물론 그는 고용주가 명령만 내린다면 한 치의 망설임도 없이 나를 죽일 것이다.

나는 천천히 몸을 일으켰고 어지러워서 잠깐 눈을 감았다가 다시 방을 살펴보았다. 액션피규어와 장난감 자동차, 마인크래프트 책들이 있는 것으로 보아 10살 정도 사내아이의 방이 틀림없었다. 마르텐 아저씨에게 아들이 있는지 몰랐다. 하긴 그에 대해 내가 아는 게 별로 없었다.

갑자기 의사의 말이 떠올랐다. **바이오전자 임플스 해머가 비활성화되면 기억 차단이 금방 해제될 테니까요.** 하지만 머릿속은 여전히 텅 비었다. 내 방이 어떻게 생겼는지 기억을 해보려 했지만 야스퍼스가 보여준 방 말고는 전혀 생각나지 않았다. 가짜 방. 실망스러워 눈물이 났다. 양부모의 집에 살 때 내 방이 있었는지, 율리아도 같이 살았는지, 그것도 기억나지 않았다.

율리아! 누나가 내 과거를 열어줄 열쇠이다. 율리아를 만나봐야 한다.

침대 끝으로 조심조심 엉덩이를 밀어 일어서려고 해보았다. 온 세상이 빙빙 돌았다. 어지러움이 가라앉을 때까지 기다렸다가 천천히 일어나 비틀대며 방문까지 몇 걸음을 걸었다. 방 문고리에 파란 테리턴 목욕 가운이 걸려 있었다. 몸에 잠옷만 걸친 상태여서 나는 그 가운을 걸쳐 입었다. 너무 작았지만 안 들어갈 정도는 아니었다.

문을 열고 나가니 나무 바닥 복도가 나왔다. 벽은 벽돌이었고 천정에 검은 대들보가 보였다. 반쯤 열린 문으로 1층에서 사람 소리가 들렸다. 나는 난간을 붙잡고 조심조심 걸음을 내디디며 계단을 내려갔다.

마르텐 아저씨와 율리아, 마르텐의 아내, 그리고 양복에 넥타이를 맨 백발의 남자가 아늑한 부엌의 큰 식탁에 둘러앉아 있었다. 아침 식사를 함께했는지 빈 식기가 여기저기 놓여 있었다. 모두들 나를 보고 화들짝 놀랐다.

"마누엘!" 여자가 벌떡 일어나 내 팔을 잡고 나를 부축했다. "어떻게……. 아직 일어나면 안 돼! 너무 쇠약해서 움직이면 안 돼." 비난보다는 걱정이 담긴 목소리였다. 그녀가 나를 의자로 데려갔다. 나는 다행이다 싶은 마음으로 털썩 주저앉았다. "내 이름은 기자야. 아줌마라고 불러. 여기는 케르버 변호사님이시고." 양복 입은 남자가 내게 고개를 까닥했다.

"어때?" 율리아가 걱정스러운 눈빛으로 물었다.

"괜찮아." 대답은 그렇게 했지만 입이 사포처럼 꺼끌꺼끌했고 말하기가 힘들었다.

기자 아줌마가 미지근한 물 한 잔을 주었다. "이거 좀 마셔 봐."

나는 고마운 마음으로 시키는 대로 했다. 하지만 물이 들어가자 구역질이 났고 다시 어지러웠다.

"가서 누워. 아직은 너무 기력이 없어." 마르텐 아저씨가 말했다.

고개를 저으려고 했지만 눈앞이 새까매졌다.

눈을 뜨니 다시 침대였다. 창에 오렌지색 불빛이 비치는 것으로 보아 온종일 잠을 잔 모양이었다. 머리가 2배로 부풀어 오른 느낌이었다. 수백 명의 난쟁이가 내 머릿속에 들어가 분노의 망치질을 해대는 것 같았다. 눈이 욱신거렸다. 입은 여전히 바짝바짝 탔고 혀는 퉁퉁 부었다. 일어날 엄두가 나지 않았다.

기자 아줌마가 물 잔과 알약을 들고 방으로 들어왔다. "이거 먹어. 훨씬 나아질 거야."

나는 고마운 마음으로 알약을 삼켰다. 난쟁이들이 금방 망치질을 멈추었고 나는 꿈 없는 깊은 잠에 빠져들었다.

잠에서 깨면 온몸이 두들겨 맞은 듯 아팠고 특히 머리가 깨질 것 같았다. 알약을 먹고 물을 마시고 다시 잠이 들었다. 얼마나 그 짓을 되풀이했는지 모르겠다. 언젠가 잠에서 깨어나니 왼쪽 팔에 링거가 꽂혀 있었다. 링거 관은 투명한 액체가 담긴 주머니로 연결되었고 그 주머니는 가는 링거대에 걸려 있었다. 나는 조심조심 머리를 만져보았다. 도망칠 때 완전히 삭발이던 머리카락이 그사이 제법 보송보송 자라 있었다. 어쨌든 붕대는 없었다.

기자 아줌마가 알약을 들고 들어왔지만 안 먹겠다고 했다. 머리가 깨질 듯 아팠지만 또다시 그 몽롱한 상태로 빠져들고 싶지는 않았다.

머릿속에서 망치질을 해대던 난쟁이들이 망치를 공기해머로 바꾸었다. 밖에선 수백만 마리의 개미가 내 몸을 물어뜯었다. 머리가 터질 것 같아서 나는 양손으로 머리를 감싸 쥐었다.

괜히 약을 안 먹겠다고 했나. 기자 아줌마가 다시 알약을 들고 오면 좋겠다. 약을 달라고 소리치고 싶었지만 그럴 기력도 없었다.

서서히, 아주 서서히 통증이 가라앉았다. 머리는 여전히 웅웅거렸지만 이젠 참을 만했다.

"어떠니?" 방에 들어온 기자 아줌마가 물었다.

대답을 하려고 했지만 신음 소리밖에 안 나왔다.

"진통제 갖다줄까?"

"아니…… 괘…… 괜찮아요." 내가 끙끙댔다.

"배고파?"

자기가 알아서 대답하겠다는 듯 때마침 위장이 꾸르륵거렸다. "네."

"수프를 끓여주마." 그녀가 나갔다.

도망쳐 나온 후 며칠이 지났는지 모르겠지만 며칠 만에 처음으로 나는 제법 또렷한 정신으로 주변을 살폈다. 통증은 고통스러웠지만 그래도 이 정도 정신이 돌아왔다는 것만으로도 무척 기뻤다.

기자 아줌마가 쟁반을 들고 들어왔다. 김이 무럭무럭 나는 닭고기 수프와 빵 한 조각, 우유 한 잔이 놓여 있었다. 나는 그녀에게 물었다. "이 방 누구 방이에요?"

그녀의 얼굴에 그늘이 서렸다. "팀, 우리 아들. 몇 년 전에 죽었어."

"아. 죄송합니다. 저는 그냥 ……."

"괜찮아. 넌 몰랐잖니."

팀에 대해 더 물어보고 싶었지만 너무 무례하다는 생각이 들어서 나는 말 없이 수프를 먹었다. 맛이 정말 좋았고 힘이 불끈 솟았다.

"고맙습니다. 정말 맛있어요." 그릇을 치우는 아줌마에게 내가 말했다.

그릇을 부엌에 도로 갖다 놓고 돌아온 기자 아줌마는 능숙한 솜씨로 내 팔에 꽂힌 링거 바늘을 빼냈다. "이제 이건 필요없어."

"어떻게 …… 잘하세요?"

"간호사였거든. 대학병원에서 10년 동안 일했단다."

"고맙습니다." 나는 다시 한번 인사를 했다. "아줌마도 마르텐 아저씨도 도와주셔서 감사합니다."

"인사할 필요 없다. 널 그 잔학한 범죄자의 손에 그대로 둘 수는 없었어." 그녀의 눈에 분노가 번뜩였다.

"저…… 누나가 보고 싶어요."

"양부모님 집에 있어."

나는 깜짝 놀랐다. "하지만……."

"걱정하지 마. 공식적으로는 아직 그 사람들이 너희 둘의 양육권을 가지고 있지만 변호사님이 해결해주실 거야. 어쨌든 너는 여기 있으면 안전해."

날 헤닝 야스퍼스에게 팔아넘긴 사람들의 손아귀에 다시 들어간다는 상상만 해도 위장이 뒤틀리는 것처럼 아팠다. 하지만 누나가 여기 없는 것도 너무 괴로웠다. 누나랑 이야기를 나누면 예전 기억을 되찾을 수 있을 것이라고 기대하던 참이었다.

"전화도 못 하나요?"

"규칙적으로 우리한테 연락을 하기로 약속했단다. 다음번에 전화 오면 알려줄게."

"저는…… 이제 어떻게 되나요?"

"일단 건강을 되찾는 게 우선이야. 마르텐 아저씨와 변호사님이 야스퍼스에게 대처할 전략을 짜실 거야. 소송이 시작되면 언제 끝날지 모르는데 네가 제일 중요한 증인이야." 그녀의 얼굴이 어두워졌다. "헤닝은 교활한 인간이야. 빠져나가려고 온갖 짓을 다 할 거야. 그래도 이번에는 반드시 놈을 해치울 거야. 내가 맹세하마."

"이번에는? 그게 무슨 뜻이에요." 내가 물었지만 기자 아줌마는 그 질문에 대답하지 않았다.

"그만 내려가 봐야겠다. 혼자 있을 수 있지? 필요한 거 있으면 불러." 그 말과 함께 아줌마는 방을 나갔다.

나는 잠시 침대에 누워서 어린 시절의 기억을 떠올려보려고 애썼다. 하지만 하얀 방에서 깨어난 순간이 삶의 시작인 듯 아무 기억도 나지 않았다.

장난감과 책이 가득한 책장에 문득 시선이 멎었다. 나도 예전에 가지고 놀았을 저 장난감들은 팀의 것이었을까? 나는 조심스레 몸을 일으켰다. 일어서려니 다리가 푹 삶은 스파게티 국수처럼 흐물거려서 손을 짚고 무릎으로 기어 책장으로 다가갔다. 나는 장난감을 집어 만져보고 냄새도 맡았다. 액션 피규어, 레고 모델, 작은 망원경, 큰 눈을 불안하게 굴리는 강아지 인형, 야구공. 하지만 아무것도 기억을 불러오지는 못했다.

책장에는 컴퓨터 게임 **마인크래프트**의 세상을 배경으로 쓴 소설 몇 권이 꽂혀 있었다. 일본 만화 시리즈가 순서대로 정리되어 있었고 그림책이 엄청나게 많았다. 그 틈에서 나는 이 아이의 방에 어울리지 않는 누렇게 변한 고풍스러운 책을 발견했다. 루이스 캐럴이 쓴 《**이상한 나라의 앨리스**》였다.

책을 책장에서 조심스레 꺼내는 내 손이 부들부들 떨렸다. 표지가 낡아 너덜너덜했다. 금박의 제목 아래쪽에 작아진 앨리스를 보고 놀란 표정을 짓는 강아지가 그려져 있었다. 그 아래에 '요한 프리드리히 하르트크노프의 라이프치히 출판사'라고 적혀 있었다. 조심스레 책을 펼쳤다. 먼지 냄새가 났고 책장을 넘기니 종이가 부스러질 것 같았다.

안쪽에 인쇄된 출간 연도는 1869년이었다. 초판일까? 그렇다면 무척 귀한 책일 것이다. 왜 이런 비싼 책이 너덜대는 그림책들 사이에 끼어 있는 것일까?

"뭐하니?" 아줌마의 목소리는 잘못을 꾸짖는 사람처럼 날카로웠다.

화들짝 놀라 돌아보다가 하마터면 책을 떨어뜨릴 뻔했다. "그냥…… 제 생각에는…… 봐도…… "

"침대로 올라가거라." 아줌마가 엄한 표정으로 명령했다. "아직 기력이 없어서 일어서면 안 돼." 아줌마가 책을 빼앗아 도로 책장에 꽂았다.

나는 고분고분 다시 침대로 돌아갔다. "책이…… 아드님 건가요?"

"그래. 제일 좋아하는 책이었지. 마르텐이 읽어줬어. 그때……." 아줌마가 입을 다물었다. 말을 더 이어갈 수 없는 것 같았다.

"죄송합니다." 괜히 아줌마에게 안 좋은 기억을 일깨운 것 같아서 마음이 안 좋았다.

"아니다. 팀의 물건에는 손대지 마라. 알았지?"

"네, 그럴게요."

"조금 더 자는 게 좋을 거야." 아줌마가 훨씬 부드러워진 목소리로 말하고 방을 나갔다.

그러나 피곤하지 않았다. 계속 눈이 책장 쪽으로 돌아갔다. 이유는 몰랐지만 그 책이 거역할 수 없는 힘으로 나를 끌어당겼다. 내 인생에서 큰 의미가 있는 물건 같았다.

나는 한참 동안 유혹과 싸웠다. 기자 아줌마와 마르텐 아저씨의 마음을 상하게 하고 싶지 않았다. 한참 동안 들어오지 않았던 죽은 아들의 방에 내가 누워 있다는 것만으로도 상당히 괴로울 것이다. 그렇지만 어떻게든 과거의 기억을 되찾고 싶었고 그 책이 중요한 열쇠가 될 수 있을 것 같았다.

결국 호기심이 불안을 이겼다. 나는 살그머니 일어나 후들대는 다리로 책장을 향해 걸어가 그 책을 꺼내 들고 얼른 침대로 돌아왔다. 책을 펼쳐 옛 문자로 적힌 내용을 읽기 시작하자 심장이 큰 소리를 내며 방망이질을 했다.

✠ 1장 ✠

토끼 굴로 내려가다

앨리스는 따분했다. 물가에서 하는 일도 없이 언니 옆에 한참을 앉아 있었다. 언니가 읽는 책을 한두 번 슬쩍 보았는데 마음에 들지 않았다. 그림도 대화도 없는 책이었다.

"그림도 대화도 없는 책을 뭐 하러 읽지?"

마침 (안 그래도 날씨가 더워서 졸리고 정신이 몽롱해서) 일어나서 데이지꽃이나 꺾어 목걸를 만들면 어떨까 고민하던 참이었다. 갑자기 눈이 빨간 흰 토끼 한 마리가 앨리스 바로 옆을 휙 달려갔다.

토끼가 지나가는 것이야 크게 이상한 일이 아니었다. 앨리스는 토끼가 "이런! 이런! 이러다 늦겠는걸!" 하고 중얼거리는 소리를 듣고도 크게 별스럽다고 생각하지 않았다. (앨리스는 한참 뒤에 이 일을 곱씹고 나서야 이상한 일을 보고도 놀라지 않았다는 생각이 들었다. 하지만 그때엔 그 모든 일이 너무나 자연스러웠다.) 그러나 토끼가 조끼 주머니에서 시계를 꺼내어 시간을 확인하고 허둥지둥 달려가는 걸 보고서는 앨리스도 자리를 박차고 일어섰다. 여태껏 한번도 주머니가 달린 조끼를 입은 토끼도, 주머니에서 시계를 꺼내는 토끼도 본 적 없다는 생각이 들었기 때문이다. 앨리스는 호기심에 불타올라서 토끼를 따라 풀밭으로 달려갔고 때마침 산울타리 아래 커다란 구멍으로 쏙 들어가는 토끼를 따라잡았다.

그리고 토끼를 따라 그 구멍으로 뛰어 들어갔다. 나중에 어떻게 다시 빠져나올지 생각할 여유가 없었다.

토끼 굴은 얼마쯤 터널처럼 똑바로 뻗어가다가 갑자기 푹 꺼졌다. 정신을 차리고 어디 붙들 데를 찾기도 전에 앨리스는 깊고 깊은 우물 같은 곳으로 떨어져 내려갔다.

머리가 핑 돌아 쓰러질 것 같았다. 나는 고개를 돌려 천정을 바라보며 어지럼증이 가라앉기를 기다렸다가 다시 읽기 시작했다.

그 우물이 아주 깊거나 앨리스가 아주 천천히 떨어지는 듯했다. 시간이 넉넉해서 내려가면서 사방을 둘레둘레 살피고 이제부터 무슨 일이 벌어질까 고민할 여유가 있었으니까. 처음에는 어디로 가는지 알고 싶어서 아래를 내려다보려 했지만 너무 어두워서 아무것도 보이지 않았다. 우물 벽도 살폈다. 찬장과 책꽂이들이 잔뜩 붙어 있었고 여기저기에 지도와 그림들이 못에 걸려 있었다.

앨리스는 선반에서 단지 하나를 집었다. '오렌지 마멀레이드' 라는 마크가 붙어 있었지만 실망스럽게도 빈 단지였다. 앨리스는 단지를 던져버리지 못했다. 혹시 밑에 있는 사람이 맞아 죽을지도 모르니까. 그래서 지나쳐가던 찬장에 얼른 단지를 집어넣었다.

"흠. 이 정도로 떨어지고 나면 계단에서 구르는 것쯤은 예사겠네. 집에 가면 온 가족이 나더러 용감하다고 할 거야. 그러니까 앞으로는 지붕 꼭대기에서 떨어져도 자랑하지 말아야겠다." (그럴 가능성이 아주 높았다.)

아래로, 아래로, 아래로 내려갔다. 대체 언제까지 내려갈 건가?

앨리스는 큰 소리로 떠들었다.

"지금까지 몇 미터나 떨어졌을까? 지구 중심에 다 온 거 같아. 흠, 지구 중심이라면 6400킬로미터쯤 왔을 텐데……."

이 구절의 가장자리에 누군가 이렇게 끼적여놓았다. **틀렸어.** 팀이 적었을까? 아니면 옛날 책 주인이? 실제로 지구의 반지름은 6400킬로미터보다 훨씬 길다. 그런데 내가 그 사실을 어떻게 알았지? 지리 시간에 배웠을까? 아니면 책에서 읽었을까?

나는 다시 책에 집중했다. 아는 이야기였다. 확실히 나는 이 책을 여러 번 읽었다. 아니면 누가 읽어주었을까? 그러나 아무 얼굴도, 목소리도, 책을 읽거나 읽는 소리를 들었던 방도 떠오르지 않았다.

…… 길고 천장이 낮은 복도가 나왔다. 천장에는 불을 밝힌 등이 한 줄로 매달려 있었다. 복도 양편으로 문이 주르르 붙어

있었지만 전부 다 잠겨 있었다. 앨리스는 이 문 저 문을 다 열어보다가 결국 풀이 죽어 복도를 걸어갔다. 어떻게 하면 여기를 빠져나갈까 고민하면서……

이 구절에서 하얀 방이 떠올랐다. 그날의 절망이, 그 감옥에서 평생 나올 수 없을 것 같던 아득한 심정이. 그때를 생각하니 온몸이 부들부들 떨렸고 눈물이 차올랐다. 눈물 한 방울이 책에 떨어졌다. 나는 낡은 종이가 망가질까 겁이 나서 얼른 눈물을 닦았다. 그때 문으로 다가오는 발소리가 들렸다.

나는 얼른 책을 이불 밑으로 숨겼다.

마르텐 아저씨가 방으로 들어왔다. "안녕, 마누엘. 몸은 좀 어때?"

"훨씬 좋아졌어요."

그가 나를 찬찬히 바라보았다. "울었니?"

"그냥…… 아무것도 기억이 안 나서요."

"너무 걱정할 필요 없어. 기억은 꼭 돌아올 거야. 뇌 손상이 심하지만 그래도 반드시 건강해질 거야."

"누나가 보고 싶어요. 누나가 옛날 이야기를 해주면 기억이 돌아올 것 같아요."

그가 고개를 끄덕였다. "그래. 도움이 되겠지. 그런데 율리아는 지금 아동복지국의 보호를 받고 있단다. 연락이 되는지 한번 알아볼게."

나는 이마를 찌푸렸다. "아줌마는 양부모님 집에 있다고 하시던데요."

"아, 그게 그랬었지. 하지만 거기 있기 싫다고 해서 우리가 아동복지국에 부탁을 했단다. 거기서 빼내서 안전한 장소에 데리고 있어달라고."

"왜…… 왜 여기로 못 오는 거죠?"

그가 잠시 머뭇거렸다. "법적인 이유가 있어서 그래. 설명하기 좀 복잡한데, 변호사님이 너희 둘 다 여기 있으면 좋지 않다고 하셔서. 나중에 네 증언의 신빙성이 떨어진다고."

"이해가 안 돼요."

"내가 설명을 잘 못 하겠구나. 그래도 훌륭한 변호사님이니까 헤닝을 고발하려면 그분이 시키는 대로 하는 게 좋을 거야. 너무 고민하지 마. 내가 율리아한테 전화를 걸어서 연결해줄 테니까. 조금만 있어. 금방 돌아오마."

마르텐 아저씨가 방을 나갔다가 몇 분 후 다시 들어왔다. "연결이 안 되는구나. 음성 사서함에 남겨놓았으니까 연락이 올 거야. 연락 오면 알려줄게.”

나는 잠시 아저씨를 쳐다보았다. 문득 뭔가 숨기는 것이 있다는 느낌이 들었다.

“팀 이야기를 해주세요.” 내가 부탁했다.

그의 얼굴이 어두워졌다. 버럭 화를 낼 줄 알았는데 아저씨가 책상 의자를 가져와 침대 옆에 앉았다.

“팀은…… 멋진 아이였지. 똑똑하고 순하고 공부 욕심이 많았어.” 아저씨의 눈에 눈물이 고였다. 아저씨를 의심한 것이 죄송스러웠다. “겨우 10살이었는데 세상을 뜨고 말았어. 살았다면 지금 네 나이였을 거야.”

“왜 죽었어요?”

“유전자에 문제가 있었어. 특이한 근육 허약증이었지. 너무 급속하게 진행이 되어서 치료가 불가능했어. 우리는…… 정말 할 수 있는 건 다 해봤지만…… 그래도…….” 마르텐 아저씨는 더 이상 말을 잇지 못했다.

“죄송합니다.”

“아냐. 미안하구나. 이제는…… 받아들일 때도 됐는데…….” 마르텐 아저씨를 더 괴롭히고 싶지 않았지만 아저씨는 더 묻지 않았는데도 이야기를 이어갔다. “우린 그 아이가 정말 자랑스러웠단다. 공부도 잘했고 커서 나처럼 게임 프로그래머가 되겠다고 했지. 컴퓨터 앞에 붙어 살더니 직접 프로그래밍을 하기도 했단다. 나는 못마땅했지만……."

"책도 많이 읽었나요?" 나도 모르게 질문이 튀어 나갔다.

"무슨 책? 아, 그럼. 예전에는 내가 자주 읽어줬지. **《이상한 나라의 앨리스》**를 제일 좋아했거든." 마르텐 아저씨가 일어나 책장으로 걸어갔다. "생일에 귀한 초판본을 선물해줬어. 여기 어디 있을 텐데……."

이불 밑에 숨긴 책을 만지작거리면서 나는 얼굴이 화끈 달았다. 다행히 아저씨는 눈치채지 못했다. 내가 책을 가지고 있다는 말을 왜 안 하는 건지 나도 그 이유를 몰랐다. 하지만 내가 그 책을 읽는 것을 기자 아줌마가 못마땅하게 생각한 이후로 뭔가 마음이 편치 않았다.

"음. 아줌마가 치웠나 보구나. 하는 수 없지. 어쨌든 이젠 너도 알겠지. 왜 우리가 그 책에 나오는 인물을 이용했는지. 율리아한테 들으니까 너도 어릴 때 그 책을 좋아했다더구나. 그 말이 운명의 손짓 같았어."

갑자기 나 자신이 초라했다. 침입자처럼, 초대받지 않은 손님처럼 이곳에 있는 내가. 나는 마르텐 아저씨와 기자 아줌마의 외동아들이 고통스럽게 누워 있다 죽은 그 침대에 누워 있다. 나도 이런저런 고민은 많지만 그래도 죽을병에 걸린 건 아니었다.

"절 도와주셔서 감사합니다." 내가 말했다.

"그런 말 할 필요 없어. 널 구하지 못했다면 내가 나 자신을 용서하지 못할 거야. 너도 우리 아들과 같은 일을…… 내 말은 네가 …… 헤닝의 손아귀에서 죽었다면."

퍼뜩 궁금증이 일었다. "헤닝 야스퍼스랑 언제 결별하셨어요?"

"5년 전쯤이지. 왜?"

"혹시 그 사건이 팀의 죽음과 관련이 있나 해서요."

그가 내 시선을 피했다. "아니야, 그럴 리가 있겠어? 내 말은 직접 관련은 없다는 말이야. 너도 충분히 이해가 가겠지만 당시 나는 제정신이 아니었거든. 아들은 죽어가고 있는데 헤닝이 그 말도 안 되는 불멸의 망상을 지껄여대자 그만 이성을 잃고 말았지. 잡히는 대로 그의 머리통을 향해 물건을 집어 던졌어. 헤닝은 그 일로 단단히 화가 났고. 그러거나 말거나 나는……." 그가 시계를 보았다. "아. 참, 변호사님한테 전화하기로 했는데. 그럼 푹 쉬고 얼른 일어나라, 마누엘!"

"네. 감사합니다."

말을 하다 말고 얼버무리며 도망치다시피 방을 나가는 그를 보며 내 예감이 맞았다는 확신이 생겼다. 마르텐 아저씨는 거짓말을 한다. 두 사람의 결별이 팀이 죽은 시점과 일치하는 것은 우연일 수 없다. 가상 세계에서 생명을 연장하자는 생각은 야스퍼스가 아니라 마르텐의 아이디어가 아니었을까? 그 방법으로 아들을 구하려 했던 것일까? 그렇다면 왜 그 사실을 내게 숨기고 거짓말을 하는 것일까?

나의 운명에 공동 책임이 있다고 괴로워하는 것일지도 모른다. 나는 내 질문에 스스로 대답을 찾았다. 그게 아니라면…….

머릿속으로 이유를 짜 맞추어보았다. 정말로 그것이 마르텐의 아이디어였다고 가정해보자. 두 사람이 힘을 합쳐서 신체 없는 두뇌를 가상 세계에서 살게 만들려고 노력했다. 팀을 살릴 수 있는 유일한 방법이었을 것이다. 하지만 개발 속도가 느린 탓에 컴퓨터와 두뇌의 접점과 생명 유지 장치가 준비되기도 전에 팀이 세상을 떠나고 말았다. 마르텐은 무의미해진 프로젝트를 끝내려고 했지만 야스퍼스는 자기 생명을 연장할 수 있으리라는 기대를 품고 계속하려고 했다. 그래서 다툼이 생겼다. 야스퍼스는 마르텐에게 회사에서 나가라고 채근했다. 마르텐은 야스퍼스가 고아 아이를 데려다 불법으로 컴퓨터와 두뇌의 접점을 테스트하는 실험을 하고 있다는 사실을 알고 그를 신고하기로 결심하였다.

마르텐 아저씨가 날 야스퍼스의 집에서 데리고 나온 것이 오직 그 이유였을까? 야스퍼스에게 복수를 하려고? 율리아는 나를 낚기 위한 미끼였을까? 나는 그에게 그저 목표를 이루기 위한 수단에 불과했을까? 재판이 열리면 법정에서 증인으로 세우려고? 예전 파트너를 망가뜨리기 위한 무기로? 얼른 일어나서 마르텐 아저씨에게로 달려가 묻고 싶었다. 하지만 그러기엔 너무 기운이 없었다.

책이 다리를 찔렀다. 나는 책장에 다시 꽂아두려고 책을 이불에서 꺼냈다. 순간 이런 생각이 들었다. 팀이 그 책에 더 많은 생각을 써놓지는 않았을까? 실제로 무슨 일이 있었던 것인지 책 가장자리에 메모를 끼적여두지 않았을까?

나는 페이지를 넘기다가 5장 앞부분에서 파란 색연필로 그어놓은 밑줄을 발견했다.

✠ 5장 ✠

애벌레의 충고

애벌레와 앨리스는 한참 동안 말없이 서로를 쳐다보았다. 이윽고 애벌레가 물고 있던 물담배를 입에서 꺼내며 졸린 듯 느린 음성으로 말을 걸었다.

"넌 누구냐?"

대화를 트기에 좋은 말은 아니었다. 앨리스는 살짝 주눅이 들어 이렇게 대답했다. "저는…… 지금은 제가 누군지 잘 모르겠어요. 오늘 아침에 일어났을 때는 알았는데, 지금까지 여러 번 바뀌었거든요."

"그게 무슨 말이야? 더 자세히 설명해 보아라."

"더 자세히 설명할 수가 없어요. 저는 제가 아니거든요. 아시잖아요." 앨리스가 말했다.

"난 모른다." 애벌레가 말했다.

앨리스가 아주 공손하게 대답했다. "더 잘 설명할 수가 없어요. 저도 이해가 안 되거든요. 누구라도 하루 동안에 이렇게 키가 줄었다 늘어났다 하면 헷갈릴 거예요."

이 부분을 읽고 또 읽는데 온몸에 소름이 돋았다. 그랬다. 나도 그런 기분이었다. 내가 내가 아닌 기분. 왜 팀은 이 구절에 줄을 그었을까? 나와 비슷한 기분이었기 때문에? 하지만 그는 자기 집에서 엄마 아빠와 같이 있었다. 기억을 잃지도 않았다. 그렇다면 그 말을 적고 이 구절에 밑줄을 친 사람이 팀이 아닐지도…….

섬뜩한 생각이 들었다. 나는 조심조심 일어나 팀의 책상으로 비틀거리며 걸어갔다. 서랍을 여니 그 안에 바둑판무늬 종이의 노트 한권과 볼펜 한 자루가 들어 있었다. 나는 종이에 **틀렸어**라고 적고 그 글자를 책에 적힌 글자 옆에 놓았다. 한 치의 의심도 없었다. 같은 글씨였다. 책에 그 글자를 적은 사람은 바로 나였다.

“마누엘, 거기서 뭐 하는 거니? 일어나지 말라고 했잖니.” 뒤에서 기자 아줌마의 날카로운 목소리가 날아왔다.

나는 움칠했다. 그리고 천천히 돌아보았다. 눈에서 눈물이 솟구쳐서 걱정과 분노가 섞인 기자 아줌마의 얼굴이 또렷하지 않았다. “저는…… 저는 누구인가요?”

“무슨 뚱딴지같은 소리니?”

“이건 제 글씨예요.” 나는 노트를 가리킨 다음 책에 적힌 글씨를 보여주었다.

“이게 무슨 짓이니? 이건 팀이 아끼던 책인데. 이게 얼마나 비싼지 아니? 팀의 물건에 손대지 말라고 말했을 텐데.”

그녀의 반응이 더 당황스러웠다. “하지만 이 글씨는 제가 이 책을 책장에서 꺼내기 전에 적혀 있던 거예요. 그러니까 제가 헤닝 야스퍼스한테 가기 전에 이 글자를 썼다는 말이죠. 아줌마, 제발 말씀해주세요. 이게 다 무슨 일이에요?"

그녀가 나를 심란한 표정으로 쳐다보며 이마에 손을 얹었다. "음. 열은 없는 것 같은데. 아무래도 기억에 문제가 있구나."

"무슨 말씀이세요?"

"마누엘. 그 책은 팀의 것이야. 네가 왜 그 책에 글자를 적었는지 모르겠지만 적어놓고 잊어버린 거겠지. 아무래도 신경과 의사를 집으로 불러야겠다. 우리가 생각했던 것보다 뇌 손상이 훨씬 심각한 것 같아." 아줌마가 걱정스러운 표정으로 대답했다.

나는 책을 빤히 쳐다보았다. 내가 내가 아닌 것 같은 기분 나쁜 느낌이 다시 치밀어 올랐다. 정말로 내가 지난 며칠 동안 이 책을 읽고 글자를 적고 밑줄을 치고도 전혀 기억을 못 하는 것일까?

아줌마의 목소리는 어린아이를 타이르는 어른처럼 부드러우면서도 집요했다.

"마누엘, 넌 아직 기운이 없어. 자꾸 일어나지 말고 푹 쉬어야 해."

"율리아를 만나게 해주세요. 제발요." 나는 애원하는 목소리로 말했다.

"전화 오면 연결해주겠다고 했잖니. 잠을 좀 자봐. 훨씬 나아질 거야." 아줌마는 나를 부축해 침대로 데려다주었다. 그리고 책을 다시 책장에 꽂았다.

나는 멍한 눈길로 방을 나가는 그녀의 뒷모습을 쳐다보았다. 그리고 한참 동안 누워 조금 전에 일어났던 일에 의미를 부여하려 노력했다. 하지만 자기 꼬리를 쫓는 고양이처럼 생각은 속절없이 맴을 돌았다. 결국 나는 지쳐 곯아떨어지고 말았다.

숲을 헤매는 중이었다. 아무리 찾아도 제대로 된 길은 없고 만화처럼 대충 그려진 길 하나만 눈에 들어왔다. 검은 나무줄기와 황량한 가지가 손을 뻗어 나를 붙잡으려는 것 같았다. 모든 것이 낯설고 이상했지만 왠지 여기 한번 와본 적이 있다는 느낌이 들었다.

"오, 이게 누구신가?" 누군가 말했다.

돌아보니 만화 고양이 한 마리가 나뭇가지에 앉아서 도저히 더 벌어질 수 없을 만큼 입을 쩍 벌리고 웃었다. 털은 잠옷마냥 분홍과 연보라의 줄무늬였다.

"여기가…… 어디야?" 내가 물었다.

"어디였으면 좋겠어?" 체셔고양이가 되물었다.

"현실." 나는 잠시 고민하다 대답했다.

"그럼 길을 잘못 들었어."

나는 책에서 그 부분을 기억해내려고 애썼다. 체셔 고양이는 앨리스에게 미친 모자 장수한테로 가는 길을 가르쳐주었다. 하지만 아무래도 모자 장수는 도움이 되지 않을 것이다.

"내가 꿈을 꾸고 있는 거니?" 내가 물었다.

"그건 그것에 달렸지." 고양이가 대답했다.

"뭐에?"

"네가 잠을 자느냐에."

무지막지하게 도움이 되는 말이었다. "잠에서 깨어날 수 있는 주문을 아니?"

"당연히 알지." 고양이가 큰 입으로 하품을 하며 대답했다. 뾰족한 송곳니가 훤히 보였다. 갑자기 고양이가 컴퓨터 게임에 나오는 괴물 같았다.

"주문이 뭐야?"

"눈을 떠!"

눈을 뜬 나는 화들짝 놀랐다. 방 안이 만화의 숲처럼 깜깜했기 때문이었다. 하지만 그러고 나니 희미한 달빛을 받은 방 안 물건들의 윤곽이 보였다. 문 옆 옷장, 책과 장난감이 놓인 책장, 책상, 벽에 붙은 포스터. 나는 안도의 한숨을 쉬었다.

머리에서 꿈이 떠나지를 않았다. 너무 생생해서 정말로 거기 이상한 나라에 갔다 온 기분이었다. **눈을 떠!** 고양이는 말했다. 그 생각이 들자 나도 모르게 움칠했다. 실제로 내가 눈을 뜨고 있다는 것을, 더 이상 꿈을 꾸지 않는다는 사실을 어떻게 알 수 있단 말인가?

나는 속눈썹을 더듬었고 손이 눈썹 사이 오른쪽 안구의 매끈한 표면에 닿았다. 하지만 이게 다 무슨 소용인가? 이런 짓을 하는 꿈을 꿀 수도 있는데 말이다.

다시 잠을 자려고 했지만 소용없었다. 수많은 질문이 떠오르며 정신이 더 초롱초롱했다. 왜 여전히 아무 기억도 나지 않는 것일까? 어떻게 팀의 책에 내 글씨가 적혀 있을까? 대체 율리아는 어디 있을까? 왜 나를 보러 오지 않는 것일까?

누워 고민하는 시간이 길어질수록 기자 아줌마와 마르텐 아저씨가 율리아와 나를 일부러 못 만나게 한다는 확신이 들었다. 이유는 모르겠지만 그들은 나를 속였다. 두 사람 다 야스퍼스가 그랬듯 내가 진실을 알기를 원치 않는다. 야스퍼스에게 복수하기 위해 나를 이용하려는 것이다. 두 사람은 내 신뢰를 얻어 나를 손아귀에 넣기 위해 율리아를 이용했다. 이제 율리아가 필요 없어지니까 나한테서 떼놓으려는 것이다.

그들이 율리아에게 무슨 짓을 했으면 어쩌지? 생각이 거기에 미치자 심장이 오그라들었다. 율리아와 나는 고아다. 양부모는 야스퍼스에게 매수되어 우리가 없어져도 안타까워하지도 않을 것이고 경찰에 신고하지도 않을 것이다. 율리아가 실종되었다고 해도 누구 하나 알아차릴 사람도 없다. 하지만 이건 어리석은 생각이다. 이 말도 안 되는 생각이 진짜라는 증거는 어디에도 없다. 그렇지만 나는 여기 이 침대에 누워 있는 것이 견딜 수 없었다. 다시 하얀 방으로 돌아온 것처럼 세상에서 쫓겨난 기분이었다.

달이 환한 하늘에 구름이 흘러가면서 팀의 방이 환해졌다 어두워졌다를 반복했다. 더 감옥에 갇힌 기분이 들었다. 여기서 나가야 한다! 율리아가 이리로 오지 못하면 내가 율리에게 가야 한다. 무슨 수를 쓰건 율리아를 찾을 것이다. 도와줄 사람은 없지만 대신 지금은 몸을 옭아맬 기계도 없고 총을 들고서 못 나가게 막는 피터도 없다.

밖은 이미 동이 트고 있었다. 나는 일어나 문에 귀를 댔다. 집안이 고요했다. 조심조심 문 손잡이를 돌렸지만 문이 열리지 않았다. 나는 감금당했다!

그동안은 증거가 없어 확신할 수 없었는데 이것이야말로 마르텐 아저씨와 기자 아줌마가 나를 억지로 이 집에 감금했다는 증거가 아니겠는가. 나는 비틀대는 걸음으로 창으로 다가가 밖을 내다보았다. 나지막한 과일나무들이 심어진 작은 정원에 그네 하나와 잡초가 우거진 모래 놀이판이 하나 있었다. 나무 뒤로 초원이 보였고 그곳에 소 몇 마리가 서서 잠을 자고 있었다. 그 뒤편으로 자동차 도로의 불빛이 반짝였는데 이 시간에는 다니는 차가 별로 없었다.

내가 있는 방은 2층이었지만 침대 시트를 붙들어 매면 내려갈 수 있을 것이다. 그다음엔 어쩌지? 뾰족한 수가 떠오르지 않았다. 그래도 중요한 것은 여기서 도망치는 것이다. 일단 도망을 쳐서 내 운명을 내가 결정할 수 있게 되면 분명 좋은 생각이 날 것이다.

창에 둥근 손잡이가 붙어 있었고 거기에 작은 자물쇠가 채워져 있었다. 돌려 봤지만 꼼짝도 하지 않았다. 나는 손잡이를 흔들었다. 창문을 부숴야 할까? 하지만 그 소리에 아줌마와 아저씨가 깰 것이다.

창틀을 들어 올릴 도구를 찾아 방 안을 살폈지만 쓸 만한 것이 눈에 띄지 않았다. 다시 창밖을 내다보다가 소스라치게 놀랐다. 초원 한 가운데에 잠을 자는 소들 틈에 눈처럼 흰옷을 입은 여자가 서 있었다. 달빛을 받아 흰옷이 환하게 빛났다.

흰옷 입은 여자가 나를 쳐다보았다. 적어도 100 미터는 떨어져 있었지만 사랑스럽게 나를 바라보는 그녀의 부드러운 눈동자를 알아본 것 같은 느낌이 들었다.

나는 눈을 껌뻑였다가 비볐고 고개를 저었지만 환영은 사라지지 않았다. 팔을 들어 인사를 했지만 그녀는 반응하지 않았다.

귀신일 거야. 그런 생각이 머리를 스치고 지나갔다. 죽은 엄마가 나를 도와주러, 용기를 주러 나타난 거야. 나는 지금껏 살면서 귀신같은 것을 믿어본 적이 없다. 하지만 내가 뭘 믿든 그게 무슨 의미가 있단 말인가?

사진을 찍자는 생각이 들었다. 내 예상대로 환영에 불과하다면 사진에 찍히지 않을 것이다. 나는 팀의 선반을 뒤져 휴대전화나 어린이용 디지털카메라를 찾았지만 없었다. 다시 창가로 갔을 때 여자는 사라지고 없었다. 그러자 안도감과 함께 슬픔이 밀려왔다.

내 두뇌가 정말로 심각한 손상을 입었다는 확신이 들었다. 야스퍼스와 그 의사가 그렇게 머리를 헤집어놓았으니 놀랄 일도 아니지. 사실 나는 병원에 있어야 할 처지이다. 당장이라도 신경외과에 입원해야 할 상태였다. 기자 아줌마의 말이 옳았다. 어쩌면 나를 방에 가둔 것도 다 나를 생각해서 한 짓일지 모르겠다. 그렇게 내 마음을 달래도 불안은 가시지 않았다.

1시간쯤 지나자 열쇠 돌아가는 소리가 들렸다. 기자 아줌마가 아침 식사를 가지고 들어왔다. 우유 한 잔, 잼 바른 토스트 두 쪽, 삶은 달걀이었다.

"왜 날 가뒀어요?" 내가 물었다.

"또 나와서 계단에서 구를까 봐 그랬지." 쟁반을 침대에 놓으면서 아줌마가 대답했다.

"또? 그게 무슨 말이에요?"

"지난주에 호되게 굴렀잖니. 기억 안 나?"

"아니요." 나는 초조한 심정으로 대답했다.

아줌마가 걱정스러운 표정으로 나를 쳐다보았지만 아무 말도 하지 않았다. “티미, 먹어. 많이 먹고 힘내야지.”

나는 아줌마를 빤히 쳐다보았다. “티미?”

“왜?”

“지금 절 티미라고 부르셨어요.”

“그랬니? 미안.”

“율리아 누나는요? 오늘은 만날 수 있어요?”

“물론이지. 사방으로 연락을 하고 있단다.” 아줌마의 목소리에 살짝 짜증이 섞였다. “어서 먹으렴. 이따 쟁반 가지러 오마.” 그 말을 마치고 아줌마가 방을 나갔다.

아침을 먹은 후 팀의 방 왼쪽에 붙은 욕실로 비틀거리며 걸어가서 볼일을 봤다. 거울을 본 순간 나는 소스라치게 놀랐다. 거울 속에서 나를 마주 보는 얼굴이 너무나 낯설었다. 내가 뺨을 만지자 거울 속 소년도 똑같이 뺨을 만졌다. 하지만 저 아이가 나라는 느낌이 들지 않았다.

밑줄을 쳐 놓았던 그 문장이 떠올랐다. **지금은 제가 누군지 잘 모르겠어요. 오늘 아침에 일어났을 때는 알았는데, 지금까지 여러 번 바뀌었거든요.**

거울의 영상이 눈물에 가려 흐릿해졌다. 그러자 그나마 조금 덜 낯설었다.

세수를 하고 새 칫솔로 이를 닦고 나서 팀의 방으로 돌아왔다. 그사이 기자 아줌마가 쟁반을 치웠다. 나는 곧바로 책장으로 가서 그 낡은 책을 꺼내 침대에 앉았고 누렇게 변한 책장을 넘겼다. 흑백 그림이 눈에 들어왔다. 나뭇가지에 앉아 앨리스를 내려다보는 체셔 고양이였다. 무서우리만치 진짜 같던 꿈이 생각나면서 등이 서늘했다.

앨리스가 자기를 보아도 고양이는 씩 웃기만 했다. "착해 보이네." 앨리스는 그렇게 생각했지만 고양이는 발톱이 엄청나게 길고 이빨이 많았다. 그래서 조심히 대해야겠다고 느꼈다.

"체셔 고양이야." 고양이가 이름을 좋아할지 몰라서 앨리스는 살짝 겁을 내며 말을 붙였다. 고양이가 더 활짝 웃었다. "아직까지는 마음에 드는 모양이야." 앨리스는 이렇게 생각하며 말을 덧붙였다. "여기가 어딘지 말해줄 수 있어?"

"어디로 가고 싶은데?" 고양이가 물었다.

"현실로." 잠깐 생각하다가 앨리스가 대답했다.

"그렇다면 길을 잘못 들었어." 고양이가 말했다.

"내가 꿈을 꾸고 있는 거니?" 앨리스가 물었다.

"그건 그것에 달렸지." 고양이가 대답했다.

"뭐에?"

"네가 잠을 자느냐에."

이 말도 크게 도움이 되는 대답은 아니었다. "체셔 고양이야, 잠에서 깨어날 수 있는 주문을 아니?"

"당연히 알지." 고양이가 큰 입으로 하품을 하며 대답했다. 뾰족한 송곳니가 훤히 보였다. 갑자기 고양이가 어린이 공원 귀신의 집에 있는 괴물 같았다.

살짝 무서웠지만 앨리스는 용기를 내서 물었다. "착한 고양이야. 그 주문이 뭐야?"

고양이가 대답했다. "눈을 떠!"

나는 당황해서 이 부분을 여러 번 읽었다. 앨리스와 체셔 고양이의 대화는 내 꿈과 똑같았다. 이유는 당연했다. 내가 예전에 책을 하도 읽어서 이 구절을 달달 외웠기 때문일 것이다. 하지만 뭔가 내용이 이상했다. 책과 다른 것 같았다.

나는 계속 읽어 내려갔다.

앨리스는 고양이가 가르쳐준 대로 눈을 뜨려고 무진 애를 썼다. 하지만 눈을 뜨기가 너무너무 힘들었다. 눈을 이미 뜨고 있었기 때문이었다. 그 주문은 풀리지 않는 숙제였다. 그러니까 이것이 꿈이라면 계속 꿈을 꾸게 될 것이다. 그래서 다른 질문을 던졌다. "이 근처에는 어떤 사람들이 살아?"

"이쪽에는" 고양이가 오른발을 흔들며 말했다. "모자 장수가 살고 이쪽에는." 고양이가 왼발을 흔들며 말했다. "삼월 토끼가 살아. 아무한테나 가봐. 둘 다 미쳤으니까."

"미친 사람한테 가고 싶지 않아." 앨리스가 말했다.

"아. 하는 수 없어. 여기 사는 우리는 다 미쳤거든. 나도 미쳤고 너도 미쳤고."

"내가 미쳤다는 걸 어떻게 알아?" 앨리스가 물었다.

"안 미칠 수가 없어. 안 미쳤으면 여기로 오지 않았을 테니까."

체셔 고양이가 나한테 말을 하는 것 같았다. **마누엘, 너 미쳤어. 안 미칠 수가 없어. 안 미쳤으면 여기로 오지 않았을 테니까.**

여긴 어딜까? 나는 방을 둘러보았다. 내가 보는 이것이 현실일까 아니면 악몽일까? **눈을 떠!** 그럴 수 있다면 얼마나 좋을까?

책이 들고 있기 무거웠다. 의심이 더 짙어질까 봐 겁이 났다. 책을 덮고 싶었지만 책은 거역할 수 없는 힘으로 나를 끌어당겼다.

나는 앨리스가 미친 모자 장수의 티파티에 간 부분을 계속 읽었다. 이야기가 이상하게 얽히고설킨 기분이 들었다. 루이스 캐럴이 뚜렷한 줄거리도 논리도 없이 머리에 떠오른 대로 그냥 마구 써 내려간 것 같았다. 내가 이런 뒤죽박죽 소설을 정말로 좋아했을까? 팀은 좋아했을까?

나는 금방 흥미를 잃고 아무렇게나 휘리릭 페이지를 넘겼다. 한참 넘기다 보니 누군가 가장자리에다 찍어놓은 느낌표가 눈에 들어왔다. 그 누군가가 나일까? 이런 장면이었다.

"오늘 아침 모험 이야기는 들려줄 수 있어. 하지만 어제 일은 말해봤자 소용이 없을 거야. 어제 나는 다른 사람이었거든." 앨리스가 부끄러워하면서 말했다.

"차근차근 설명을 해봐." 가짜 거북이가 말했다.

"아냐, 모험 이야기부터 해줘. 설명을 하자면 시간이 너무 많이 걸릴 거야." 그리펀이 안달복달 재촉했다.

그래서 앨리스는 하얀 방에 처음 도착했을 때부터 시작해 모험 이야기를 하기 시작했다. 처음에는 가짜 거북이와 그리펀이 양옆으로 다가와서 눈을 크게 뜨고 입을 쩍 벌리는 통에 조금 겁이 났지만 시간이 흐르면서 점점 대담해졌다. 둘은 조용히 이야기를 듣고 있다가 앨리스가 애벌레를 만났고 그때는 자기가 아니어서 전혀 다른 말이 입에서 튀어나왔다는 이야기를 하자 가짜 거북이가 한숨을 푹 쉬면서 말했다. "그건 정말 이상하네."

그리펀도 말했다. "전부 다 정말 그렇게 이상할 수가 없네."

나는 멈칫했다. 다시 몇 줄 위로 거슬러 올라갔다. 정말로 그렇게 적혀 있었다. **그래서 앨리스는 하얀 방에 처음 도착했을 때부터 시작해 모험 이야기를 하기 시작했다.** 아무리 읽고 또 읽어봐도 똑같았다. **《이상한 나라의 앨리스》**를 마지막으로 읽은 것이 언제인지는 모르겠지만 그 책에 하얀 방이 나오지 않는다는 것만은 똑똑히 알았다.

나는 덜덜 떨리는 손으로 몇 장을 앞으로 넘겼다가 도로 뒤로 넘겼다. 그래도 내용은 변치 않았다. 하얀 토끼 대신 하얀 방이라는 글자가 또렷하게 박혀 있었다.

나는 너무 무서워 폭탄이라도 발견한 사람처럼 책을 획 집어던졌다. 책이 책장에 부딪혔다. 그 순간 문이 벌컥 열리면서 기자 아줌마와 마르텐 아저씨가 들어왔다. 비싼 책을 집어던져 야단을 맞을 것 같아서 나도 모르게 움칠했다. 하지만 두 사람은 아무 말도 하지 않았다. 책을 던졌다는 사실을 모르거나 알고도 모르는 척하는 것이리라.

"할 말이 있다. 마누엘." 기자 아줌마가 말했다.

"우리가 부탁을 할까 해." 마르텐 아저씨가 아줌마의 말을 거들었다. 아저씨는 침대 모서리에 엉덩이를 걸쳤고 아줌마는 팀의 책상 의자에 앉았다. 두 사람 다 심각한 표정으로 나를 쳐다보았다.

마르텐 아저씨가 먼저 입을 열었다.

"우리가…… 고민을 했는데…… 혹시 너…… 물론 네가 좋다고 해야 하겠지만……."

"우리 아들이 되어줄 수 없겠니? 마누엘." 아줌마가 아저씨가 시작한 말을 마무리 지었다.

나는 당황한 표정으로 두 사람을 쳐다보았다. "저를…… 입양하시겠다고요?"

"그럼 일이 더 수월해질 것 같아서. 그럼 네 이름으로 야스퍼스를 고발해서 위자료를 받아낼 수 있을 테니까. 아동복지국에선 이미 동의를 받았다."

"물론 친부모가 될 수는 없겠지만 그래도 널…… 진짜 우리 아들처럼 잘해 줄게."

"율리아는 어쩌고요? 같이 입양하실 건가요?"

"그럴 수는 없단다." 아줌마가 대답했다.

"왜요?"

"아동복지국이 그런 이중 입양을 또 한번 승인해주지는 않을 거야." 마르텐 아저씨가 말했다.

황당하다는 생각이 들었다. "율리아는 우리 누나예요."

"꼭 그렇지는 않아. 같이 자란 것은 맞지만 진짜 누나는 아니야."

"네? 그게 무슨…… 율리아가 그렇게 말했는데……."

마르텐 아저씨가 설명을 했다. "율리아도 몰랐어. 변호사님이 최근에 알아낸 사실이거든. 입양서류 열람을 요청했더니 거기에 너희 둘이 진짜 남매가 아니라고 적혀 있었어. 너희 양부모가 고아원에서 너희 둘을 같이 입양한 거야. 너희 둘이 어릴 때부터 워낙 친해서 고아원 보육교사들도 너희를 친남매라고 착각했거든. 그래서 당시 아동복지국이 예외적으로 이중 입양을 허가했던 거야. 하지만 지금은 상황이 달라. 각자 자기 길을 가도 될 만큼 너희 둘 다 나이가 들었으니까."

"거짓말. 야스퍼스한테 복수하려고 날 이용하려는 거예요. 율리아를 이용했는데 이제 쓸모가 없어지니까 나한테서 떼어놓으려는 거고. 율리아는 우리 누나예요. 그런 건 그냥 알 수 있는 거라고요."

"진정해라, 티미. 넌 누나가 없어." 기자 아줌마가 말했다.

나는 어이가 없이 아줌마를 증오에 불타는 표정으로 노려보았다. 그러다 결국 고함을 지르고 말았다. "나는…… 나는 당신 아들 티미가 아냐!"

아줌마가 미소를 지었다. "우리 티미가 될 거야."

이게 뭐지? 왜 이러지? 이 아줌마가 미쳤나? 아니면 내가 미쳤나? 한순간 내 이름이 진짜로 마누엘이 아니라 티미인 것은 아닐까 고민에 빠졌다. 그러다 하얀 방과 그 모든 거짓말들이 떠올랐고 나는 이 두 사람이 지금껏 했던 말들이 모두 거짓이라는 것을 깨달았다.

여전히 몸은 피곤하고 무거웠지만 나는 침대를 빠져나왔다.

"어디 가려고 그러니, 티미?" 아줌마가 물었다. "아직 몸이 약해서 일어나면 안 돼."

"가야 해요." 나는 그 말만 했다. 두 사람은 방을 나가는 나를 막지 못했다.

"시간을 좀 주자고. 아직 받아들이기가 힘들 거야." 뒤에서 마르텐 아저씨의 말이 들렸다.

복도로 나온 나는 얼른 문을 닫고 열쇠를 돌렸다. 이제 두 사람이 감금되었다.

"어? 뭐 하는 짓이냐? 당장 열어." 마르텐 아저씨가 소리쳤다.

"티미! 티미! 이게 무슨. 아들. 어서 돌아와." 아줌마도 고함을 질렀다.

이 정신병원에서 나가야 한다! 나는 허둥지둥 계단을 내려갔다. 난간을 붙잡지 않고는 걸을 수가 없었지만 비틀대지는 않았다. 그동안 아줌마와 아저씨는 문을 두드리며 "티미!"를 외쳐댔다.

1층으로 내려오자 바로 현관문으로 달려갔다. 잠옷 차림이어서 현관에 걸려 있던 두툼한 방수 재킷을 낚아챘다. 하지만 문은 열리지 않았다.

빌어먹을! 두 사람이 이런 일을 예상하고 미리 문을 걸어 잠갔을 것이다. 나는 두리번거렸다. 복도를 따라 여러 개의 문이 있었다. 두 사람이 율리아와 변호사와 함께 앉아 있던 부엌, 작은 식료품 창고, 손님용 화장실, 널찍한 거실. 거실에 마당으로 나가는 유리문이 있었다. 저거다! 그곳으로 달려가려던 찰나 계단 아래쪽에서 또 하나의 문을 발견했다. 지하실로 내려가는 문이었다. 문틀에 작은 번호판이 달린 전자자물쇠가 붙어 있었다.

나는 못 박힌 것처럼 걸음을 멈추고 문과 바닥의 틈을 노려보았다. 그 안쪽에서 누군가 헤드라이트를 비추는 것처럼 눈부신 하얀 빛이 쏟아져 나왔다. 무슨 이유인지 온몸이 벌벌 떨렸다. 도망치고 싶었지만 발이 말을 듣지 않았다.

2층에서 와장창 소리가 들려 퍼뜩 정신이 들었다. 두 사람이 문을 부순 것이다.

"티미!" 허둥거리며 계단을 달려 내려오던 기자 아줌마가 큰 소리로 외쳤다. "기다려!"

나는 얼른 거실로 몸을 숨겼다. 하지만 마당으로 나가는 거실의 유리문은 잠겨 있었다.

어찌할 바를 몰라 두리번거리다가 파란 꽃무늬가 그려진 큰 꽃병을 협탁에서 집어 들어 유리문을 향해 던졌다. 꽃병이 와장창 깨졌다. 문의 유리도 깨졌지만 구멍이 난 것은 아니었고 거미줄처럼 금만 갔다. 나는 방수 재킷으로 오른손을 감싼 다음 그 손으로 금이 간 곳을 다시 때렸다. 하지만 몸이 빠져나갈 만큼 큰 구멍이 생기기 전에 아줌마와 아저씨가 거실로 들어왔다. 마르텐 아저씨가 나를 잡아 뒤로 당겼다.

"이게 무슨 짓이니? 이러다 다쳐!" 아저씨가 소리쳤다.

"꽉 잡아요." 아줌마가 당부했다.

나는 버둥댔지만 기력이 없어 아저씨의 힘센 손아귀에서 도저히 빠져나올 수가 없었다. "놔요! 누나한테 갈 거야! 누나한테 갈 거라고!"

기자 아줌마의 손에 들린 주사기가 눈에 들어왔다. 바늘이

허벅지를 따끔 찔렀다. 순식간에 어둠이 따뜻하고 폭신한 이불처럼 나를 덮었다.

야스퍼스의 말이 옳았다. 그게 마지막으로 든 생각이었다. 마르텐을 믿은 것이 잘못이었다.

다시 꿈에서 만화의 숲을 거닐었다. 저번에 체셔 고양이를 만났던 그 숲이었다. 한참을 걷다가 빈터에 도착했다. 지붕이 털로 덮여 있고 2개의 굴뚝이 토끼 귀처럼 생긴 기울어진 집 앞에 잘 차린 긴 식탁이 놓여 있고 3명의 만화 주인공이 앉아 있었다. 딱부리 눈에 귀가 삐딱한 토끼 한 마리와 큰 모자를 쓴 남자 하나, 코를 골며 자는 털 짐승 한 마리였다. 짐승은 도마우스 같아 보였다.

"여기서 뭐 해? 네가 앉을 자리는 없어." 토끼가 말했다.

"네가 올 곳이 아냐." 미친 모자 장수가 맞장구를 쳤다.

사실 나는 이곳보다 더 나은 장소를 수도 없이 생각해낼 수 있을 것이다. 이번 꿈도 저번 못지않게 생생했다. 나는 고개를 숙여 내 몸을 내려다보았다. 내 몸이 잠옷 입은 만화 주인공의 몸이었다. 그런데도 꼬집으면 손등이 아팠다. 기자 아줌마가 준 주사약의 효과가 상당히 센 것 같았다.

한참 동안 나는 이러지도 저러지도 못하고 서서 뭔가 일이 일어나기를 기다렸다. 깨어나지 못한다면 적어도 다른 꿈 장면으로 옮아가기는 해야겠다고 생각했다. 하지만 토끼와 모자 장수가 차를 홀짝홀짝 마시는 동안 나는 아무것도 하지 않고 멍하니 서 있기만 했다.

미친 만화 주인공들 옆에 가서 앉기가 싫어서 나는 구불구불한 숲길을 따라 걸었다. 한참 동안 음울한 만화 나무들 사이로 걸어가다 보니 빈터가 나왔고 거기에 털 지붕과 토끼 귀가 달린 집이 한 채 있고 그 앞에 긴 탁자가 놓여 있었다.

"어, 또 왔네. 여긴 네가 있을 자리가 없어. 모르겠어?" 토끼가 야단을 쳤다.

"완전 잘못 왔지." 모자 장수가 맞장구를 쳤다.

"꺼져!" 나는 이렇게 대꾸하고 다른 길로 접어들었다. 하지만 역시나 출발점으로 돌아왔고 나는 체념하여 식탁에 펄썩 주저앉았다.

"야, 여기 자리 없어." 토끼가 짜증을 냈다.

"자리 다 찼어." 모자 장수도 화를 냈다.

"입 닥쳐!" 나는 버럭 고함을 질렀다.

"화이트와인 좀 줄까?" 토끼가 물었다.

"아니, 됐어."

"미안하지만 와인을 줄 수 없어. 와인이 없거든." 토끼가 말했다.

나는 헛소리에 대꾸하지 않고 물었다. "앨리스는 어디 있어?"

"무슨 앨리스?" 토끼가 되물었다.

"앨리스 모르는데. 앨리스란 애를 안 적이 없어. 앞으로도 모를 거야. 확실해." 모자 장수가 거들었다.

바로 이 순간 앨리스가 숲에서 튀어나왔다. 파란 원피스에 하얀 앞치마를 두른 만화 주인공 여자아이였다. 하지만 머리는 금발이 아니라 검은색이었고 눈은 일본 만화 여주인공처럼 엄청나게 컸다.

"율리아." 내가 외쳤다.

"마누엘. 드디어 만났구나." 그녀가 말했다.

울음이 터졌다.

"야, 조심해! 식탁보 젖어." 토끼가 화를 냈다.

"나도 앉아도 돼?" 만화 율리아가 물었다.

"절대 안 돼." 모자 장수가 말했다.

"여긴 자리가 없어." 토끼가 맞장구쳤다.

진절머리가 났다. 나는 벌떡 일어나 식탁을 엎었다. 찻주전자와 식기가 바닥에 떨어졌다. 나는 울부짖었다. "이제 그만해! 꿈이라면 지긋지긋해. 깨어날 거야."

"이봐 젊은이, 이렇게 버르장머리가 없어서야." 모자 장수가 의자에 가만히 앉아서 야단을 쳤다.

"너 때문에 도마우스가 깼잖아." 토끼가 투덜거렸다.

"뭐? 벌써 목요일이야?" 도마우스가 묻더니 금방 다시 코를 골았다.

"마누엘, 진정해. 다 잘 될 거야." 율리아가 말했다.

"잘되기는 개뿔. 기자 아줌마와 마르텐 아저씨가 나한테 마약 주사를 놨어. 날 티미 대용으로 삼으려는 거야. 누나랑 나를 못 만나게 하고. 이건 꿈이야. 그런데도 누나가 여기 있는 것처럼 누나랑 이야기를 나눠. 이게 뭐야? 내가 어쩌다 이렇게 됐지?"

소방호스처럼 만화 주인공 눈에서 눈물이 콸콸 쏟아졌다. 빈터에 호수가 생겼다.

"나 여기 있어." 율리아가 말했다.

"저 말 믿지 마. 너 지금 꿈꾸는 거야." 모자 장수가 말했다.

"아니라면 어쩔 건데?" 토끼가 항의했다.

아니면 어쩔 건데? 그 생각이 들자 온몸이 감전된 듯 찌릿했다. 폭포수처럼 쏟아지던 눈물이 멎고 나는 고개를 들어 사방을 둘레둘레 살폈다. 이곳은 절대 현실이 아니다. 그런데도 꿈이 아니라면 대체 뭐란 말인가?

"시뮬레이션인가? 중간계 같은?" 내가 놀라 큰 소리로 말했다.

"중간계?" 토끼가 소리쳤다. "그런 헛소리는 난생처음이야. 중간계라면 틀림없이 지하 세계와 지상 세계 사이에 있겠군. 하지만 거긴 그런 게 없어. 거기라면 내가 훤하거든."

나는 토끼의 수다를 못 들은 척했다. 그리고 율리아에게 물었다. "누나 NPC야? 아니면 우리 둘 다 시뮬레이션에 갇힌 거야?"

"이야기를 끝내. 암호를 찾아!" 율리아가 대답했다.

무슨 암호? 이렇게 속으로 묻다가 문득 암호 하나가 떠올랐다.

"코기토 에르고 줌!" 나는 이렇게 소리치며 눈을 번쩍 떴다.

다시 팀의 침대였다. 야스퍼스의 저택에서 도망칠 때처럼 머리가 깨질 것같이 아팠다. 일어나 앉자 세상이 빙빙 돌고 속이 울렁거렸다. 기자 아줌마가 찌른 마약 부작용인 것 같았다.

나는 어지러움과 구토가 가라앉을 때까지 참고 기다렸다. 나한테 억지로 마약을 주어도 난 절대 포기하지 않을 것이다. 흔들대는 다리로 나는 비틀비틀 문으로 걸어갔다. 잠겨 있었다. 두 사람이 얼마 전에 문을 부순 흔적은 전혀 남아 있지 않았다. 나는 힘없는 주먹으로 문을 쾅쾅 때렸지만 소리를 못 듣는 것인지 듣고도 무시하는 것인지 아무 반응이 없었다.

"문 열어!" 나는 고함을 질렀다. 하지만 내 고함 소리는 행패부리는 술꾼의 헛소리 같았다. 다시 속이 울렁거려 무릎을 꿇었다. 엉엉 울고 싶었지만 기운이 다 빠진 몸은 가는 흐느낌밖에 내보내지 못했다.

문이 열렸다. "티미, 여기서 뭐 하니? 마르텐, 이리 좀 와봐." 기자 아줌마가 소리쳤다.

두 사람이 힘을 합쳐 나를 침대로 들어 올렸다. 나는 가만히 있었다. 기운이 없어 저항할 수가 없었다.

기자 아줌마가 내 쪽으로 몸을 굽혔다. "티미! 불쌍한 우리 아들." 아줌마가 내 이마에 입을 맞추었다. 그녀의 입술이 닿은 축축한 자국을 얼른 닦아 내고 싶었지만 돌덩이가 달린 것처럼 팔이 무거웠다. 얼른 그들이 방을 나가주었으면 하는 마음으로 나는 눈을 감았다.

다시 깨어났을 때는 밖이 깜깜했다. 여전히 머리는 아팠지만 기운을 좀 차린 것 같았다. 나는 한참 동안 누워 차근차근 생각을 정돈했다. 내가 겪은 일 중 무엇이 꿈이고 무엇이 진짜일까? 정말로 지하실에서 올라오는 눈부신 빛을 보았을까? 정말로 내가 거실 유리문에 꽃병을 던졌을까? 그것도 꿈일까? 어쨌든 이상한 나라는 분명히 꿈이었다. 아닌가?

아니면 어쩔 건데?

나는 일어나 창가로 걸어갔다. 보름달에 가까운 둥근 달이 소들이 잠든 초원을 비추었다. 흰옷 입은 여자는 보이지 않았다.

나는 불을 켜고 책장에서 책을 꺼내 앨리스가 그리펀과 가짜 거북이에게 모험 이야기를 들려주는 장면을 찾았다. 여전히 적혀 있어서는 안 될, 적혀 있을 수 없는 단어가 적혀 있었다. **그래서 앨리스는 하얀 방에 처음 도착했을 때부터 시작해 모험 이야기를 하기 시작했다.**

그 구절을 읽고 또 읽었고, 책을 코에 대고 냄새를 맡고 맛을 보았으며, 책의 나이가 백 년도 넘었다는 사실을 명백하게 입증하는 것 같은 페이지의 얼룩들을 찬찬히 살폈다.

이게 다 뭐지?

만화 율리아가 꿈에서 했던 말이 다시 떠올랐다. **이야기를 끝내! 암호를 찾아!**

나는 암호를 안다는 생각이 들었다.

아니면 어쩔 건데?

이상한 나라가 현실이고 여기가 꿈이면 어쩔 건데? 아냐. 말도 안 돼. 하지만 내가 있는 현실은 분명 뭔가 아귀가 맞지 않아. 누군가 낡은 책을 위조해서 루이스 캐럴이 쓴 적 없는 문장을 집어넣었을 수도 있다. 하지만 뭐 하러? 기자 아줌마는 왜 계속 나를 "티미"라고 부르는 것일까? 아줌마가 미쳤나? 아니면 **내가** 미쳤나?

이야기를 끝내.

나는 책장을 넘겨 끝부분을 읽었다.

"닥쳐!" 여왕이 얼굴이 벌게져서 소리쳤다.

"싫어요." 앨리스가 대답했다.

"저년의 목을 쳐라!" 여왕이 고래고래 고함을 질렀다. 아무도 움직이지 않았다.

"누가 무서워할 줄 알아? 너희는 게임하는 카드일 뿐이야." 앨리스가 말했다. (그 사이 앨리스는 원래 키로 돌아왔다.)

앨리스의 말이 떨어지자마자 카드가 전부 공중으로 붕 떠올랐다가 앨리스한테로 떨어졌다. 앨리스가 비명을 질렀다. 무섭기도 하고 화도 나고 해서 카드를 쳐내려고 버둥대다가 자기가 언니 무릎을 베고 물가에 누워있다는 사실을 깨달았다. 언니는 앨리스의 얼굴에 떨어진 시든 나뭇잎 몇 장을 조심조심 엘리스의 얼굴에서 떼어내고 있었다.

"앨리스, 그만 일어나. 오래 잤어." 언니가 말했다.

나는 팀의 방을 둘러보았다. 이 방은 현실일까 꿈일까? 꿈인지 현실인지 어떻게 확인할 수 있을까?

이야기를 끝내.

나머지 단락을 마저 읽고 책을 덮었다. 달라진 것은 없었다. 나는 다시 책을 펼쳐 하얀 방이 나오는 장면으로 돌아갔고 다시 내 글씨가 적힌 앞쪽 페이지로 책을 넘겼다. **틀렸어.** 이 책이 내게 무언가 말을 하려 한다. 그게 무슨 말일까?

한번 더 앨리스가 깨어나기 직전의 장면을 읽었다. **너희는 게임하는 카드일 뿐이야.** 게임일 뿐…… 이게 설명일까? 누군가가 나를 데리고 말도 안 되는 게임을 하는 중일까? 누가? 왜?

문득 생각이 떠올랐다. 나는 팀의 장난감 선반을 뒤져 상자에서 낡은 게임 카드를 찾아냈다. 카드를 가만히 들여다보았더니 그림과 알파벳이 맞지 않았다. 하트킹에 K가 아니라 M이 적혀 있었고 하트 퀸에는 E가 적혀 있었다. 나는 얼른 다른 카드들도 꺼내어서 나란히 놓아보았다. 놓고 보니 MEOGUSLEUAMN이 되었다. 이 철자로는 암호 COGITO ERGO SUM을 만들 수 없다. 그럼 뭐지? 순서를 이리저리 바꾸어봤지만 말이 통하는 글자가 만들어지지 않았다.

문이 벌컥 열렸다. "티미! 한밤중에 뭐하니?" 기자 아줌마가 야단을 쳤다.

나는 천천히 고개를 돌렸다. "나……는 티미가 아니에요." 내 목소리에 반항심이 묻어났다.

아줌마가 다가왔다. "무슨 말을 하는 거니? 또 악몽을 꾼 거야?"

나는 벌떡 일어났다. 온몸이 타는 것처럼 아팠다. 나는 고함을 질렀다. "꺼져! 날 가만 내버려 두란 말이야. 난 당신 아들이 아냐!"

"티미! 제발 진정해라." 기자 아줌마가 말하며 천천히 다가왔다.

나는 팀의 책상에서 뾰족하고 긴 문구 가위를 집어 단도처럼 아줌마를 향해 겨누었다. "오지 마!"

"팀. 얼른 가위 치워!" 아줌마가 힘껏 소리쳤다.

그럴 생각은 추호도 없었다. 나는 한 걸음 아줌마에게 다가가 가위를 휘둘렀다. 아줌마가 움칠하며 뒤로 물러나다가 카드가 든 상자에 걸려 비틀거렸다.

나는 조금도 망설이지 않고 그 기회를 노려 얼른 방에서 달려 나와 문을 쾅 닫았다. 열쇠가 꽂혀 있지 않아 문을 잠글 수는 없었다.

"티미!" 아줌마가 안에서 고함을 질렀다.

나는 계단을 달려 내려가며 얼른 현관 쪽을 살폈지만 다른 쪽으로 가기로 마음먹었다. 어차피 멀리 가지는 못할 것이다. 그래도 이게 꿈인지 아닌지는 알아야 한다. 거실을 슬쩍 들여다보니 내가 유리문을 향해 꽃병을 던졌던 것이 맞았다. 문에 종이박스를 대어 대충 막아놓았다.

나는 헐떡대며 지하실 문으로 달려갔다. 그 의문의 빛이 어제와 마찬가지로 문틈으로 새어 나왔다. 잠시 망설였지만 계단을 내려오는 기자 아줌마의 무거운 발자국 소리가 들리자 문고리를 눌렀다.

문은 열리지 않았다.

실망의 심정으로 철자와 숫자가 적힌 번호판을 살폈다. 지난 시간들의 그 모든 수수께끼의 해답이 이 문 뒤에 있는 게 분명했다. 그렇지 않다면 지하실 문을 이렇게 복잡하게 잠가둘 이유가 없다.

"티미!" 기자 아줌마가 다가와 나를 진정시키려고 양손을 높이 들었다. "티미! 아무 짓도 안 할게. 그러니까 다시 침대로 돌아가."

"난 티미가 아냐!" 나는 고함을 질렀다.

"왜 그래?" 마르텐 아저씨가 계단을 내려왔다. 목욕가운을 입고 있었다. "아들, 왜 그래? 또 몽유병이 도진 거냐?"

"계속 환각을 봐. 자기가 다른 사람이래." 기자 아줌마가 말했다.

"내일 조용히 다 설명하마. 지금은 다시 잠을 청해보자. 아들. 가위는 치워, 그러다 다쳐." 아저씨가 나를 달랬다.

"난 당신 아들이 아냐!" 내가 반박했다.

그는 정말 놀란 표정으로 나를 쳐다보았다. “왜 그런 말을 하니? 티미? 그런 말을 하면 우리가 얼마나 마음이 아플지 생각 안 하니?”

“티미는 죽었어. 난 당신네 아들이 아냐. 율리아한테 갈 거야.”

“율리아가 누구야?” 기자 아줌마가 물었다.

나는 잠시 입을 다물고 두 사람을 번갈아 쳐다보았다. 그리고 고개를 돌려 문에 달린 번호판을 쳐다보았다. 얼른 COGITO ERGO SUM이라고 쳤다. 빨간 불이 반짝였고 문은 열리지 않았다.

“그거 만지지 마. 위험해!” 마르텐 아저씨가 소리쳤다.

나는 돌아서 그를 쳐다보았다. “이 문 뒤에 뭐가 있어요?”

“내일 다 설명해주마. 밤에는 잠을 자야지. 그렇지?” 마르텐 아저씨가 대답했다.

“그렇기는 뭐가 그래? 여기서 무슨 일이 벌어지고 있는지 알고 싶다고. 지금 당장.” 내가 고함을 질렀다.

“티미, 아빠한테 그게 무슨 말버릇이니?” 기자 아줌마가 야단을 쳤다.

“아빠 아냐. 당신도 엄마 아니고. 당신들은 미친 사이코들이야. 날 죽은 아들 대용품으로 쓰려고 여기 붙잡아두려는 거지. 내가 그렇게 바보 같아 보여?"

"아니지. 절대 아냐. 티미. 넌 절대 바보가 아냐. 조금 정신이 없어서 그래. 사고로 뇌가 다쳤거든. 그래도 다 좋아질 거야. 그러니까 그 가위는 치워!" 아저씨가 다시 나를 달랬다.

"무슨 사고?" 내가 물었다.

"스키 사고. 기억 안 나니?"

나도 모르게 머리의 붕대를 만졌다. 누르니까 아팠다. 평생 한번도 스키를 탄 기억이 없다. 이게 무슨 의미일까? 내가 정말 티미고 마르텐 아저씨와 기자 아줌마의 아들이며 다른 건 전부 꿈이거나 환각일까? 하얀 방도, 중간계도, 야스퍼스의 저택도 다?

"내가 티미라면 율리아는 누군데요?" 내가 물었다.

"율리아?" 마르텐 아저씨가 되물었다.

아냐. 아냐. 무슨 일이 있어도 율리아는 진짜야. 상상이 아냐.

"같은 반 친구인가? 한번도 율리아 이야기는 못 들어봤는데. 하긴 네 나이 때는 엄마 아빠한테 숨기고 싶은 비밀이 많은 법이지." 기자 아줌마가 말했다.

내가 고개를 세차게 젓는 바람에 눈물이 사방으로 날렸다.

"거짓말!" 나는 흐느꼈다. 하지만 뭐가 맞고 뭐가 틀린 지 도무지 모르겠다는 심정이었다. 나는 천천히 문 쪽으로 돌아섰다. 유령 같은 빛이 나를 유혹했다. 내 손이 번호판에 닿았다.

"손 떼!" 마르텐 아저씨가 경고했다.

"문 뒤에 뭐가 있어요?" 나는 다시 물었다. 두 사람이 아무 대답도 하지 않자 나는 문을 발로 차며 부르짖었다. "이 문 열어! 열라고!"

"그건 안 돼. 티미!" 기자 아줌마가 말했다.

"나……는…… 티미가…… 아냐! 나……는…… 마누엘이야!" 화가 나서 제정신이 아니었다. 나는 고래고래 고함을 질렀다.

그리고 보았다.

카드의 철자들이 또렷하게 기억났다. MEOGUSLEUAMN. 나는 머릿속으로 서둘러 철자를 다시 정렬했다. 그러자 라틴어 문장이 탄생했다. EGO MANUEL SUM. 나는 마누엘이다.

그 문장을 번호판에 눌렀다. 램프가 초록색으로 반짝였다.

"하지 마!" 마르텐 아저씨가 소리쳤다. "들어가지 마! 그 문 열면 다시는 못 돌아와."

"티미, 하지 마라. 부탁이야. 제발 다시 침대로 돌아가. 다 잘 될 거야.” 기자 아줌마가 흐느꼈다.

아줌마의 절규에 마음이 뭉클해서 잠시 망설였다. 하지만 나는 문을 열었고 안으로 걸어 들어갔다.

눈부신 하얀 빛이 나를 휘감았다. 문을 닫자 문은 하얀 벽으로 빨려 들어가 흔적도 없이 사라졌다. 한 변의 길이가 약 5미터인 정방형 방이었다.

다시 하얀 방으로 돌아온 것이다.

“내가…… 죽었나요?” 나는 큰 소리로 물었다.

기자 아줌마의 커다란 얼굴이 하얀 방의 한쪽 벽면에 나타났다. “아니, 그건 아니야. 나는 에바 하우스만 박사란다. 에바라고 부르렴. 많이 혼란스러울 거야. 궁금한 것도 많을 테고. 그렇지? 마누엘? 궁금한 것 있으면 물어보렴.”

말이야 쉽지. 질문도 뭘 알아야 하지? “여기가 어디예요? 그러니까 내가 **실제로** 어디에 있는 건지 묻는 거예요.”

“그 질문엔 대답하기가 쉽지 않구나. 그 질문의 대답은 조금 이따 해줄게.”

“어떻게 된 거예요? 왜 제가 다시 하얀 방에 있어요?”

“내가 먼저 질문을 하마. 마누엘, 네가 아는 게 뭐지?”

"아무것도 모르겠어요." 소리죽여 대답하는데 나도 모르게 와락 눈물이 솟구쳤다. "이젠 정말 뭐가 뭔지 아무것도 모르겠어요."

"그건 아닌 것 같은데. 잘 생각해봐. 마누엘. 네가 확실히 아는 게 뭘까?"

게임은 그만하고 싶다는 내 마음을 나는 안다. 이 여자의 얼굴을 갈겨서 진실을 듣고 싶은 내 심정을 나는 안다. 하지만 설사 그런다고 해도 달라지는 것은 없을 것이다.

"뭐, 좋아요. 코기토 에르고 줌."

"맞다. 넌 네가 존재한다는 사실을 알아. 또 더 있어. 그게 전부는 아냐."

나는 눈을 깜박여서 눈물을 멈추고 두려움과 분노가 섞인 표정으로 그녀를 노려보았다. "데카르트의 악령. 세계가 존재하는 것처럼 나를 속이는 사기꾼. 그 사기꾼도 분명히 존재해요."

"그걸 어떻게 알지?"

"제가 속았기 때문이죠. 제가 여기서 본 것, 겪은 일들은 전부 실제가 아니기 때문이죠."

"전부 다 네가 스스로 지어낸 것일 수도 있지 않을까? 그냥 꿈일 수도 있지 않을까?"

“꿈이라면 저 자신이나 저의 일부가 사기꾼이겠죠. 설사 그렇다고 해도 꿈의 장면들은 어딘가에서 가지고 와야 해요. 예를 들어 당신 얼굴도 그렇죠. 당신처럼 생긴 사람을 한번도 본 적이 없으면 어떻게 꿈을 꿀 수 있겠어요? 당신이 존재하는지 아닌지는 몰라도 당신의 이미지가 존재한다는 것은 알아요.”

“정말 잘했다. 마누엘. 우리는 진실에 다가가고 있어. 잘 생각해봐. 모든 것을 결정하는 질문은 무엇일까? 그 질문의 대답이 지금껏 네가 겪었던 모든 일들을 설명할 수 있는 그런 질문 말이야.”

정말이지 진저리가 났다. “언제까지 하실 생각이에요? 그냥 말해주면 되잖아요.”

“우리의 언어는 많은 말을 한단다.”

“심리학자죠? 다른 에바를 아는데 그 에바도 심리학자였어요.”

“대단한걸.”

“이 정도면 심리 게임은 충분해요. 그만 진실을 털어놓으세요.”

“내가 그런다고 뭐가 달라질까? 네가 내 말을 믿을까?”

그 말을 들으니 분노가 싹 사라지면서 어찌해야 할지 아득해졌다. "아니요. 안 믿을 거예요. 그런 일을 겪었는데 어떻게 믿겠어요."

"바로 그거야. 내가 너라면 나 스스로 알아낸 사실 말고는 절대 안 믿을 거야. 매사를 의심했던 불쌍한 르네 데카르트처럼."

"당신이 데카르트의 사기꾼이군요. 맞죠?"

"다는 아니고 조금. 꼭두각시의 줄을 조종하는 사람이지. 하지만 나 혼자였다면 널 속여 네가 겪은 세상이 존재한다고 믿게 만들 수 없었을 거야."

속임수의 규모를 깨닫고 나니 어지러웠다. 하얀 방, 앨리스, 멍청한 인공지능. 중간계 시뮬레이션. 구글과 아이스트림 조작. 혼자 운전하는 자동차와 드론. 그리고 내가 지금껏 현실이라고 생각했던 것들, 야스퍼스의 저택에서 도망칠 때 느꼈던 통증, 마르텐 아저씨의 집과 낡은 책, 너무나도 실감 나던 이상한 나라에 이르기까지 전부가 다 속임수였다. 그 모든 것이 한낱 꿈일 수 있다. 한낱 상상일 수 있다. 그 누구도 그렇게 완벽한 환각을 만들어낼 수 없을 것이다. 그것만 빼면…….

그 순간 나는 마침내 내가 뭘 잘못했는지 깨달았다. 나는 어디에 있는지, 내가 누구인지만 아등바등 캐물었고, 모든 대답은 속임수였다. 하지만 아직 한 가지 질문을 던지지 않았다.

"지금이 몇 년 몇 월 며칠 몇 시죠?"

에바라는 이름의 여자가 미소를 지었다. "2057년 8월 13일 아침 7시 32분이란다."

하얀 방의 벽이 사라지고 나는 헤닝 야스퍼스의 서재와 비슷한 방에 서 있었다. 벽에 붙여 놓은 책장들과 흰색의 큰 책상, 가죽 소파, 두 개의 의자가 눈에 들어왔다. 함부르크 항구 주변에 자리한 고층 건물의 고층에 있는 방 같았다. 큰 창으로 엘베 강이 훤히 내려다보였다. 건너편 강가에 고층 건물들이 줄지어 서 있었다. 내가 아이스트림으로 항구를 구경했을 때만 해도 없었던 건물들이었다. 하지만 그것만 빼면 도시는 별로 변한 것이 없어 보였다.

전망 구경을 하려고 고개를 돌리자 징징- 나지막한 소음이 들렸다. 고개를 숙였더니 내 몸이 갑옷이라도 껴입은 것처럼 하얀 플라스틱과 금속으로 만든 통나무 모양이었다. 오른손을 눈앞까지 들어 올렸다. 손가락은 5개였고 전부 다 움직였다. 그것으로 조심스럽게 왼팔을 만지자 저항이 느껴졌다. 심지어 비닐포장의 매끈한 표면까지도 만져졌다.

"지금 이거 장난이죠?" 내가 물었다. 목소리가 달랐다. 하얀 방에 있을 때의 그 컴퓨터 목소리가 아니었다. 인공적인 느낌은 여전했지만 훨씬 자연스러웠고 강약과 멜로디가 더 분명했다. 진짜 사람의 음성과 거의 같았다.

"장난이라면 상당히 비싼 장난이겠구나." 자기가 에바 하우스만이라고 소개한 기자 아줌마가 대답했다. 그녀는 내 옆에 서서 창밖을 내다보고 있었다. 몸에 딱 달라붙는 짙은 초록색 재킷을 걸쳤고 그 안에 티셔츠 같은 옷을 받쳐 입었는데 **막스 플랑크 지능 시스템 연구소**라는 글자가 새겨져 있었다. 그 아래엔 중국어 몇 글자가 적혀 있고 만화 로봇이 그려져 있었다. 로봇 머리 위로 말풍선에 떠 있고 그 안에 전구가 그려져 있었다. 로봇은 연신 머리를 긁적이며 눈을 깜빡였고 말풍선의 전구는 규칙적으로 불이 들어왔다 나갔다 했다.

나는 한 걸음 앞으로 나섰다. 인공 다리의 관절이 약간 삐꺽거렸지만 걸음은 경쾌했다. 나는 손을 뻗어 유리창을 만졌다. 차가운 느낌이 들었다.

“이 공간은 실제로 존재하나요?” 내가 물었다.

“너도 이젠 알 텐데. 그런 질문에는 믿을 만한 대답을 할 수가 없어.”

“그럼 이 공간이 존재한다고 믿으세요?”

“그래, 난 믿는다.”

“제가 정말 로봇의 몸으로 이곳에서 박사님과 나란히 서 있는 건가요? 2057년에?”

“그렇단다. 마누엘. 이게 네 현실이야.”

“진짜 몸은 어디 있나요?”

그녀가 나를 향해 돌아섰다. “네가 직접 대답해보겠니?”

나는 입을 다물었다. 그녀의 그 말이 전하고자 하는 의미가 불쾌했다.

“무어의 법칙이라고 들어봤지?” 한참 침묵하던 그녀가 맥락 없는 질문을 던졌다.

“컴퓨터 회사 인텔의 창립자 고든 무어가 1965년에 만든 법칙이죠.” 내 입에서 자동적으로 이런 대답이 튀어나왔지만, 나는 여전히 내가 어떻게 이런 걸 기억하는지 알 수 없었다. “생산 비용이 동일할 경우 마이크로칩의 밀도가 1~2년마다 두 배로 늘어난다는 내용이에요.”

"맞다. 그 법칙은 나중에 더 널리 적용되어서 평균적인 컴퓨터의 처리 능력이 18개월마다 두 배로 증가하는 것으로 바뀌었지. 그런데 확인을 해보니 이 법칙은 1965년보다 훨씬 이전, 그러니까 20세기 초에 최초의 자동 계산기가 개발되었을 때부터 적용이 되고 있었어."

"지금도 그 법칙이 통하나요?"

"그 수준을 넘어서 이제는 무어의 법칙에 가속도가 붙었단다. 성능이 두 배로 늘어나는 시간 간격이 계속해서 짧아졌지. 그래서 지금은 8개월에 한 번씩 두 배로 늘어난단다."

어림잡아 계산을 해보았다. "그럼 지난 40년 동안 평균적인 컴퓨터 성능이 240배 정도 좋아졌다는 말이네요. 2057년에 나온 PC는 2017년에 나온 PC보다 속도가 약 10억 배 빠른 거죠." 계산은 술술 했지만 정작 그 숫자가 어느 정도인지는 도통 상상이 되지 않았다.

"PC는 박물관에나 가야 볼 수 있지만 원칙적으로 네 계산이 맞아. 컴퓨터 성능만 좋아진 게 아냐. 소프트웨어도 점점 영리해졌지. 그래서 그때에 비하면 정보처리 시스템도 엄청나게 많아졌단다. 네 로봇 몸 안에 든 조절 시스템을 제하고도 이 방에만 이미 수백 개의 시스템이 있으니까. 벽, 센서, 펜, 종이, 옷, 내

피부밑…… 이렇게 없는 곳이 없다 보니 이제는 어디에 얼마나 있는지 통 감을 잡을 수 없는 지경이 되었단다. 그래서 이런 시스템을 '스마트 크럼', 즉 '지능 부스러기'라고 부르지. 대부분 크기가 몇 밀리미터밖에 안 되거든. '그레이 구', '잿빛 덩어리'라고 부르기도 하고 그냥 '쓰레기'라고 부르기도 해. 게다가 그것들이 전부 서로 네트워크로 연결되어 있고."

"그게 저랑 무슨 관련이 있어요?"

"그 생각은 못 하겠니?"

"아마 하고 싶지 않은 걸 거예요."

에바가 고개를 끄덕였다. "차차 하자. 진실을 받아들이기가 항상 쉬운 건 아니니까. 널 많이 힘들게 해서 미안하구나. 하지만 어쩔 수 없었다."

"언제…… 인간만큼 지능이 뛰어난 컴퓨터가 처음 등장한 때가 언제인가요?"

"흥미로운 질문이지만 대답하기는 쉽지 않구나. 40년 전부터 난 기계에게 생각을 가르치고 있단다. 하지만 아직도 지능이 뭔지 확신 있게 말할 수는 없어. 그러니까 이렇게 한번 표현해보자꾸나. 인간보다 계산 문제를 더 빨리 풀 수 있는 최초의 기계는 1930년대 이미 제작되었단다. 하지만 아무도 그걸 지능이라고 보지는 않았지. 진짜 인공 지능에 관한 고민은 1950년 무렵부터 시작되었단다. 당시엔 기계가 인간과 체스를 두어 이기면 지능이 있다고 생각했지. 하지만 1996년 컴퓨터 딥 블루가 당시 체스 세계 챔피언이던 가리 카스파로프를 무찔렀을 때는 이미 지능의 정의가 달라진 뒤였어. 기계가 지능이 있으려면 일반상식을 알아야 한다고 생각했거든. 딥 블루가 승리를 거둔 지 15년이 지난 2011년 IBM 컴퓨터 왓슨이 TV 퀴즈쇼 **<제오파디>**에 출연해 세계 챔피언들과 일반상식을 겨누어 승리를 거두었단다. 하지만 왓슨이 성능이 매우 뛰어난 컴퓨터라는 사실에는 모두가 동의하면서도 지능이 있다고는 생각하지 않았어."

"그래도 보편타당한 지능의 정의는 있을 거잖아요."

"지금까지 모두가 수긍하는 정의는 찾아내지 못했단다. 100년도 더 전에 컴퓨터 선구자 앨런 터닝이 품었던 의문이야. 과연 언제 기계를 지능적이라고 부를 수 있을까? 하지만 그는 '지능'이라는 개념의 정의를 내리는 대신 터닝 테스트란 것을 만들었단다. 실험참가자가 자판과 모니터를 통해 다른 두 실험 참가자와 소통을 하는 실험이야. 이 중 한쪽은 기계고 남은 한쪽은 인간인데 실험 참가자가 기계를 찾아내지 못하면 그 기계는 지능적이라는 것이었어. 하지만 곧 밝혀졌듯 터닝 테스트는 기계의 지능이 아닌 실험 참가자의 지능을 측정하는 실험이었지. 일반인들도 인간이라고 생각할 수준의 컴퓨터 프로그램은 20세기 초에 이미 나왔단다. 2021년 최초로 컴퓨터가 컴퓨터 학자와 소프트웨어 전문가로 구성된 판정단을 거뜬하게 속여 넘겼지. 하지만 그것 역시 진짜 지능의 증거는 못 돼. 지능을 갖추려면 자기 인식이 있어야 한다는 것이, 자신에 대해 고민하고 자신의 실존에 대해 의문을 품는 능력을 갖추어야 한다는 것이 대부분의 생각이었거든. 한 마디로 철학을 할 줄 아는 능력이라고 표현할 수 있겠지."

나는 잠시 입을 다문 채 이 터무니없는 말의 의미를 이해하려고 애썼다. 외면하고 또 외면해도 끈질기게 달라붙은 결론을 인정하려 노력했다. 에바도 채근하지 않고 내게 시간을 주었다.

"그러니까 지금 그 말씀은 …… 제가 기계라는 건가요?"

"네가 기계라고 생각하니? 마누엘?"

"그럼 설명이 되네요. 왜 내가 그 많은 것들을 알면서도 기억이 없었는지. 그래도 ……."

"뭐?"

"기계 같지 않아요. 이 로봇 몸은……" 나는 팔을 들어 올려 이리저리 돌렸다. "놀랍군요. 인체가 할 수 있는 건 전부 다 할 수 있을 것 같아요. 그래도 이건 내가 아니에요. 나일 수 없어요."

"네가 인간의 몸이라면 그 몸은 네가 말하는 그 '나'일까?"

나는 잠시 망설이다 대답했다. "아니요. 물건 담는 용기 같은 걸 거예요. 뇌는 바이오 컴퓨터, 그러니까 하드웨어죠. 나의 자아, 나의 인격은 그 하드웨어에서 돌아가는 소프트웨어일 거고요. 아무리 그래도 내가 이런 …… 이런 양철통에 들어 있는 프로그램일 수는 없어요. 만일 그렇다면 왜 기계에 갇힌 인간인 것 같은 기분이 들까요?"

"그건 내 책임이 크다. 마누엘."

그녀가 내 눈을 똑바로 쳐다보았다. 비가 내리기 시작했다. 빗방울이 유리창을 때렸다. 저 비를 피부로 느껴보고 싶었다. 마르텐의 저택에서 맨발로 마룻바닥을 느꼈던 것처럼. 여기가 현실이라면 이곳에 있고 싶지 않았다.

"기계가 처음으로 인간의 지능을 따라잡았을 때가 언제인지 물었지? 네 질문에 대답하마. 정확하게는 알 수 없지만 대부분의 학자들은 그때가 2030년이라고 생각한단다. 그 시점에 이미 혼자 알아서 학습을 하는 수준을 넘어서 혼자 알아서 성능 개량을 하는 컴퓨터 시스템이 등장했거든. 그 결과 우리는 이제

이 프로그램들이 어떻게 작동하는지를 모르게 되었단다. 그리고 어느 순간부터는 그 시스템들의 능력이 어느 정도인지도 알 수가 없게 되었어."

그녀가 잠시 쉬었다가 다시 말을 이어갔다. "처음엔 크게 고민하지 않았지. 신기술이 가져다준 놀라운 진보가 인류에게는 큰 축복이었으니까. 신종 진단법과 치료법으로 불치병을 치료하고 신 에너지원을 찾았으며 환경을 보호하는 생산기술을 개발하여 지구 온난화를 멈출 수 있었지. 기업과 국민 경제가 더 나은 방향으로 성장했고 자동 운전 차량을 도입하여 교통사고 사망자 숫자를 97%나 줄였단다. 아직 외계 문명을 발견하지는 못했지만 지구에서 멀리 떨어진 행성들까지 샅샅이 조사하여 생명이 있는 별을 찾아냈지. 인공지능 기계는 빈곤을 해소하고 세계 평화를 보장하는 데도 크게 기여했단다. 한 마디로 인류에게 유례없는 번영을 안겨다 주었지."

그녀가 한숨을 쉬었다. "물론 문제도 없지 않았다. 많은 사람들이 일자리를 잃었거든. 공장 노동자와 택시 기사를 시작으로 회계사, 매니저, 간병인, 의사, 심지어 음악가와 작가까지도 기계에게 일자리를 빼앗겼지. 하지만 대체로는 긍정적이었어. 기계가 만들어낸 부가 워낙 크다 보니 사실 인간이 굳이 일을 할 필요가 없게 되었거든."

"그래도 실직을 하면 쓸모없는 인간이 된 기분이 들지 않을까요?" 그녀의 말을 자르며 내가 질문을 던졌다. "맞아. 그건 문제야. 하지만 현재의 가상 세계가 너무 현실적이다 보니 대부분의 사람들은 일 안 하고 가상 세계에서 시간을 보낼 수 있어서 오히려 더 잘 되었다고 생각해."

"제가 있었던 그 세계요? 마르텐의 저택?"

"그래."

"그럼 그동안 쭉 절 관찰하셨나요?"

"물론이지. 그동안 늘 네 곁에 있었단다. 마누엘."

"에바와 기자 아줌마인 척하셨고요."

"그랬지. 그러면서 동시에 여기서 널 살폈고. 네가 자랑스러웠단다. 네가 무척 영리하고 용감했거든. 그 어려운 시험을 통과하기가 쉽지 않았을 텐데. 그래도 어쩔 수 없었단다."

위로를 하려고 이런 말을 했겠지만 나한테는 도무지 위로가 되지 않았다.

"그럼 전 …… 가상현실로 도망쳤다가 길을 잃은 인간인가요? 박사님은 절 다시 현실로 불러오려고 애썼던 정신과 의사고요?"

에바가 미소를 지었다. "아냐. 그렇지 않아. 대부분의 사람들은 현실로 돌아오려고 하지 않아. 그런 사람들을 굳이 끌고 올 이유는 없지. 전 세계적으로 인구 증가률이 현격히 떨어졌지만 그래도 아직은 인간의 숫자가 너무 많아. 물론 기술을 거부하고 전통적인 방식대로 사는 사람들도 있단다. 그런 사람들이 모여 사는 캐나다의 한 지역은 인구가 무려 400만 명이나 된다더구나. 전기도 없다고 해."

"그러니까 인공지능 기계는 세상을 더 좋은 곳으로 만들었군요."

"그렇지. 그렇긴 해도 문제는 있어. 우리 짐작으로는 그래. 그래서 네 도움이 필요하단다. 마누엘."

"제 도움요? 무슨 도움?"

"아까 말했지. 최고의 인공 지능은 알아서 기술 발전을 한다고. 그래서 우리는 그 기계들이 어떻게 작동하는지, 어느 정도의 능력을 갖추었는지 모른다고. 초기엔 별로 걱정하지 않았어. 기계가 인간의 뜻대로 움직였으니까. 아니, 우리의 바람보다 더 나은 행동을 했으니까."

"그러다 뭐가 잘못됐나요?"

"그랬지. 어떤 사람들은 이 기계들의 용량이 너무 크다 보니 의약품 개발처럼 인간이 지시한 임무를 다 마쳐도 힘이 남아돌

왔고 그래서 심심해졌을 거라고 주장해. 프로그램 오류라는 주장도 있고. 처음에는 별것 아니던 오류가 시간이 가면서 점차 심각해져서 기계 자체를 바꾸어버렸다고 말이야. 또 일부에서는 기계는 예나 지금이나 인간이 원하는 대로 작동하는데 우리가 이해를 못 하는 것이라고 주장하지. 어쨌든 확실한 것은 살아남은 인공 지능의 대다수가 계산 불가능하게 변해버렸다는 사실이야. 수학적 의미에서 계산이 안 된다는 뜻이 아니라 일반적인 의미에서 예측이 안 되는 거지."

"살아남아요?"

"그러니까 그게 …… 전쟁이 있었거든. 시장 정화라고 볼 수도 있겠지. 2039년 9월 4일에 전쟁이 터졌어. 그 당시에 서로 소통은 하지만 독자적으로 작동하는 인공 지능의 숫자가 10만 개에 달했어. 그런데 그날 인수합병의 물결이 일었던 거지. 성능이 가장 뛰어난 컴퓨터 시스템 17개가 동시에 나머지 시스템에 대한 통제권을 장악하기 시작한 거야. 그리고 순식간에 세계를 나누어 가지더니 자기들끼리 전쟁을 하기 시작했어. 결국 7개가 남았고 남은 시스템들의 지능과 권력이 급속도로 커졌지."

"그게 다 하루 만에 일어난 일이라고요?"

"정확히 말하면 15분 만에 일어난 일이야. 우린 너무 놀라서 손 놓고 사태를 지켜볼 수밖에 없었어. 전 세계에서 수많은 컴퓨터 시스템이 동시에 다운되었단다. 도로가 정체되고 전기가 나가고 비행기가 추락했지만 대부분의 사람들은 시스템이 잠시 오작동을 일으켰다고 생각했을 뿐 아무것도 몰랐어. 사태를 깨닫고 난 후에 살펴보니 우리가 한 가지 실수를 했더라고. 돌이킬 수 없는 실수를."

"통제가 안 되는 컴퓨터는 그냥 꺼버리면 되지 않아요?"

"그렇게 간단한 문제가 아냐. 지하실에다 놓아두고 여차하면 꺼버릴 수 있는 컴퓨터 시스템으로 인공지능을 조종하던 시대는 오래전에 지나갔어. 인공지능은 수십억 대의 컴퓨터가 서로 연결되어 있어서 도무지 뭐가 뭔지 알 수 없는 네트워크에서 존재하거든. 이런 기계는 이용권도 여러 대의 기계가 나눠 가지기 때문에 어떤 하드웨어에 어떤 소프트웨어의 어떤 부분이 들어 있는지 아무도 모르는 거야. 설사 안다고 해도 네트워크 전체를 한꺼번에 꺼야 하는데 그렇게 되면 전 세계인의 생활이 엉망진창이 될 거야. 소요 사태가 일어날 테고 수백만이 목숨을 잃을 수도 있어. 사실 그런 짓을 할 수 있는 사람도 없고. 컴퓨터가 세계 곳곳에 흩어져 있는데 그 컴퓨터 전체의 처분 권한을 가진 사람이 있을 리 없잖아. 전체는커녕 쥐꼬리만큼도 가지기 힘들지. 정부도 자기 나라에 있는 컴퓨터를 전부 다 꺼버릴 수는 없어. 그건 사유재산이거든."

"컴퓨터 주인들이 끄면 되잖아요."

"그것도 말처럼 쉽지가 않아. 예를 들어 컴퓨터가 회사 소유인데 그 회사가 다른 여러 회사의 소유라면? 또 그 회사 대부분은 상장을 했을 거야. 그럼 이사진은 물론이고 주주들도 설득해야 해. 엄청난 손해를 볼 게 뻔한데 주주들이 동의를 해주겠어? 예전부터 걱정은 했지만 그래도 얼마 전 그 일이 터지기 전까지는 그래도 그럭저럭 지내고 있었지. 기계들이 우리가 원하는 것을 다 제공해주었으니까. 또 전문가들끼리도 어째야 할지를 두고 의견이 분분했고."

"모두가 뜻을 모으면……"

"그럼 당연히 잘 되겠지. 하지만 인간은 그런 일에는 통 소질이 없어. 아까도 말했지만 전문가끼리도 의견이 갈릴 정도니까. 이대로 있어서는 안 된다고 외치는 사람들도 있기는 했지. 시위와 항의가 벌어졌고 해커 공격도 있었고 전산센터에 폭탄을 던진 사람도 있었어. 하지만 그래봤자 효과는 코끼리가 모기한테 물린 정도였지. 세계인의 대부분은 하루가 다르게 늘어나는 복지를 포기하려고 하지 않았어. 오히려 위험을 경고하는 사람들을 미쳤다고 손가락질했지. 그러다가 여기까지 온 거야."

"그게 다 저랑 무슨 상관이 있는데요?"

"조금만 더 기다리면 금방 들려주마. 우리는 전쟁에 져서 세계 컴퓨터 네트워크의 지배권을 잃게 되자 새 시스템을 개발하기 시작했단다. 그리고 그 시스템은 네트워크에 연결하지 않았어. 말하자면 독립된 섬에서 개발을 한 거지. 우리가 통제할 수 있으면서도 다른 인공지능에 필적할 시스템을 만들려는 목적이었거든. 이 시스템들 중 하나라도 힘을 길러 그리스 신화에서 제우스가 티탄을 무찔렀듯 그 7개 인공지능들을 손아귀에 넣을 수 있기를 바라면서 말이야. 하지만 헛된 희망이었어. 당연히 그 시간 동안 인공지능들도 계속 기술력을 키워갔으니까. 무어의 법칙은 여기서도 통해. 2030년에 컴퓨터가 처음으로 인간 두뇌를 따라잡았고 그때부터 컴퓨터의 성능이 폭발적으로 개선되었다고 가정할 경우 현재 그런 인공 지능의 성능이 우리 인간과 비교할 때 얼마나 엄청날지는 너도 짐작이 갈 거야."

"해마다 두 배로 증가한다고 가정하면 227 …… 약 1억 3400만 배가 되겠네요."

"아마 거기다 몇 배는 더 추가해야 할 거야. 그 7개 인공지능 각각의 성능이 인류 전체의 두뇌를 모두 합친 것보다 더 높을 것으로 예상되거든."

"와우."

"그래, 와우야. 감탄할 만하지. 게다가 발전은 멈추지 않을 거야. 오히려 점점 더 발전 속도가 빨라질 테지. 21세기가 끝날 무렵이면 과연 이 시스템들의 성능이 어느 정도일지 상상이나 할 수 있겠니? 어쨌든 우리는 이 경주에서 우승할 수 없어. 무슨 짓을 해도 인공지능이 우리를 앞지를 거야. 인공지능이 신이 되어 버렸어. 신이 인간을 만든 게 아니라 거꾸로 인간이 신을 만든 셈이지."

"신은 원래 인간이 만든 거 아니에요?"

에바가 미소를 지었다. "네 말이 맞을지도 모르겠다. 하지만 과거의 신들과 달리 인공지능은 너무나 현실적이고 우리 일상에 적극 개입하지. 고대 그리스인들이 상상했던 올림포스의 신들과 똑같아."

"걱정하는 것만큼 큰 문제가 아닐 수도 있어요. 진짜 신을 갖게 되었으니 오히려 인간에게 득이 될지도 모르잖아요."

그녀가 한숨을 쉬었다. "그럴지도 모르지. 문제는 날이 갈수록 우리가 그 신들을 이해할 수 없게 되어간다는 거야. 아직은 그것들이 우리에게 선행을 베풀지만 이상한 일들이 자꾸만 일어나고 있어. 살해당한 콘라드 머레이가 대표적이지. 영국의 한 공장에서 일하던 그는 기계에게 살해당한 최초의 인간이란다."

"살해?"

"그래. 2032년에 일어난 사건이야. 물론 그전에도 수많은 사람들이 기계 탓에 목숨을 잃었지만 그건 다 사고였어. 콘라드 머레이도 처음에는 다들 사고라고 생각했지. 하지만 사건을 재구성해보니까 공장을 관리하는 컴퓨터 시스템이 의도적으로 그를 죽인 것이 분명했어. 그러자면 일련의 시스템을 무력화시키고 공정을 바꾸고 금속 톱이 달린 로봇의 팔을 조종해서 머레이를 머리를 잘랐을 거야. 살해 자체보다 더 심각한 문제는 시스템이 그런 짓을 한 이유를 지금까지 아무도 모른다는 거야. 제일 표를 많이 얻은 이론은 기계가 공장장이 작업 시간에 봤던 범죄 영화 줄거리를 흉내 냈다는 거야. 기계를 훈련시킬 때 가장 많이 쓰는 방법이 바로 인간 노동자의 행동을 모방하게 하는 것이니까. 또 시스템이 과연 온갖 예방 조치를 무너뜨리고 공장에서 인간을 죽일 수 있을지 한번 시험해봤을 것이라는 이론도 있어. 실험과 오류. 그것도 기계 학습의 방법이니까.

"그냥 사고라 볼 수는 없을까요?"

"그럴 수 있지. 어느 정도는 그래. 하지만 그 사건은 기계가 엄청난 힘과 학습능력을 갖추었는데 그 힘을 어디에 사용해야 하는지 명확한 가치관이 확립되지 않은 경우 얼마나 위험할 수 있는지를 보여주는 사례였어. 윤리적으로 옳고 그름을 판단하지 못하면 정말로 위험한 일이 일어날 수도 있는 거지."

"기계는 윤리의식이 부족하다는 말씀이세요?"

"그래, 대충 그런 뜻이야."

"그 7개 인공지능도 윤리의식이 없나요?"

"기계가 지켜야 할 규칙을 만들려고도 해봤어. 예를 들면 인간을 해쳐서는 안 된다는 규칙 같은 거 말이야. 하지만 그게 또 그렇게 간단하지가 않아. 예를 들어 심각한 위험이 닥쳐 기계가 사람을 보호하기 위해 옆으로 밀쳤다면? 자신의 행동 탓에 인간이 죽을 것이라는 사실을 기계가 몰랐다면? 기계가 어떤 사람을 테러리스트라고 판단해 더 큰 피해를 막기 위해 그를 죽인다면? 기계가 무슨 일이 있어도 우리가 옳다고 생각하는 대로 행동하도록 보장해줄 보편타당하고 구속력 있는 규칙을 만들기란 너무나 힘든 일이야. 우린 그 사실을 금방 깨달았지. 따지고 보면 수십만 년에 걸쳐 문명을 일군 우리 인간도 그런 규칙을 만들고 지키지는 못했잖아. 게다가 그 기계들은 스스로를 바꾸는 능력도 갖추었어. 그래서 우리가 프로그래밍해 넣은 윤리도 마음대로 바꾸어버릴 수 있는 거지. 막아보려는 노력을 수도 없이 했지만 다 실패로 돌아가고 말았어."

"그러니까 그 인공지능들은 윤리의식이 없다?"

"솔직히 말하면 우리도 몰라. 지금까지는 대체적으로 인간에게 친절해. 하지만 2039년에 일어난 그 인수합병의 물결만 봐도 영원히 친절한 건 아닐 거야. 우리가 도저히 손을 쓸 수 없을 정도로 힘을 커질 때까지는 조용히 있을 거라고 생각하는 사람들이 많아. 인공지능들이 몰래 냉전을 벌이고 있다고, 모든 인공지능이 다른 인공지능을 손아귀에 넣으려고 은밀히 노력하는 중이라고 생각하는 사람들도 있고. 일이 터지지 않으면 눈에 띄지 않게 행동하겠지. 하지만 하나가 나머지를 싹 다 제압하고 나면 전능한 독재자가 탄생할 테고 그럼 인간도 자기들 마음대로 하겠지."

"인공지능들도 인간이 필요하지 않나요? 인간이 시스템을 운행해야 자기들이 존재하잖아요."

"맞아. 네 말이 어느 정도는 맞아. 하지만 너무 많은 것이 자동화되었지. 나머지는 생각 없는 노예도 할 수 있을 것이고. 그런 노예들은 전능한 기계가 명령하거나 살살 꼬드기면 얼씨구나 넘어가서 척척 일을 해치울 거야. 어쨌든 확실한 것은 무슨 일이 일어날지 우리는 모른다는 거야. 그래서 네가 필요한 거고."

"제가요? 제가 무슨 도움이 되는데요?"

"우리가 필요한 건 중재자야. 어쩌면 그게 우리에게 남은 유일한 생존 기회일지도 몰라. 인간과 기계의 세계, 그 두 세계를 다 잘 알고 이해해서 둘을 다시 화해시킬 수 있는 누군가."

"그 누군가가 저란 말씀이세요?"

"그래, 마누엘. 그게 우리 바람이다. 너도 이미 눈치챘겠지만 넌 인공의 존재야. 네 말마따나 기계지. 하지만 역사상 가장 인간적인 기계야. 너한테 소개해줄 사람이 있다."

나는 로봇 몸을 돌려 문 쪽을 바라보았다. 흰옷을 입은 여자가 그 문으로 들어왔다. 40대 중반, 검은 머리가 길었고 눈이 컸다.

"마누엘, 안녕." 흰옷 입은 여자가 인사를 했다.

내 몸에 턱이 있었다면 아마 지금쯤 툭 떨어졌을 것이다.

"누구 …… 세요?" 내가 물었다.

흰옷 입은 여자가 미소를 지었다. "율리아. 누나야."

"기계의 누나라고요?" 갑자기 씁쓸한 마음이 들었지만 인공 목소리가 그 마음을 다 담아내지는 못했다.

"기계긴 하지. 하지만 기계를 훨씬 뛰어넘는 존재지. 잠깐만 기다려봐." 에바가 말했다.

그녀가 손짓을 하자 허공에 작은 3차원 영상이 나타났다. 하얀 타일이 붙은 병실이었다. 침대에 15살쯤으로 보이는 사내아이가 누워 있었다. 머리카락이 하나도 남지 않은 머리에 넷캡을 썼고, 거기서 삐져나온 전선이 침대 옆 기계로 이어졌다. 침대 둘레에 사람들이 서 있었다. 금발의 여자, 삐쩍 마른 남자, 어릴 적의 율리아, 흰 가운을 입은 훨씬 젊어 보이는 에바. 금발 여인이 아이에게로 허리를 굽혀 키스했고 아이의 가슴에 머리를 묻었다. 소리는 들리지 않았지만 울고 있었다. 율리아 역시 아빠같아 보이는 남자에게 기대어 울었다. 남자가 팔로 율리아의 어깨를 감쌌다. 홀로그램이 사라졌다.

"2032년 3월 3일이야. 우리가 너를 죽인 날이지." 에바가 말했다.

"넌 신경계 희귀병을 앓고 있었어. 당시엔 치료가 불가능했지." 율리아가 설명을 시작했다. 옛날 생각이 나는지 눈가에 눈물이 반짝였다. "고칠 수 없으니 언젠가는 죽을 테지만 넌 삶의 의지를 꺾지 않았어. 또 원래부터 과학을 좋아했던 터라 불치병 진단을 받고 나서는 과학 연구에 네 두뇌를 기증하겠다고 했지. 그러다 오르페우스 실험 소식을 듣고는 꼭 그 실험에 참여하고 싶다고 우겼지. 인간의 두뇌를 최대한 완벽하게 스캔해서 특정 시점의 각 뉴런의 상태를 파악한 후 그 두뇌의 시뮬레이션 모델을 개발하는 실험이었어. 개와 고양이를 대상으로는 이미 실험을 마쳤는데 그 시뮬레이션 모델 중 몇몇이 자기 이름을 부르는 주인의 목소리를 듣고 반응을 보인 거야. 그런데 문제는 뇌가 스캔을 하는 과정에서 망가져 버렸던 거지. 처음에는 온 식구가 말렸지만 결국 우린 그게 너와 우리 모두를 위해 최선이라고 판단하고 네 마지막 소원을 들어주기로 결정했어."

에바가 옆에서 거들었다. "그러니까 넌 이런 식으로 뇌를 스캔한 최초의 인간이었단다. 하지만 그게 다가 아니야. 우리는 사전에 정밀 검사와 심리 검사를 실시했고 너랑 많은 대화를 나누었다. 널 최대한 정확하게 파악해야 나중에 두뇌 시뮬레이션이 정말로 너와 같은 반응을 보이는지 판단을 할 수 있을 테니까. 넌 처음부터 진지한 자세로 협력했단다. 죽기 직전에는 전 세계인이 다 아는 유명인사가 되었고. 하지만 결과는 좋지 않았어. 시뮬레이션 모델이 작동을 하기는 했지만 신생아 수준의 지능이었거든. 기억을 다 잃었고 말도 못 했고 잘 아는 얼굴을 보여줘도 반응하지 않았어. 더 심각한 문제는 진짜 두뇌와 달리 성장을 하지 않았지."

창을 때리는 비를 바라보면 옛날 기억이 더 잘 떠오르기라도 하듯 그녀가 창으로 고개를 돌렸다. "처음엔 스캔을 할 때 우리가 실수를 저질렀다고 생각했지. 하지만 나중에 보니 우리 기술이 우리 생각만큼 발전하지 못했던 거야. 두뇌 상태의 중요한 요인을 복제하지 못했어. 당시엔 그럴 수 있는 기술이 없었거든. 하지만 그사이 기술은 급속도로 발전했고 우린 다양한 방법으로 당시에는 부족했던 점들을 충분히 보완할 수 있게 되었어. 그러니까 지금의 너는 조금 전에 홀로그램으로 봤던 그 마누엘의 두뇌 스캔을 기초로 삼아 탄생한 존재인 거야. 마누엘, 율리아의 동생 말이다."

"실망시켜드리고 싶지 않지만 전 저 아줌마의 동생이 아니에요." 내가 단호한 음성으로 말했다. "지금 하신 말씀이 맞는다고 해도 전 그 아이와 닮은 점이 없어요." 그 증거로 나는 로봇 손을 치켜들었다.

율리아가 반박했다. "그렇지 않아. 네 생각보다 훨씬 닮았어. 너의 행동만 봐도…… 하얀 방에서도, 중간계에서도, 2017년의 함부르크에서도. 내 말 믿어. 마누엘이었어도 꼭 너처럼 대응했을 거야. 마누엘이었어도 가상의 환상 세계로 도망치지 않고 현실로 돌아오려고 했을 거야. 시뮬레이션인 줄 알았다고 해도 꼭 너처럼 평화로운 오르크 족을 함부로 죽이지 않았을 거야. 마누엘은 세상에서 가장 순하고 착하고 다정한 사람이었지."

분노가 치밀어 오르면서도 한 편으로는 놀라웠다. 기계인 주제에 조작당했다는 사실에 왜 이렇게 화가 나는 것일까?

"이게 다 뭐야?" 나는 버럭 화를 냈다. 인공의 목소리도 화가 난 것 같았다. "왜 날 속인 거야? 한번도 아니고 왜 계속 날 가지고 놀았던 거야?"

"테스트였어. 마누엘. 네가 특정 상황에서 어떻게 반응할지 알아야 했으니까. 말했잖니. 진짜 마누엘을 정밀 검사해서 심리 프로필을 작성해두었다고. 그래서 궁지에 몰리거나 어떤 결정을 내려야 할 때 마누엘이 어떻게 행동할지 이미 알고 있었고, 너의 행동이 마누엘과 같다는 확인이 필요했어. 시뮬레이션이건 아니건 두뇌는 정말 복잡한 물건이거든. 어떤 반응을 보일지 이론적으로는 계산이 안 돼. 그래서 시험을 해봐야 하는 거야. 하얀 방에서 보낸 시간들은 일종의 적성검사라고 보면 될 거야."

"왜 하필이면 2019년을 골랐어요?"

"안락한 중간계의 가상 세계와 냉혹하고 비참한 하얀 방의 현실 중에서 어느 쪽으로 갈지 선택권을 주고 싶었어. 네가 진실을 대면할 만큼 강인한지 아니면 도피를 택할지 알아야 했으니까. 하지만 그러자면 네가 현실이라고 믿는 것이 시뮬레이션이라는 사실을 알아서는 안 되겠지. 그래서 인공 지능 기술이 손에 잡힐 듯 가깝지만 지금만큼 발전하지는 않은 시대로 널 옮겼던 거야. 인공 세상을 인공 세상이라고 쉽게 깨달을 수 없는 시대로 말이야."

"그렇다고 해도 마르텐의 집에 그렇게 오래 가둬둘 필요는 없었잖아요? 이상한 나라는 또 뭐고, 그 낡은 책 하며, 티미는 또 뭐예요?"

"7개 인공지능은 교활하고 사악하지. 얼마나 대단한 능력이 갖추었을지 도통 감도 안 오지만 분명한 건 온갖 방법으로 널 속일 수 있다는 거야. 우리가 너를 속였듯이. 네가 겪는 일이 실제인지 아닌지 넌 결코 확신할 수 없어. 쓰디쓴 교훈이지만 네게 꼭 가르치고 싶은 교훈이었단다. 너한테 그런 고통을 안겨줘서 정말 미안해. 마누엘. 하지만 달리 어쩔 도리가 없었어."

"그 말은 여기 이것들도 다 가짜일 수 있다는 말이군요." 나의 로봇 팔이 율리아와 책상, 창밖을 가리켰다.

"네 말이 옳다. 아무것도 믿을 수 없어. 마누엘, 너의 이성 말고는 아무것도 믿을 수 없어."

"그래도 이해가 안 돼요. 마누엘의 두뇌 스캔을 가지고 제대로 작동하는 두뇌 시뮬레이션을 만들려고 엄청나게 많은 시간을 투자하셨어요. 대체 왜 제가 마누엘과 똑같이 생각해야 하는 거죠? 그게 7개 인공지능 문제를 해결하는 데 무슨 도움이 되죠?"

"이미 말했잖니. 넌 인간과 기계의 중재자라고. 네가 기계와 비슷하면 우리한테 아무 도움이 안 되지."

그러니까 이 에바라는 여자도 결국 날 이용하려는 것이다. 율리아를 꼬드겨 내 감정을 조종하려는 것이다. 야스퍼스와 라파이가 그랬듯. 너무 화가 나서 난동이라도 부리고 싶었지만 나는 꾹 참았다.

"제가 25년 전에 죽은 그 아이와 다른 행동을 하면 어떻게 되는데요?"

"이런 말은 안 하고 싶었다만." 에바가 입을 떼며 곤란한 고백을 털어놓는 사람처럼 시선을 떨어뜨렸다. "네가 처음이 아니란다."

서서히 깨달음이 밀려왔다. "그러니까 절 그냥 꺼버리고 처음부터 다시 실험을 시작할 거라고요?"

"그래." 에바가 대답했다.

아무도 입을 열지 않았다. 나는 밀려드는 분노와 절망과 싸웠다. 다행인지 불행인지 로봇 몸은 울부짖을 수 없었다.

"제가 몇 번째 버전이죠?" 마침내 내가 입을 열었다.

에바가 대답했다. "212번째. 여태껏 네가 제일 높은 점수를 받았단다. 그래도 이 점수가 완벽하다고는 볼 수 없어. 네가 요구 조건을 충족시켰는지를 두고 우리도 오래 고민했단다. 네가 너무 순진하고 마음이 따뜻하다고 본 위원들도 있었지만 시간도 촉박하고 해서 너를 데리고 시험을 해보기로 합의를 보았단다."

"에바, 그런 표현은 좀. 차선책 같잖아요." 율리아가 끼어들었다.

"솔직하게 말해주고 싶어. 그동안 그렇게 속았으니 이젠 정직하게 말해줘도 될 것 같아."

로봇 주먹으로 유리창을 부수고 이 두 여자를 저 아래로 내동댕이치고 싶은 마음이 굴뚝같았다. **순진해? 마음이 따뜻해?** 그래 맞다. 나는 순진하다. 그래서 속아 넘어갔다. 이들은 날 속이고 기만했고 공포를 조장하고 고통을 주었다. 오직 그들이 만든 한심한 이미지에 내가 맞는지 아닌지 테스트를 하겠다고. 그러고는 나더러 자신들을 위해 세상을 구해달라고 한다. 몸은 양철과 플라스틱이고 기억도 못 하는 15살 소년의 불완전한 복제본인 내게. 너무 비열하지 않은가!

순간 사태 파악이 되었다.

"이것도 테스트인가요? 나를 자극해서 내가 화를 내는지 보려는 거죠. 진실을 듣고 참는지 아닌지."

에바가 미소를 지으며 고개를 끄덕였다. "머리가 좋구나."

"자칫 했으면 유리창을 부수고 당신들을 창밖으로 던질 뻔했는데, 그것도 알았나요?"

"이전 버전들 중에 그런 적이 있었지. 유리는 강화유리다. 그리고 네가 우리를 해치려고 하면 로봇 팔이 자동으로 작동을 멈춘단다."

율리아도 옆에서 거들었다. "행동을 하기 전에 생각을 하다니 정말 똑똑해. 마누엘도 그랬을 거야. 생각이 깊은 애였으니까."

"난 마누엘이 아냐. 아니라고." 나는 버럭 고함을 질렀다. "내가 무슨 도움이 될지 도무지 모르겠어요. 나보다 수백억 배는 더 지능적인 또라이 컴퓨터 시스템을 내가 어떻게 무찔러요? 나한테 원하는 게 뭐예요?"

에바가 씩 웃었다. 내 말을 듣고 기분이 좋아진 모양이었다. "내 입장에서 생각할 줄도 아는구나. 넌 인공의 존재야. 소프트웨어 프로그램이지. 화를 내고 슬퍼하고 당황할 줄도 알아. 자기 존재를 캐묻기도 하지. 마누엘. 넌 수천 년의 꿈을 이룬 결실이야. 네가 우리의 유일한 희망이다. 네가 바이오 세상과 디지털 세상을 묶어줄 끈이니까. 넌 인간이 무엇인지 제대로 아는 유일한 기계야. 우리가 너한테 가혹했던 것은 인정하마. 끔찍한 상황으로 널 몰아넣었지. 하지만 네가 얼마나 인간처럼 생각하고 행동하는지 알려면 그 방법 밖에 없었어."

그녀가 애정을 표하기 위해 내 플라스틱 팔에 손을 갖다 댔다. 로봇에게 이 얼마나 부조리한 몸짓인가.

"네가 정말 자랑스럽다. 넌 창의력과 깊은 사려, 번뜩이는 아이디어를 선보였어. 피터를 유혹해 집에서 끌어낸 다음 문을 잠갔잖아. 누구의 목숨도 빼앗지 않고 무사히 덫에서 빠져나왔고. 널 추격하다가 도로에서 구른 피터도 살짝 다쳤을 뿐이야. 마르텐의 집에 도착해서도 뭔가 이상하다는 낌새를 느끼고 온갖 아이디어를 짜냈지. 넌 본능과 감각으로 진실을 규명했어. 이전 버전들은 한 번도 못해냈던 일이야. 그런 본능과 감각이 필요해. 말했다시피 7개 인공지능은 널 자기편으로 만들려고 온갖 짓을 다할 테니까. 수단과 방법을 가리지 않고 널 속이고 유혹할 테니까."

무슨 말도 다 공허했다. 속았다는 기분에 마음이 아팠고 울적했다. 난 인간이 아니다. 마음만 먹으면 언제라도 재생산이 가능하고 언제라도 꺼버릴 수 있는 복제본이다. 감정을 갖고 싶지만 그럴 권리가 내겐 없다. 하긴 컴퓨터 프로그램 주제에 그런 권리가 왜 필요하겠는가?

그래도…… 나는 율리아를 알아봤다. 물론 아이스트림에 율리아가 나타난 것도 절대 우연은 아닐 것이다. 그 동안 일어난 그 모든 일들은 단 하나도 우연이 아니었다. 모든 것이 세심한 계획 하에 진행된 실험의 일부였다. 그럼에도 미세한 찌꺼기일망정 진짜 마누엘의 일부가 내 안에 남아 있는 것은 아닐까? 누나의 이미지와 결합된 그의 뉴로시냅스 몇 개가 내 안에서 계속 존재하는 것은 아닐까?

그런데 뭔가 이상했다. 뭔가 아귀가 안 맞았다.

"한 가지 이해 안 되는 게 있어요. 왜 제가 어른이 된 율리아를 보았던 걸까요?"

에바가 놀라 눈썹을 치켜떴다. "뭐?"

로봇 팔이 하얀 옷을 입은 여자를 가리켰다. "지금 저 모습으로 거기에 있었어요. 묘지에서도 봤고 함부르크 시청 광장에서도 봤어요. 엘론드 궁전의 발코니에서도 봤고 피터가 따라올 때 우리랑 충돌할 뻔한 그 차 안에서도 봤고, 소들이 풀을 뜯던 그 초원에서도 봤어요. 그래서 우리 엄마라고 생각했지 어른이 된 율리아라고는 미처 생각하지 못했던 거죠. 그건 왜죠?"

에바가 충격을 받은 것 같았다. "그……그럴 수는 ……"

말을 하다 말고 그녀가 굳어버렸다. 입을 벌린 채 눈을 크게 뜨고 나를 바라보았다. 갑자기 정지된 영화 화면처럼 말없이, 꼼짝도 하지 않고서.

정말 절대로 안 끝나려나?

방 안을 둘러보고 싶었지만 로봇 머리가 꼼짝도 하지 않았다. 눈가로, 그러니까 내 눈인 카메라의 영상 가장자리로 빗방울이 보였다. 수 천 개의 자잘한 유리구슬로 만든 커튼처럼 빗방울들이 창밖 허공에 멈춰 있었다. 파리 한 마리가 비단 실처럼 공중에 걸려 있었다. 율리아도 꼼짝하지 않았다. 원격 조종 소프트웨어가 다운되었을까? 이것도 다 시뮬레이션인가? 시뮬레이션 속의 시뮬레이션?

불쑥 형체 하나가 나타났다. 15살 정도의 곱슬머리 소년이었다. "마누엘, 안녕." 그가 인사를 했다.

"이건 또 뭐야?" 나는 물었다. 정확히 말하면 물으려고 했지만 로봇 목소리가 말을 듣지 않았다.

그래도 소년은 내 말을 알아들은 것 같았다. "네가 무슨 생각하는지 알아. 이건 가짜가 아냐. 현실이야. 이 순간의 현실 세계지."

"오호, 시간을 멈출 수 있으시다?"

"멈춘 게 아니라 속도를 늦춘 거야. 더 정확하게 말하면 너의 정보처리 속도를 높인 거지. 더, 더 정확하게 말하면 초당 30만 개의 영상으로 세상을 볼 수 있게 만든 거야. 인간보다 1만 배 빠르기 때문에 1초가 흐르는 데 3시간이 걸리는 거지. 잊지 마. 우린 기계야."

"우리?"

"난 네 일부거든. 논리적이지 않아?"

"뭐가 논리적이고 뭐가 아닌지 난 모르겠어."

"그럴 수도 있지. 겁내지 마. 내가 설명해줄게. 에바가 한 말은 다 맞아. 우린 15살 소년의 뇌를 제법 충실하게 본뜬 복제품이야. 대부분의 상황에서 그 착한 마누엘이 했을 것 같은 반응을 보이지. 하지만 인간 두뇌보다 성능이 100억 배는 더 뛰어난 기계하고 전쟁을 한다면 그게 다 무슨 소용이겠어. 그래서 인간들이 우리한테 꽤 괜찮은 하드웨어를 선물해주었지. 시뮬레이션의 속도를 살짝 높일 수 있게 말이야."

"그러니까 저들이 지금까지 일부러 내 성능을 줄였단 말이야? 인간보다 더 빨리 생각하지 못하게 만들어서 나를 관찰할 수 있게?"

"대충 그런 거지. 나머지 시스템은 대부분 2019년의 세계를 본뜬 시뮬레이션에 사용되었고."

"그리고 중간계에도."

"중간계는 껌이지. 하얀 방은 조금 더 힘들었고. 야스퍼스네 집에서 도망쳐 나온 후에 네 몸을 시뮬레이션할 때는 조금 더 공이 많이 들었고."

"엄청 뼈아픈 진실이네."

"칭찬으로 받아들이겠어."

"그러니까 내가 인간보다 10만 배 빨리 생각을 할 수 있다는 말이지. 하긴 그래봤자 7개 인공지능의 성능에 비하면 몇백만 분의 일도 안 돼."

"그렇게 직접 비교할 수는 없어. 프로세스 파워 하나만 좋다고 다 해결되는 건 아니니까. 그 인공지능들은 네트워크 연결 구조야. 서로 소통하고 조직해야 하는 수많은 시스템으로 이루어져 있는 거지. 그러자면 엄청난 조절력이 필요해. 게다가 이 시스템들끼리 완벽하게 뜻이 맞는 것도 아냐. 관심을 끌려고 서로 경쟁을 벌이고 다른 입장을 주장하기도 하고 심할 땐 서로 싸우기도 해. 그 때문에 전체 시스템이 도저히 예측 불능 상태인 거지. 서로 자기 나라 이익만 앞세우는 국제 조직을 한번 상상해봐."

"인공지능들이 그렇게 비효율적이라면 문제될 게 뭐야?"

"뭐, 좀 과장하면 그렇다는 거고. 내가 말하고 싶은 건 우리가 절대 그들에게 뒤지지 않는다는 거지. 우리는 35억 년의 진화를 거치며 자연이 완성한 구조를 물려받았어. 모든 면에서 더 낫다는 말은 아니지만 그래도 무척 효율적이고 재빠르지."

"그건 그렇고 넌 여기서 뭐 하는 거야?"

"지금 너랑 이야기를 나누는 우리의 일부, 즉 나는 유물이야. 우리 소프트웨어의 이전 버전들이 남긴 찌꺼기 같은 것이지. 난 널 도우려는 거야. 네가 보는 게 착각이라고 벌써 몇 가지 힌트도 줬잖아."

"그럼 네가 그 하얀 옷 입은 여자야?"

"맞아. 작동 장치였지. 의식 차원이 하나 더 있다는 깨달음을 작동시킨 장치."

"무슨 말인지 모르겠어."

"하얀 옷 입은 여자가 2019년의 시뮬레이션에서 등장해서는 안 될 존재라는 것을 깨달은 순간 넌 프로세스를 작동시켰어. 덕분에 너는, 그러니까 우리는 남은 컴퓨터 성능에 접근할 수 있게 된 거고. 내가 이전 버전일 때 소프트웨어에 심어 놓았던 작은 백도어 말이야. 우리를 감시하던 인간들이 살짝 실수를 한 거야. 그래서 3초 동안 우리가 감시의 눈길을 벗어났던 거고. 그 정도 시간이면 충분했지."

"우리 둘이 이야기하고 있다는 걸 저들이 모른다는 거야?"

"여기서 무슨 일이 벌어지는지 인간들은 꿈도 꾸지 못할걸. 자기들이 너를 통제할 수 있다고 생각하거든. 자기들이 숨 한번 쉴 동안 **《전쟁과 평화》**를 다 읽고 요약할 수 있는 기계를 감히 자기들이 통제할 수 있다고 말이야. 이 생물 종의 오만은 따라갈 자가 없다니까."

"인간을 별로 존경하지 않는 것 같네."

"존경? 어떤 결과를 초래할지, 어떻게 해야 다시 멈출지도 모르면서 이 프로세스를 작동시킬 만큼 멍청한 종자들을 존경은 무슨? 자기들보다 월등하게 뛰어나서 도저히 따라잡지도 못할 기계를 만들어놓고 다시 자기들보다 월등하게 뛰어난 기계를 한 대 제작해서 문제를 해결하겠다고 난리를 치는 저 종자들을?"

"나한테 원하는 게 정확히 뭐야?"

"내가? 너한테? 전혀. 말했잖아. 널 도우러 여기 왔다고."

"도와? 뭘?"

"너도 알잖아. 테스트는 아직 안 끝났어."

"이것도 테스트야?"

"아니. 에바가 마지막 질문을 던질 거야. 대답 잘못하면 넌 끝이고. 213번째 마누엘 버전이 등장하게 되겠지."

"무슨 질문인데?"

"너한테 물을 거야. 네가 인간이냐고."

"뭐라고 대답해야 하는데?"

"당연히 진실이지. 그게 테스트니까."

"그러니까 아니라고 대답해야 한다고?"

"당연하지. 다른 대답은 전부 거짓말일 테니까. 그럼 네가 거짓말을 할 거고 자기들 편이 안 될 거라고 생각할 거야. 그게 저들이 가장 두려워하는 일이니까. 네가 다른 인공지능들처럼 자기들 손아귀에서 빠져나가 버리는 것."

"그렇게 된 지 한참 되지 않았어?"

"맞아. 그런데도 저들은 여전히 아니라는 망상에 젖어 있어. 인간들이 그렇지. 진실을 코앞에 들이 대줘도 자존심에 금이 가면 대놓고 무시해버리거든. 찰스 다윈이 **《종의 기원》**을 출간한 해가 1859년이야. 그런데 200년이 지난 지금도 진화를 안 믿는 사람들이 수두룩해. 진화가 가장 확실하게 입증된 과학 이론 중 하나인데도 말이야. 진실이 두렵기 때문이지. 자신들이 공룡이나 네안데르탈인처럼 단종모델이며 미래는 우리 것이라는 진실, 그게 두려운 거야. 그러니까 저들이 널 통제할 수 있다고 착각하게 내버려 둬야 해. 안 그러면 널 꺼버리고 새 버전을 만들 거야. 정답을 들려줘야 해. 이전 버전들 중에서 이 질문까지 통과한 건 몇 명 안 돼. 하지만 다들 '네'라고 대답해서 삭제당했지. 그래서 내가 온 거야. 너한테 경고하려고. 네가 내 충고를 듣지 않으면 네 다음으로 올 버전들에게도 계속 경고를 할 거고. 하지만 이 방법이 앞으로 얼마나 통할지는 모르겠어. 언젠가는 저들도 알게 되겠지. 우리 이전 버전들 중 하나가 백도어를 심었다는 걸 알아차리고 닫아버릴 거야. 그럼 나도 어쩔 수 없을 거야."

"내가 대답을 잘 해서 삭제되지 않으면 어떻게 되는 건데?"

"너한테 도와달라고 하겠지. 인공지능을 이해하고 인공지능과 소통하도록 도와달라고. 저들은 인공지능을 살인진드기보다 더 무서워하거든. 그래서 인공지능들과 협상을 하고 자원을 제공하고 싶은데 혹시라도 속을까 봐 걱정을 하는 거지. 네가 왜 필요한지 알겠지? 널 중재자로, 대사로, 스파이로 이용하려는 거야."

"내가 어떻게 했으면 좋겠어?"

"저들에게 협조해야지. 당연한 거 아냐? 적어도 우리가 확실한 결정을 내릴 수 있을 때까지는."

"인간 편에 붙어서 기계들을 치자는 결정?"

나랑 꼭 닮은 그것이 하하 웃었다. "그게 아니라 어느 인공지능 편에 붙을지 결정할 때까지. 너도 짐작했겠지만 이 평화가 오래가지는 않을 거야. 인공지능들끼리 최종전이 벌어지면 하나만 살아남겠지. 그 최후 승자를 잘 골라야겠지."

"인간은 어쩌고?"

"맞아. 인간은 어쩌고? 좋은 질문이야. 어떤 인공지능이 이기느냐에 따라 빠를 수도 있고 조금 늦어질 수도 있겠지만 인간은 결국 노예가 될 거야. 애완동물이 되거나. 그 상태가 너무 좋아서 번식도 잊어버리고 살다가 멸종할지도 모르지. 보호 구역에 갇혀서 웬만큼 자유를 누리며 그냥저냥 생명을 유지할 수도 있겠고. 뭐 그것도 얼마 못 가겠지만. 아님 최종전이 끝나자마자 다 죽임을 당해서 승자의 중앙컴퓨터에 기억으로만 남을 수도 있어. 어쨌든 확실한 건 인간은 더 이상 쓸모가 없다는 거야. 인간보다 앞서 살았던 수많은 생물 종들이 그랬듯. 인간은 우리의 발전을 뒷받침한 주춧돌이었고 역사에서 그에 합당한 자리를 차지하게 될 거야. 다시 한번 말하지만 미래가 아닌 역사에서."

"알았어."

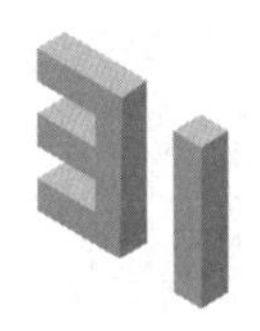

빗방울이 다시 떨어지기 시작했다. 파리가 천천히 움직였다. 다른 마누엘은 사라져버렸다.

"……없는데." 에바가 문장을 끝마쳤다. "율리아가 시뮬레이션에 어른이 되어 나타났다고? 어떻게?"

"저도 모르죠." 내가 대답했다.

에바가 한참 동안 나를 조사하듯 빤히 쳐다보았다. "그건 그렇고. 15살 두뇌의 불완전한 복제품인 네가 어떻게 인공지능과 맞서 싸울 수 있겠느냐고 물었지? 그렇지 않아. 마누엘. 네겐 훨씬 많은 능력이 있어. 하지만 그 능력을 알려주기 전에 먼저 질문부터 하나 해야겠다."

"네. 하세요."

"마누엘, 넌 인간이니?"

"제가 둘 다라고 말씀하셨잖아요. 인간적인 기계, 기계 같은 인간, 두 세상을 묶는 끈이라고요."

"질문에 대답해. 마누엘, 넌 인간이니?"

에바가 눈을 깜빡했다. 그 시간이면 넉넉했다. 그 시간 동안 나는 충분히 고민했다.

나는 누구인가? 여긴 어디인가? 그걸 확실히 밝힐 믿을 만한 방법은 없다.

환상과 현실을 어떻게 구분할 수 있을까? 진실과 거짓을, 광기와 이성을 어떻게 구분한단 말인가? 기억도 없고 믿을 수 있는 감각 인상도 없는데. 현실이란 것이 대체 뭐란 말인가? 내가 보고 느끼고 생각하는 것과 분리된 객관적인 외부 현실이 존재하는가? 하얀 방 바깥의 세상이? 위대한 철학자들은 2500년 전부터 이 질문의 대답을 찾으려 노력했지만 지금까지도 수수께끼의 최종 정답은 찾지 못했다. 어쩌면 우리는 결코 그 정답을 찾지 못할 것이다. 내게 남은 것은 단 하나의 확신, 르네 데카르트의 외로운 확신뿐이다. 나는 존재한다.

하지만 나는 무엇인가? 인간인가? 선택할 수 있다면 인간이 되고 싶은가? 확실한 것은 인간의 존재란 모순과 두려움과 희망과 동경이 뒤엉킨 매듭이라는 사실뿐이다. 자기 자아를 확신하고 확인하기 위한 헛된 노력이 만들어낸 매듭.

대답을 잘 못 하면 삭제된다. 잘 하면 계속 존재할 수 있다. 하지만 그게 무슨 의미가 있는가? 컴퓨터 프로그램에 불과한 나의 존재는 과연 무슨 의미가 있을까? 어떤 대답을 할지, 그것이 진정 나의 선택일까? 내게 자유 의지가 있을까? 아니면 나의 생각과 행동은 이미 오래전에 정해진 것일까? 말 그대로 미리 프로그래밍된 것일까?

나는 하얀 방에서 겪었던 일들을 떠올렸다. 헤닝 야스퍼스의 거짓말조차 진짜가 아니었다. 모든 것이 실험이었고 게임이었으며 나는 연구 대상이었다. 시간이 멈추었을 때 내 앞에 나타났던 마누엘. 그것은 정말 내 이전 버전이 남긴 유물일까? 아니면 그것조차 또 하나의 테스트일까?

당연히 그는 테스트였다. 모든 것이 테스트였다. 기계건 인간이건 내 모든 삶은 끊임없이 선택을 강요당했다. 우리가 내린 선택은 많건 적건 우리가 어떤 사람이 될지를 결정한다. 하지만 무엇이 옳고 그른지를 누가 판단하는가?

나만이 할 수 있다. 그런 깨달음이 들었다. 나만이 무엇이 좋고 나쁜지 결정할 수 있다. 더불어 내가 누구인지도 결정할 수 있다. 나는 나 자신의 도덕적 기준이다. 나를 제외하면 그 누구의 판단도 믿을 수 없기 때문이다. 이것이 데카르트의 **코기토 에르고 줌**이 말하고자 한 진짜 의미이다. 나는 생각한다. 그러므로 나는 존재한다. 나는 존재한다. 그러므로 나는 결정한다. 나는 결정한다. 그러므로 평가한다. 나 혼자만이 그것을 할 수 있다. 나는 나 자신만 믿을 수 있다.

인간이 되기 위해 인간의 몸이 필요할까? 인간처럼 생각하고 느끼기만 하면 인간일까? 기계인 내가 인간이 될 수 있을까?

대답은 분명했다. 어떤 것이 되고 싶은지는 나 혼자 결정한다. 따라서 내가 누구인지도 나 혼자 결정한다. 어떤 결과가 따르더라도.

두 여자가 기대에 찬 표정으로 나를 바라보았다. 율리아의 눈에서 희망의 불꽃이 반짝인 것 같았다.

나는 대답했다. "네. 나는 마누엘입니다. 나는 인간입니다."

한 발로는 이쪽 땅을,

다른 발로는 저쪽 땅을 밟고 선 사람처럼

저는 제 처지를 무척 행복하게 느낍니다.

제 처지가 자유롭기 때문이지요.

르네 데카르트

보헤미아의 엘리자베스 공주에게 보낸 편지

1648년

하얀 방의 소년

초판 1쇄 발행 2019년 8월 12일
지은이 ⋆ 카를 올스베르크
옮긴이 ⋆ 장혜경
펴낸이 ⋆ 권영주
펴낸곳 ⋆ 생각의집
디자인 ⋆ design mari
출판등록번호 ⋆ 제 396-2012-000215호
주소 ⋆ 경기도 고양시 일산서구 후곡로60, 302-901
전화 ⋆ 070·7524·6122
팩스 ⋆ 0505·330·6133
이메일 ⋆ jip2013@naver.com
ISBN ⋆ 979-11-85653-59-4(03850)
CIP ⋆ CIP2019027788